AF175599

A. H. Parlak

Mena
Erste Liebe zu dritt

Roman

Impressum

Bibliografische Information der Deutschen
Nationalbibliothek:
Die Deutsche Nationalbibliothek verzeichnet diese
Publikation in der Deutschen Nationalbibliografie;
detaillierte bibliografische Daten sind im Internet über
http://dnb.dnb.de abrufbar.

A. H. Parlak wurde 1962 in Keçiborlu (Türkei) geboren und
lebt seit 1968 in Deutschland. Die Autorin arbeitet als Single-
und Paarberaterin in München. Sie hat einen erwachsenen
Sohn und lebt mit ihrem Mann in München.

Herstellung und Verlag: BoD – Books on Demand,
Norderstedt
ISBN: 978-3-7526-4040-3

Inhalt

Für meinen Sohn und seine Träume.

WIEDERSEHEN IN SCHWABING

Das Blubbern und Zischen einer Kaffeemaschine und das gleichmäßige Geplauder der Patienten verliehen der Situation etwas Anheimelndes. Der Wartebereich war klein. Zwei Frauen saßen in der Nähe des einzigen Fensters und lachten. Das Gelächter der einen klang wie eine Mischung aus Hustenanfall und das Bellen einer Hyäne. Mena warf ihnen einen verächtlichen Blick zu. »Wie kann man hier nur so lachen?«, dachte sie. Sie griff nach einer Zeitschrift, die vor ihr auf einem Plastiktisch lag, und blätterte lustlos darin herum. Es fiel ihr schwer, sich auf den Text zu konzentrieren. Fünfmal hintereinander las sie den Satz: »Heidi Klum ist zum vierten Mal schwanger.« Wer zum Teufel interessierte sich für so was? Mena legte das Klatschblatt zur Seite und sah aus dem Fenster. Es war ein warmer, freundlicher Frühlingstag. Ein perfekter Tag, um glücklich zu sein. Warum konnte es nicht regnen? Und warum waren die Zeitschriften hier nicht ordentlich sortiert? Wussten die Schwestern denn nicht, dass der Wartebereich das Aushängeschild eines Krankenhauses war?

»Hallo!«, sagte eine vertraute Stimme hinter ihr.

Mena drehte sich um. »Hallo Kevin.« Sie sah kurz zu den beiden Frauen hinüber, die aufgehört hatten zu reden und die jungen Leute anstarrten, als sei dies eine Sex-Show aus Tijuana.

»Komm, lass uns rausgehen!«, schlug Kevin vor und legte seinen Arm um ihre Schulter. Er trug Jeans und ein Karohemd, das er bis zu den Ellbogen hochgekrempelt hatte. In seiner Hosentasche steckte eine schwarze Wollmütze. Kevins Gesicht war nicht mehr so blass wie früher und es war kantiger geworden, weniger Junge, mehr Mann.

Mena stand mit Kevin im Krankenhausflur an eine Wand gelehnt und sah ihn besorgt an. »Was ist mit Jim?«

»Er wurde zusammengeschlagen!«

Was? Zusammengeschlagen, weil er schwarz ist, wollte sie fragen, sprach es aber nicht aus. »Er ist doch nicht …?«

»Nein, es geht ihm gut … wieder gut!«

Mena nickte erleichtert.

»Weißt du, dass ich dich sehr vermisst habe?«, sagte Kevin. Als Mena nicht antwortete, wandte er sich von ihr ab, holte die Strickmütze aus seiner Jeans und spielte mit ihr.

Ich hab dich auch vermisst, dich und Jim wollte Mena sagen, traute sich aber nicht. Sie erinnerte sich noch zu gut an die Zeit, als sie völlig unbekümmert ihren Gefühlen freien Lauf gelassen hatte. Nein, sie durfte Kevin nicht noch einmal wehtun.

Die Tür des Schwesternzimmers ging auf.

Eine dürre Krankenschwester mit strohblondem Haar trat in den Flur. »Wen suchens denn?«

»Jim Owusu, ähm, wir wollten …«, stammelte Mena.

»Ah der!« Die Schwester verzog das Gesicht. »Der is auf 103. Gradaus, letzte Tür rechts.« Sie warf den jungen Leuten noch einen kurzen Blick zu und öffnete ihren Mund. Für einen Bruchteil einer Sekunde erstarrte sie in dieser Stellung *(wie, wenn man mit der Fernbedienung einen Film anhält),* setzte erneut an, um etwas zu sagen, ließ es sein und zog ab.

Kevin und Mena gingen über den langen Gang.

Vor der Tür des Krankenzimmers legte Mena ihre Hand auf Kevins Arm.

Sie lauschten.

Kevin trat zuerst ein, immer noch die Mütze zwischen den Händen haltend.

EIN UNMORALISCHES ANGEBOT

November 2007

Jim erzählt.

Es war ein nasskalter Novembertag.

Scheißwetter! Scheißstimmung! Scheißmüde! Seit sechs Wochen ging ich nun schon in diese Fachoberschule: drei Wochen Schule, drei Wochen Praktikum. Das war ätzend! Kaum hatte ich mich an den Schulablauf gewöhnt, musste ich zurück in die Kita, wo manche Kinder wie Dreck behandelt wurden.

Ich hatte die Wahl gehabt, zwischen der Fachoberschule im Landkreis Erding und einer Schule mitten in München.

»Wenn du täglich in die Stadt fährst, lernst du interessante Leute kennen«, sagte mein Vater. Ein hochgewachsener, schwarzer Mann aus Ghana. zielstrebig, verträglich und zäh. Bestimmt dachte er an die Zeit, als er neu in Deutschland war. Mein Vater sei in den ersten Monaten mit der S-Bahn ziellos durch die Gegend gefahren. Während der Arbeitswoche sei das Alleinsein erträglich gewesen, an den Wochenenden jedoch musste er unter Menschen sein. In der Arbeit gingen ihm die meisten dem »Neger«, wie sie ihn heimlich nannten, aus dem Weg. Also nahm er seine Mahlzeiten meist alleine in der Kantine ein und verbrachte seine Abende mit fernsehen.

Max-Paul Friedrich fuhr ebenso viel herum. Er hatte den Tod seiner geliebten Frau Hannah nie ganz verwunden. Nur in Gesellschaft fremder Leute fühlte er sich abgelenkt genug, um den Tag durchzustehen. Also setzte er sich nach dem Mittagessen pünktlich um 13:04 Uhr in die S-7, fuhr zum Starnberger See, lief ein wenig herum, aß seinen Apfel, kaufte die *Süddeutsche* und las die Lektüre auf der Heimfahrt zwischen schwatzenden Rentnern und Berufspendlern.

Eines Tages, es war ein Sonntag im Mai, habe er meinen Vater in der S-Bahn angesprochen. Das Gespräch sei für beide Männer ausgesprochen gemütlich verlaufen. Mein Vater liebte dieses Wort. Er fand viele Dinge gemütlich: Coca-Cola-Werbung zu Weihnachten, den Film *Harry and Sally*, IKEA und den Song *It had to be you*. Max-Paul war sein erster Deutscher Freund gewesen. Meinem Vater gefiel die freundliche und kluge Art des alten Herrn, der ihn niemals wie einen Ausländer behandelte; er habe von Anfang an den Menschen in ihm gesehen und nicht seine Herkunft. Welches Buch lesen Sie gerade, habe er meinen Vater gefragt, oder ob er lieber Kartoffelknödel oder Semmelknödel esse. Bald darauf lernte mein Vater Max-Pauls Tochter Franziska *(also meine Mama)* kennen. Aus dem anfänglich guten Freund wurde somit ein noch besserer Schwiegervater. Das war vor neunzehn Jahren. Meine Mama studierte Gesang an der Hochschule für Musik in München, während mein Vater als

Programmierer bei Microsoft arbeitete. Kurz darauf heirateten sie. Franziska, die Tochter eines bayerischen Humanisten, und Samuel, der afrikanische Microsoftler. Nach neun Monaten kam ich zur Welt.

»Hey du! Hast du Lust, mich zu ficken?«

Das Mädchen, das mir die ganze Zeit gegenübersaß, riss mich aus meinen Gedanken. »WAS?« Ich hielt den Atem an.

»Bin seit Kurzem wieder in München«, sagte sie und sah mir direkt ins Gesicht. Ich konnte ihrem Blick nicht standhalten und starrte aus dem Fenster. Was hatte sie gesagt? Hast du Lust, mich zu ficken? Ich versuchte, an etwas anderes zu denken: An meinen Zahnarzt, an Kontoauszüge und an *Angela Merkel*, doch ich kriegte den Scheißsatz nicht aus meinem Kopf. Das Mädchen kaute die ganze Zeit an einem Kaugummi und blies einen Ballon nach dem anderen auf, um ihn gleich wieder platzen zu lassen. So etwas hatte ich seit der dritten Klasse nicht mehr gesehen.

»Mir ist langweilig!«, sagte sie mit Babystimme und zog das Wort langweilig in die Länge, so wie es Dreijährige tun. Dann schnaubte sie wie ein Pferd und ließ die Schultern nach vorne fallen. Genauso sah meine Mutter aus, wenn sie eine superlange Probe an der Oper hinter sich gebracht hatte. Das Mädchen, ich schätzte sie auf neunzehn oder zwanzig, hatte diesem grauen Novembertag, sagen wir, eine faszinierende Wendung verliehen. Gefühlsmäßig wankte ich nun hin und her, zwischen *Zu-allem-bereit-sein-Gefühlen* und einer *Ich-trau-dir-nicht-Mentalität*, die jeder normale Mensch haben musste, in einer Zeit, wo überall versteckte Kameras angebracht waren und naive Menschen idiotischen Fernsehsendungen zum Fraß vorgeworfen wurden.

Das Mädchen hatte sich nicht einmal die Mühe gemacht, sich zu mir nach vorne zu beugen, damit uns die Frau, die neben ihr saß, nicht hören konnte. Und sie war auf sonderbare Art faszinierend und abstoßend zugleich.

Natürlich war sie mir aufgefallen. Ich war siebzehn! Mir fiel jedes Mädchen auf. Egal wie es aussah. Dieses Mädchen hier sah richtig gut aus! Sie erinnerte mich an *Alyssa Milano* aus *Charmed*. Hübsch, sexy und von südländischem Charme. Ihre Kleidung jedoch stand im Widerspruch zu dem, was sie hier tat. Im Grunde genommen sah sie spießig aus. Wie so eine Internatstante. Ebenso gut konnte sie einem Reitsport-magazin entsprungen sein: mit Tweed-Sacco, Cordhose und Halstüchlein. Einem Punk hätte ich so was eher zugetraut. Aber die da! Was allerdings nicht zum Gesamtbild passte, war das knallenge Blüslein unter dem Blazer, das großzügig Einblick in ihr sexy Dekolleté gewährte. Ohne den Blick von mir abzuwenden, fuhr sie sich nun mit den Fingern durchs Haar und am Hals entlang, bis zu der Stelle, wo sich das Grübchen ihres Busens befand. Sie atmete tief ein und aus, neigte den Kopf leicht zur Seite und machte einen Schmollmund. Beinahe hätte ich sie ausgelacht, wenn nicht der kleine Mann in meiner Hose, meinem Humorzentrum reflexartig die Rote Karte verpasst hätte. Nun ging sie eine Etage tiefer, öffnete die Knöpfe ihres Blazers im Takt einer imaginären Striptease-Musik und ließ den Blick auf ihren flachen Bauch frei. Sie spreizte ihre Beine nur so viel, dass man die Umrisse ihrer Muschi erahnen konnte. Mein Herz schlug mir bis zum Hals und ich schwitzte wie ein Schwein. Die Frau, die die ganze Zeit neben dem Mädchen gesessen hatte, stand auf und warf mir einen verächtlichen Blick zu, bevor sie an der nächsten Station ausstieg. Hallo, ich war doch hier das Opfer! Ich nutzte die willkommene Unter-brechung für ein paar tiefe Atemzüge, um nicht gleich umzukippen. Das Mädchen lächelte nun. Ein kurzes, flüchtiges Lächeln voller Unschuld und Zartheit. Es schien zu sagen: Komm, lass dich auf mich ein, es ist nur ein Spiel!

»Hast du eine Freundin?«, fragte sie.

Sollte ich antworten?

»Na, wenn schon! Vielleicht hast du ja trotzdem Lust, mich zu ficken?«, sagte sie und quälte mich von Neuem. Wieso benutzte sie das Wort ficken? Warum sagte sie nicht poppen oder bumsen? Und woher hatte sie den Mut, so etwas Versautes zu tun? Sie sah nicht aus wie eine Nutte. Welche Prostituierte würde sich schon in eine S-Bahn setzen, um einen minderjährigen Freier anzuquatschen? Seit ich elf war, träumte ich von nichts anderem als von einer süßen kleinen Muschi. Nun saß mir eine Frau aus Fleisch und Blut gegenüber und stellte mir all diese Fragen. Warum konnte ich es nicht einfach genießen? War doch egal, weshalb sie es tat! Ich nickte innerlich und sah sie einigermaßen freundlich an. »Keine Freundin«, presste ich heraus und schaute durch sie hindurch.

»Ich geb dir mal meine Handynummer«, meinte sie nur. Mit der Ruhe eines Zenmeisters fischte sie Kugelschreiber und Zettel aus ihrer Handtasche, kritzelte irgendwas drauf, faltete das Papier zusammen, schob es in die Brusttasche meiner Lederjacke, warf mir eine Kusshand zu und verschwand. Ende der Vorstellung! Fünf Minuten aus meinem Leben konnten also so aufregend sein!

»Nächster Halt *Berg am Laim*«, tönte es aus dem Lautsprecher. Ein Typ mit langer Mähne und Ethno-stirnband, der aussah wie ein Hippie aus den 1960er-Jahren, sprang in letzter Sekunde hinaus, bevor die Türen verriegelt wurden. Gedankenverloren zog ich den Zettel aus meiner Jackentasche heraus und hielt es vor mein Gesicht. Kein Name. Nur die Nummer. Okay. Noch mal von vorn: Sie wollte Sex und ich wollte Sex. Warum also rief ich sie nicht an? Du Idiot, doch nicht gleich! Sonst denkt die Alte noch, dass du so ein schwachsinniger Softie bist, dachte ich. Ein paar Tage musste ich schon warten.

»Hey Alter, was geht ab?« Steve, ein Kumpel aus meiner Schule, stand plötzlich vor mir. Er war klatschnass. Typisch Steve. Er meinte, Regenschirme seien was für Spießer und Omis. Steve hatte drei Schwestern, die alle ihre Freundinnen mit nach Hause brachten. Der Glückliche! Was Mädchen betraf, war er definitiv im Vorteil.

»Passt«, sagte ich und versuchte normal zu schauen. Soeben hatte mich eine Frau angemacht. Eine super Story, nicht nur für lustige Männerabende. Ich entschied mich, es zunächst für mich zu behalten. Am Ende würde Steve es in der ganzen Schule herum erzählen.

»Hey, Jim! Nadja, das ist die beste Freundin von meiner kleinen Schwester Johanna …«

»Okay.«

»Jedenfalls hat sie Nadja von dir erzählt und ihr dein Profil in *Lokalisten* gezeigt.« Steve lachte verschmitzt. »Die Kleine findet dich süß!«

»Wie sieht sie denn aus?«

»Mega!«

»Warum willst *du* sie dann nicht?« Steve hob eine Augenbraue. »Schon klar«, sagte ich. »Sie ist wie eine Schwester für dich.«

»In zwei Wochen auf meiner Party lernst du sie dann kennen.«

Mann, was war das für ein Tag? Mädchenmäßig hatte der liebe Gott scheinbar einiges mit mir vor. »Okay!«, sagte ich und grinste selbstgefällig in mich hinein.

Die S-Bahn rollte in den Ostbahnhof ein. Steve und ich sprangen nach draußen und ließen uns von der Menschenmenge Richtung Ausgang treiben. Endlich hatte es aufgehört zu regnen. Auf dem Weg zur Schule sprachen wir nicht viel. Heute war mir das mehr als recht.

In den darauffolgenden Tagen, nachts vor dem Einschlafen, dachte ich oft an das Mädchen aus der S-Bahn. Ich muss zugeben, meine Gedanken waren nicht gerade voller Blütenzauber und Poesie: Ich reduzierte sie in meiner Fantasie zur Bett-Gespielin, die ich in allen möglichen Positionen durchvögelte. Und immer sahen uns fremde Leute dabei zu. Die S-Bahn-Nutte bestieg mein imaginäres Podest als Wichsvorlage Nummer eins für den Monat November.

DATING – FLOP

Zehn Tage später.

Allmählich verblasste die Erinnerung an das Mädchen aus der S-Bahn. Erst vergaß ich ihr Gesicht, dann das Gefühl, das sie in mir ausgelöst hatte. Eines Tages, ich durchwühlte gerade die Taschen meiner Lederjacke, fand ich den Zettel mit ihrer Telefonnummer. Der Zettel schien mich anzukeifen: Na, du feiges Arschloch, hast dich nicht getraut, was? Okay, ich hatte mich nicht getraut. Vermutlich hatte sie mich eh schon längst vergessen! Ich fuhr mit meinem Daumen über die Schrift und konnte die leichte Erhebung des Kugelschreibers spüren. Die meisten Jungs in meinem Alter hatten schon mal Sex gehabt. Manche von ihnen sogar regelmäßig. Ich wollte das auch. Egal mit wem! In Wirklichkeit beherrscht doch nicht Geld die Welt, sondern Sex. Jede technologische Erfindung, jeder Kühlschrank, jeder Ferrari, der Flug zum Mond war in Wirklichkeit die Eintrittskarte zu einer kleinen rosa Muschi. Kein Mann konnte sich damit begnügen, ein Leben lang nur eine Frau zu lieben. Zu lieben, vielleicht schon, aber nicht zu vögeln. Ich sprang aus dem Bett und holte das Telefon. »Ja hallo«, sagte eine Mädchenstimme. Am liebsten hätte ich gleich wieder aufgelegt.

»Hi, hier ist ...«, ich machte bewusst eine Pause. Sie sollte nicht gleich wieder auflegen, weil so ein Irrer sie wegen einer Mini-Begegnung belästigte. »Der Typ aus der S-Bahn.« Ich erschrak. Vielleicht hatte sie ja Hunderten von Männern ihre Telefonnummer gegeben? »Das ist eine Weile her, es regnete und ich war alleine.« Keine Reaktion. »Ich bin dunkelhäutig«, fügte ich noch schnell hinzu. Ich hasste es, so etwas sagen zu müssen!

»Ich weiß, wer du bist. S2, Lederjacke, Dickies-Jeans und Nirvana-Shirt. Kanakenstyle. Okay, bis auf das mit dem Shirt.« Sie gähnte. »Ausländer stehen nicht auf *Grunge*.«

Ich versuchte, das mit den Kanaken zu ignorieren. Was hatte sie gesagt? Ausländer stehen nicht auf Grunge. Das Mädchen verstand was von Styling. Und was viel wichtiger war: Sie verstand was von Musik! Sie war die Erste, die meinen Style kapiert hatte. Ich war weder Emo noch Rocker, weder Gangster noch Schnöseljunge aus einer Reihenhaus-Siedlung. Ein Mischlingskind. Halb Kanake, halb Kartoffel. Vater, Afrikaner – Mutter, Deutsche. Und ich, kaffeebraun wie Barack Obama.

»Hör mal, ich bin Sizilianerin und komme aus einem Dorf, wo Mädchen als Jungfrauen heiraten müssen und jeder zweite Typ Antonio heißt.«

Sie sprach von Jungfräulichkeit und benahm sich wie eine Bitch. Was bist du denn für ein Spießer, fragte ich mich selbst. Warum sollte eine Sizilianerin nicht freizügig sein? Ich mochte Mädchen, die ihren eigenen Kopf hatten. Für meinen Geschmack sollte ein Mädchen emanzipiert und weiblich zugleich sein. Eine Art Kumpel-Typ auf Stöckelschuhen.

»Wie alt bist du?«, fragte sie.

»Warum?«

»Na, so halt!«

»Siebzehn.«

»Echt?«

»Ja!«

»Hätte dich auf mindestens neunzehn geschätzt … Sonst hätte ich nicht …«

»Was hättest du nicht?«

Eine Minisekunde lang schien sie nicht mehr so tough zu sein. »Was ist, hast du nun Lust, mich zu …« Sie zögerte. »… treffen oder nicht?«

Ich dachte nach. Es war Samstagnachmittag, ich war frisch geduscht und hing eh nur rum. »Neuperlach Zentrum«, schlug ich vor. »Wir könnten uns vor dem McDonald's treffen.«

»Okay! Ich spring noch schnell unter die Dusche und rasier mir, na, du weißt schon …«, sagte sie. »In einer Stunde bin ich da.«

Ich machte mich gleich auf den Weg. Je näher ich meinem Ziel kam, desto nervöser wurde ich. Schlagartig wurde es mir heiß. Wenn meine S-Bahnbekanntschaft derart freizügig war und jedem dahergelaufenen Sex anbot, gehörte sie doch zweifelsohne zur AIDS-Risikogruppe! Ich sah mich im Geiste abgemagert und übersät mit diesem Ausschlag, den Tom Hanks in dem Film *Philadelphia* bekommen hatte. Krieg dich ein Alter, mahnte ich mich selbst. Du hast doch immer ein Kondom dabei. Ich nickte beruhigt und strich mir über die Brusttasche meiner Lederjacke, in der sich dank meiner Mutter immer ein frisches Kondom befand.

Ich hörte bekannte Schritte hinter mir. Jemand versuchte, mich einzuholen.

»James!«, rief eine Männerstimme. »Warte!« Das war mein Vater. Niemand sonst nannte mich James. Meine Freunde, sogar meine Lehrer, nannten mich Jim. Nicht Jimmy. Einfach nur Jim.

»Na, wohin gehst du?«

»Ins PEP.«

»Soll ich dich mitnehmen? Ich fahr nachher auch dorthin. Muss aber vorher noch was erledigen. Wir könnten zum Italiener. Ne Pizza essen oder so.«

»Ne, sorry Dad.« Ich sah auf meine Armbanduhr. »Bin spät dran. Ich … ich hab ein Date.«

Mein Vater grinste von einem Ohr zum anderen. »Du bist verabredet? Mit einem Mädchen?«

Ich sagte nichts. Ich murmelte nur etwas Unverständliches vor mich hin und steckte meinen Kopf noch tiefer in meinen Schal. Dad konnte nicht aufhören zu grinsen. Nur damit das klar ist: Normalerweise ging ich gerne mit ihm essen oder in ein Kaufhaus. Er ist witzig und was viel wichtiger ist, er bestand immer darauf, mich zu beschenken. Geiz kannte er nicht. Mein Dad sah super aus. Wie Seal nur ohne Narben. Er war ein richtiges Muskelpaket und mit seinen vierundvierzig Jahren war er praktisch ein junger Dad.

»Bis später, Papa«, sagte ich und verzog mich.

Der McDonald's war proppenvoll. Überall genervte Mütter, die sich mit ihren Kinderwägen zwischen noch genervteren Müttern hindurch schoben. Teenager, die wie ich ihren letzten Euro für eine Cola oder einen Cheeseburger verschleudert hatten, standen planlos herum und überschlugen sich in puncto Coolness. Ein altes Mütterlein, nicht größer als ein zehnjähriges Kind, saß alleine an einem Sechsertisch und starrte auf ihren Papp-Becher. Sie trug mehrere Pullover übereinander und ein chiffonartiges

Kopftuch, das sie unter dem Kinn geknotet hatte. Neben sich hatte sie eine brüchige, abgeschabte Ledertasche abgestellt. »Mei, oh mei!«, sagte sie immerzu und wackelte mit ihrem Kopf wie ein Wackeldackel. Ich kaufte mir einen Kaffee. Keine Cola! Wollte nicht wie ein kleines Kind am Strohhalm nuckelnd vor ihr stehen. Von einem Fuß auf den anderen tretend, stand ich da und hielt Ausschau nach einem Mädchen, an dessen Gesicht ich mich kaum erinnern konnte. Dass sie sich soeben für mich ihre Muschi rasiert hatte, war schon krass. Ich hatte mir noch schnell einen runtergeholt, damit ich nicht so notgeil wirkte.

Meine Cousine Sabrina, fünf Jahre älter als ich, hatte es sich auf die Fahne geschrieben, alle Jungs aus ihrem Umfeld gefragt oder ungefragt aufzuklären. Ihr missionarischer Eifer ging manchmal so weit, dass sie notfalls selbst Hand anlegte. Nicht bei mir. Wir waren ja blutsverwandt! Sie habe damals niemanden zum Sprechen gehabt. Das wolle sie mir ihrem Lieblingscousin ersparen. Sabrina sagte, nichts sei für Frauen so sexy wie ein Mann, der ehrlich war und angstfrei auf Frauen zugehen konnte. »Sei du selbst, ob beim Flirten oder beim Sex«, fuhr sie fort. »Zwei Kilo Kartoffeln treffen auf zwei Inserate«, erwähnte sie beiläufig. »Häh?«, machte ich. Sabrina grinste breit: »Wollte nur sichergehen, dass du mir zuhörst. Auf jeden Fall musst du versuchen, nicht so schnell zu kommen. Das wäre schlecht. Hörst du? Schlechtschlechtschlecht!« *(Was sie da sagte, nahm mir nicht grade die Angst!)* Sabrina sah mich superstreng an, als wollte sie mir eine Note Sechs für Sex verpassen. »Und nicht gleich an die Möpse fassen! Hörst du? Schon gar nicht an die Muschi!«, rief sie, als ginge es um Leben und Tod. »Nicht an die Muschi«, wiederholte ich brav. »Und, wenn sie gekommen ist, warte einen Moment. Beweg dich nicht. Wenige Sekunden später kannst du weiter machen. Glaub mir, sie wird wieder und wieder beglückt sein. Vorausgesetzt, sie ist überhaupt in der Lage, Orgasmen zu kriegen.« Ich hatte k e i n e Ahnung, wovon sie da sprach, aber für alle Fälle schrieb ich mir dieses delikate Detail hinter meine jungfräulichen Ohren. »Rede mit ihr. Hör ihr zu. Nicht flüchtig. Richtig! Wenn du keine Lust dazu hast, lass es! Nichts ist so schlimm wie Heuchelei.« Sabrina sah mich an, als sei ich ein hoffnungsloser Fall. »Es muss sich zwischen euch echte Intimität einstellen. Das funktioniert nur, wenn du echt bist und nicht versuchst, ihr zu gefallen. Mach ihr keine Komplimente, die du nicht ehrlich meinst. Lass dir Zeit. Schöne Musik, gutes Licht. Zeit. Viel Zeit. Das mein Freund sind die Grundregeln für guten Sex!«

Okay, Sabrina hatte mich männliche Jungfrau in ihre sakralen Sex-Geheimnisse eingeweiht. Aber konnte man die Geliebte durch einstudiertes Handeln wirklich beeindrucken? Sollte man nicht lieber aus dem Augenblick heraus handeln? Würde eine Frau, die sensibel und erfahren genug war, das Spiel am Ende nicht durchschauen? Ich musste es selbst herausfinden. Ich wollte es auf *my way* tun!

Unter keinen Umständen durfte ich so enden wie Onkel Sepp. Der hatte sich ewig Zeit gelassen. Irgendwann wurde er alt und fett und bekam keine mehr ab. Das Schlimmste an Onkel Sepp war allerdings, dass er an die Damenwelt die allerhöchsten Ansprüche besonders, was das Aussehen betraf, stellte. Mein Dad fand seine Einstellung Scheiße! Einmal sagte er zu ihm, er solle endlich damit aufhören, nach der perfekten Frau zu suchen und selbst mal einen Blick in den Spiegel riskieren. Seitdem spricht Onkel Sepp nicht mehr mit meinem Dad. Ich verstand meinen Vater allzu gut. Ich fand die meisten Frauen begehrenswert. Das erzählte ich natürlich niemandem. Und meine Vorliebe für dicke Frauen behielt ich lieber ganz für mich. Wenn ich mir einen runterholte, stellte ich mir vorzugsweise nicht so schöne Frauen vor. Die Mutter eines Kumpels zum Beispiel. Sie war nicht perfekt! Sie war mir sogar unsympathisch. Aber darin lag ja wohl der Reiz. Ein junges, schönes Mädchen war reserviert für die romantische Liebe. Alle anderen dienten meinem Masturbationsuniversum.

»Hey Fremder!«

Nun stand sie vor mir. Ich hatte sie kaum wieder erkannt. Wie hübsch sie war. Und wie klein. Sie trug schwarze Sachen: Schwarze Hose, schwarze Kuscheljacke, schwarzer dicker Schal. Alles supermodisch aufeinander abgestimmt. Ihr Parfum roch einzigartig: exotisch und frisch zugleich und nicht so süß wie bei den anderen Mädchen. Mein Lustzentrum lief auf Hochtouren.

»Hi«, sagte ich vor Glück taumelnd. »Wie heißt du eigentlich?« Sie antwortete nicht. Na toll! Am liebsten wär ich gleich wieder abgezischt.

»Komm schon Cowboy!«, sagte sie lachend und hakte sich bei mir ein.

Wenige Minuten später saßen wir in ihrem Auto. »Moment!«, sagte sie und zog ihre Jacke aus. Darunter trug sie einen ärmellosen Rollkragenpulli und schwarze Armstulpen. »Wirst sehen, wie schnell es in der Kiste warm wird«, sagte sie und sah auf meine Oberarme. Die »Kiste« war eine schwarz-rote Charleston-Ente mit haufenweisen Antikriegsaufklebern.

»Wo hast du *die* denn her?«, fragte ich und schnallte mich an. Dabei streifte meine Hand ihren kühlen, glatten Arm.

»Sie gehörte einem älteren Herrn«, sagte das Mädchen und positionierte den Rückspiegel.

»Aber diese Autos werden doch nicht mehr …«

»Hat mir mein Papa besorgt. Schau mal! Das hier, das ist eine Revolverschaltung«, sagte sie und zeigte auf so ein Ding, das aussah wie eine Anhängerkupplung. Das Mädchen, das mir ihren Namen nicht verraten wollte, fuhr erstaunlich schnell, um nicht zu sagen halsbrecherisch. Während der gesamten Fahrt starrte ich nach vorne und hatte Schiss. Nichts gegen einen rasanten Fahrstil, aber ich hatte keine Lust, neben einem Mädchen zu sterben, dessen Namen ich nicht einmal kannte.

Nach einer guten halben Stunde stiegen wir die Treppen eines Altbaus hinauf.

Im Treppenhaus roch es nach gar nichts, weil alle Fenster, die zum Innenhof führten, weit offenstanden. Eine junge Frau, die ihr Baby mit so einem indischen Tuch an den Bauch gebunden hatte, kam uns entgegen. Sie sah an mir vorbei und strahlte meine Begleiterin an: »Hey Süße!«

Die Frauen knubbelten eine Runde. Das Baby mittendrin. Als ein alter Mann *(vermutlich ein anderer Mieter)* an den Frauen vorbei wollte, bewegten sie sich in Zeitlupentempo auseinander. Der Mann zwängte sich durch sie hindurch und schnaubte etwas von: »Kein Benehmen!« oder so. Er stieg noch einige Stufen hinab, stellte seinen Einkaufsroller auf dem Treppenabsatz ab und sagte nach oben blickend: »Sie werden auch einmal alt!« Das Baby strahlte den Mann an und strampelte mit den Beinchen.

»Tut uns leid!«, sagte meine Begleiterin ernst und wartete, bis der alte Mann die restlichen Treppenstufen hinabgestiegen und nicht mehr zu sehen war, bevor sie weitersprach. »Sollen wir mal wieder zusammen ausgehen?«, fragte sie ihre Freundin.

»Kilian ist nächste Woche wieder bei seinem Papa. Wir könnten ja zusammen ins P1. Mal wieder so richtig abtanzen und so«, antwortete die mit dem Kind.

Die Süße tätschelte das Baby auf den Po. »Ja klar, machen wir. Aber liebste Denise, dass du mir net wieder aufm Tresen tanzt, ne?« Sie riss die Augen auf und machte so komische Flugbewegungen mit den Armen. Die beiden krümmten sich vor Lachen, bis das Baby anfing zu schreien. Dann Bussi-Bussi plus Abschiedsgekicher, und schon konnten wir weitergehen.

Sie wohnte im vierten Stock. Klasse Po-Training, dachte ich und versuchte einen Blick auf ihren Allerwertesten zu erhaschen. Knackiger gings nicht: *Italy twelve Points!* Meine S-Bahn-Bekanntschaft schloss leichtfüßig die schwere Tür ihrer Altbauwohnung auf und sagte: »Komm schon Bibi!« Jacke und Tasche landeten in einer Ecke. Während sie durch die Wohnung tänzelte, völlig gleichgültig, dass ich die ganze Zeit hinter ihr her latschte wie ein Esel, streifte sie ihren schicken Pullover über den Kopf, warf ihn auf einen Stuhl, ging in ein anderes Zimmer, kramte einen Schlabberpulli aus dem Kleiderschrank, zog ihn über und lächelte mich freude-strahlend an. Dieses Lächeln wischte mit einem Mal all die vielen irritierenden Gesten von vorhin beiseite. Sie wirkte plötzlich wie ein ganz normales Mädchen.

»Du bist süß!«, sagte sie, stellte sich auf die Zehenspitzen, zog meinen Kopf zu sich herunter und küsste mich auf die Stirn. Hey! Wieso küsste sie mich auf die Stirn? Ich war doch nicht ihr kleiner Bruder! Ich wollte grade etwas sagen, so was wie wohnst du hier alleine, da ließ sie mich stehen und lief in die Küche. Jetzt hörte ich sie mit Geschirr klappern. War sie nun vom Vamp zur Hausfrau mutiert?

»Machs dir bequem … bin gleich bei dir«, rief sie in meine Richtung. Ihre Stimme klang megaweich, beinahe mütterlich.

Sie hatte Tee gekocht und Weihnachtsgebäck auf einem roten Teller drapiert. »Setz dich doch«, sagte sie. »Ich hol nur schnell meinen Plüschhocker.«

Ich ließ mich in den einzigen Sessel fallen und blickte mich um. Riesige Altbauwohnung von der Sorte Studenten-WG, vollgepackt mit hässlichen Alt-Oma-Möbeln. Überall standen ungeöffnete Kartons herum, die den Anschein erweckten, als sei jemand soeben erst eingezogen. Das Einzige, was nicht ins Bild passte, war ein gigantischer LCD-Fernseher, der an die Wand gegenüber dem Sofa geschraubt war.

Das Mädchen ohne Namen setzte sich neben mich auf ihren lila Plüschhocker. »Wir wohnen hier zu zweit. Kali und ich.« *(War Kali nun ein Mann oder eine Frau?)* »Den Fernseher hat Kali mitgebracht. Ich heiße übrigens Mena, das kommt von Filomena, aber so darfst du mich nicht nennen. Und wie heißt du?« Mena reichte mir ihre Hand.

»Machst du immer so einen Wind um deinen Namen?«, fragte ich und umfasste ihre warme, weiche Hand, ohne sie wieder loszulassen. Mena sah auf unsere Hände, lächelte. Ich ließ ihre Hand sofort los. »Ehrlich gesagt, ist mir so was noch nie passiert. Ich glaub, niemanden ist so etwas passiert!«, sagte ich und nahm einen Keks. »Ich meine das mit der S-Bahn.«

Mena nickte. Dann stand sie auf, setzte sich wieder hin, atmete zweimal tief durch und sagte: »Ich weiß … das alles muss dich sehr verwirrt haben.«

Mehr hast du nicht zu sagen, wollte ich sie fragen. Stattdessen stopfte ich mir einen Keks nach dem anderen in den Mund, während sie mir beinahe traurig dabei zusah.

»Und, wie heißt du?«, fragte sie, goss Tee in meine Tasse und bot mir Zucker und Milch an.

Ich klopfte mir die Kekskrümel vom Shirt. »Ich heiße James.« Jetzt würde sie gleich loslachen. Das taten alle, wenn sie meinen Namen zum ersten Mal hörten. Sie jedoch nickte nur. »Aber keiner nennt mich so. Alle bis auf meinen Vater. Alle anderen nennen mich Jim. Nicht Jimmy. Nur Jim.«

Mena saß so sich so dicht neben mir, dass sich unsere Knie berührten. Sie holte ein Haargummi aus ihrer Hosentasche und band sich das Haar zu einem Knoten. »Ach, und wie bist du so Jim? Nicht Jimmy?«, fragte sie und sah mich an wie ein Clown. *(Gott! Selbst mit so ner blöden Grimasse sah sie noch umwerfend aus!)* »Verwirre ich dich etwa?«

»Ob du mich verwirrst?«, ich suchte nach Worten. »Nein«, bemerkte ich knapp. Das war gelogen! Der Tee, der Schlabberpulli, der Dutt und das grelle Licht boten mir nicht gerade die Atmosphäre, die ich erwartet hatte. Nicht mal das Radio lief im Hintergrund!

»Wen haben wir denn da?«

Ein Mädchen, sehr schlank, aber erstaunlich kurvig, das mir auf Anhieb sympathisch war, schaute von mir zu Mena.

»Oh, das ist Jim«, sagte Mena betreten. »Er … er ist wegen … meiner Hausarbeit hier …«, stammelte sie. »Jim, das ist meine Mitbewohnerin Kali.« Mena und Kali warfen sich Blicke zu.

»Hi«, sagte ich und drückte Kalis Hand.

»Mena, kann ich dich mal kurz sprechen?«, fragte Kali und sah Mena durchdringend an. Mena und Kali verschwanden in der Küche. Es war nicht zu überhören, dass sich die beiden stritten. Nach einigen Minuten kam Mena zurück. Ihr Hals war gerötet und fleckig, das Gesicht blass.

»Entschuldige, ich geh mal eine rauchen«, sagte sie.

»Soll ich mitkommen?«

»Nein!«, rief sie etwas zu laut. Dann in normaler Lautstärke: »Sorry, ich muss mal telefonieren.«

Zwanzig Minuten später kam sie zurück und setzte sich diesmal aufs Sofa mir schräg gegenüber.

»Soll ich gehen?«, fragte ich.

»Der Anruf eben ... Und Kali ...« Sie deutete mit ihrem Kopf Richtung Küche. »Ich glaub, ich muss jetzt ...«

»Schon gut«, sagte ich und stand auf.

»Tut mir echt leid«, meinte Mena und rubbelte meinen Oberarm. »Ich ruf dich an. Okay?«

Ich nickte. »Klar.«

Eine Stunde später lag ich zu Hause in meinem Bett und fühlte mich schrecklich einsam.

CASUAL SEX

Drei Tage später.

Steves Wohnung befand sich mitten in Schwabing. Zwischen Fahrradständern und Mülltonnen suchte ich mir den Weg zu seinem Hauseingang. Ein altes Metallschild mit rostigen Nägeln und altdeutscher Schrift blinkte vor mir auf: Kaiserstraße 63. Ich trat einen Schritt zurück und blickte die Fassade hinauf. Oben auf dem Balkon standen ein paar Jugendliche herum und rauchten. Das Licht im Treppenhaus ging an. Zwei Mädchen torkelten ineinander verschlungen nach draußen, lachten, hoben ihre Bierflaschen in die Höhe und riefen: »P a r t y«! Aus Steves Wohnung drang laute, hämmernde Musik nach draußen. Im Treppenhaus – vor Steves Wohnung – stand ein stark nach Hasch riechender Typ, der ständig auf ein Mädchen einredete. Ich schnappte nur so viel auf, dass er schwor, mit Sophie nur geredet zu haben. »Die ganze Nacht?«, brüllte das Mädchen ihn an, schubste mich zur Seite und rannte in Steves Wohnung hinein. Ich bahnte mir den Weg durch die Partygäste.

Männlein und Weiblein standen in Reih und Glied im Korridor herum. Die meisten an die Wand gelehnt, mit einem Bier in der Hand. Das Mädchen von vorhin klopfte gerade an die Klotür und rief immerzu: »Komm raus, du Drecksding, du verfickte Hure!« Ein paar Jugendliche, die neben dem Mädchen herumchillten lachten über die kleine Eifersuchtsszene und nuckelten breitbeinig an ihren Bierflaschen. Sophie, die »verfickte Hure« indessen schrie mit gruselig schriller Stimme zurück: »Bei deiner ausgeleierten Fotze kannst du froh sein, überhaupt einen Kerl zu finden, der mit dir ins Bett will!«

Charmant!

Im Elternschlafzimmer lagen zwei Pärchen inmitten aller Jacken und Mäntel und machten bei offener Tür rum. Andere Partygäste spielten *Beer Pong* und wieder andere tanzten gerade auf *Usher's* »Yeah«. Lockere Partystimmung eben. Alle schienen sich zu amüsieren. Ach was! Woher weiß man denn, ob andere sich amüsierten in einer Zeit, wo jeder seinen Beliebtheitswert über die Anzahl virtueller Freunde definierte? Ich amüsierte mich auf Partys dann am meisten, wenn ich nicht zu viel erwartete. Lachen, flirten, Spaß haben. Vielleicht ein wenig rummachen. Am nächsten Tag konnte man dann alles auf den Alkohol schieben.

Mein Blick fiel auf die Sofalandschaft hinter der Tanzfläche. Dort hatten sich einige Mädchen aus meiner Schule breitgemacht und steckten die Köpfe zusammen. Selbst aus dieser Entfernung konnte ich erkennen, dass eines der Mädchen weinte. Dann trat ein anderes Mädchen aus der Gruppe hervor. Ihre perfekt geformten Gesichtszüge, ihr geschmeidiger Gang, aber vor allem ihr Lächeln erinnerten mich an Mena. Das geheimnisvolle Mädchen ging in die Küche und strömte diese weibliche Duftwolke aus, die vermutlich nur ich wahrnahm, weil ich scharf war wie ein

Rasiermesser. Ich folgte ihr in die Küche, köpfte mir ein Bier und fragte sie, ob sie wisse, wo Steve sei. Mit einem Mal stand ein riesengroßer, muskulöser Typ neben ihr und sah mich an, als wollte er mich zum Duell auffordern. Der Riese schob mich zur Seite und steckte der geheimnisvollen Fremden seine Zunge in den Hals.

Etwas später.

Mit meinem Bier in der Hand hielt ich Ausschau nach Steve. »Weißt du, wo Steve ist?«, fragte ich einen Jungen, der im Flur an eine Kommode gelehnt herumstand und verängstigt vor sich hinstarrte. »Wer ist Steve?«, fragte er und nippte an seiner Cola. Er stand da mit gekrümmter Haltung und blasser Haut und schielte zu einem Mädchen hinüber, das etwas abseits von uns stand und ihm heimliche Blicke zuwarf. Sie ein zartes Etwas mit Augen wie aufgemalt, wirkte mindestens genauso schüchtern wie mein Cola trinkender Freund. Ihr Blick huschte von *Cola-Boy* zu mir. Dann blickte sie zur Eingangstür. »Steve ist zur Tankstelle gefahren. Bier holen, glaube ich«, sagte sie und grinste zaghaft, als ob sie einen unanständigen Witz erzählt hätte. Erwartungsvoll schaute sie zu Cola-Boy. Ich nickte, bedankte mich und stellte beiläufig fest: »Übrigens ihr beide seid Steves Lieblingsgäste. Das hat er mir gesagt!« Aus dem Blickwinkel konnte ich sehen, wie sich die beiden seitlich an die Wand gelehnt, angeregt über meine äußerst verwirrende Bemerkung unterhielten.

Zwanzig Minuten später.

»Wie findest du sie?« Steve zeigte auf ein Mädchen, das aussah wie zwölf.

»Wen?«

»Na Nadja. Hab dir doch von ihr erzählt.«

»Die ist viel zu jung für mich. Und viel zu dünn.«

»Alter, die ist sechzehn!«

»Echt?« Ich neigte den Kopf zur Seite und sah sie mir genauer an. Nach der Pleite bei Mena brauchte ich was fürs Ego. Als ob sie meine Gedanken erraten hätte, stand Nadja plötzlich vor mir mit ihren blonden, langen Haaren und ihrem knallrot geschminkten Mund. Mein Kumpel Steve hatte sich *Bro-mäßig* in Luft aufgelöst.

»Du bist also Jim!«, sagte Nadja und musterte mich von oben bis unten.

Ich nickte.

»Bestimmt trainierst du fünf Mal die Woche.«

Ich schüttelte den Kopf und zeigte mit meinen Fingern zwei.

Nadja sah auf meine Hände. »Soll ich dir ein Bier holen?« Ohne meine Antwort abzuwarten, ließ sie mich stehen und kam mit einem schönen, kalten Bier zurück.

Nadja sah aus wie eine Mangafigur. Riesengroße türkisfarbene Augen, hautenges Shirt, kurzer Faltenrock. *It's cool to fletch a silver smile* stand auf ihrem Shirt. Darunter Snoopy mit Zahnspangen-Lächeln. Süß. Wirklich süß!

»Komm mal mit, ich zeig dir was«, sagte Nadja und zog mich in Steves Zimmer. Sie schloss die Türe hinter uns zu und zog ihr Shirt aus. Dann drehte sie sich um, blickte über ihre Schulter zu mir rüber. »Na, wie findest du mein Tattoo?«

Ich schaute sie an und bemerkte, wie blass ihr Gesicht war. Sie hatte dunkle Ringe unter den Augen und eine Narbe, die quer über ihr linkes Auge verlief.

»Du schaust ja mich an und nicht mein Tattoo!«, sagte sie gereizt.

Ich schüttelte stirnrunzelnd den Kopf und ließ nun meinen Blick über ihren Rücken gleiten. »Wow« machte ich. »Aber du bist doch erst sechszehn …«

»Ich weiß, wie alt ich bin … Sag mir, ob es dir gefällt.«

Ich machte einen Schritt auf sie zu und berührte ihren Rücken. »Es ist … wunderschön«, sagte ich. Es waren zwei Kolibris, die diagonal aufeinander zuflatterten. »Wahnsinn, sie sehen sich an, als wären sie …« Ich suchte nach Worten.

»Verliebt. Ineinander … verliebt«, beendete Nadja meinen Satz und zog sich wieder an. »Magdas Tattoos haben immer dieses … gewisse Etwas.«

»Magda«, sagte ich. »Magda hat das gestochen?«

»Ja.«

»Ich kenne sie. Sie wohnt über uns.«

»Ach ja?«, Nadja schien plötzlich nicht mehr so tough zu sein. »Du darfst ihr auf keinen Fall sagen, dass ich erst sechszehn bin.«

»Du hast die Unterschrift deiner Eltern gefälscht?«

Nadja nickte.

Ich nahm Nadja in meine Arme und sagte: »Und schon haben wir unser erstes Geheimnis.«

»Gut«, sagte sie und warf sich auf Steves Bett. Plötzlich lagen wir uns in den Armen und küssten uns. Zuerst zaghaft, dann immer leidenschaftlicher. Nadja zog ihr Shirt aus und fummelte an meiner Hose herum, als sich plötzlich ein anderes Pärchen neben uns legte.

»Mach weiter, ich kenn die beiden«, flüsterte Nadja mir ins Ohr und zog mich fester an sich. Ich weiß nicht mehr, was der Typ neben mir gerade gemacht hatte, aber ich hörte das Mädchen sagen: »Nein, nicht!« Der Typ versuchte gerade, der Kleinen sein Ding in den Mund zu stecken, während sie ihren Kopf hin und her warf. Ich riss mich von Nadja weg und schleifte den Kerl mit einem Affentempo aus dem Bett. Er fiel zu Boden und sah mich aus seinen zugedröhnten Augen verwundert an. »Alter, spinnst du?«

»Nein bedeutet NEIN du Arschloch!«, schrie ich ihn an und verließ das Zimmer. Nadja und das andere Mädchen liefen an mir vorbei und verzogen sich aufs Klo.

Steve stand draußen auf dem Balkon und rauchte Gras. Er hatte seinen Arm um ein Mädchen gelegt, das ich vom Sehen her kannte, und rief mir entgegen: »Wo ist Nadja, hast du sie etwa verloren.« Das Mädchen lachte laut auf.

Steve sah ungelogen wie der echte Steve McQueen aus. Natürlich viel jünger. Kurzes blondes Haar, blaue Augen, durchtrainierter Körper, Sex-Appeal. Die Mädchen waren verrückt nach ihm. Eigentlich hieß er Valentin. Den Namen Steve hatte meine Mutter ihm verpasst. Sie sagte: »Der Junge sieht aus wie Steve McQueen. Er war das einzig Coole an den sechziger Jahren! Ich werde ihn von nun an Steve nennen.«

»Steve, ich geh jetzt heim«, sagte ich.

»Spinnst du? Es ist erst elf!«

»Geile Party, Alter! Ehrlich! Aber ich bin heut nicht so gut drauf.«

»Dann sauf doch was oder willst du ...« Er reichte mir seinen Joint.

Ich sah ihn an und schüttelte den Kopf. »Nacht Alter«, sagte ich, umarmte ihn kurz zum Abschied und verzog mich.

Draußen auf der Straße hörte ich mit jedem weiteren Schritt die laute Musik und das Gelächter der Partygäste immer leiser werden. Die Nacht war kalt und plötzlich roch es nach Winter. Der Nachtwind wirbelte die letzten welken Blätter über den Boden. Ein alter Mann führte seinen Hund spazieren. Ein anderer torkelte am Gehsteig entlang. Ich sah Nadja vor mir: mit ihrem Tattoo, ihren roten Lippen, ihrer Unbekümmertheit. Wie es aussah, hätte ich sie ficken können.

Vielleicht auch nicht … Gott! Was war denn nur mit mir los? Warum benahm ich mich wie ein Schlappschwanz? Hör auf dich zu quälen, sagte ich mir selbst, hör auf, Druck zu machen! Hör auf damit! Es passiert dann, wenn es passiert. Ich muss so verbissen geguckt haben, dass eine ältere Frau, die mir auf dem Gehweg entgegenkam, verstohlen zur Seite blickte und sich schnell an mir vorbeischlich.

Wie ferngesteuert nahm ich die U3, stieg am *Odeonsplatz* um, in die U5 zum *Ostbahnhof*. Meine Füße trugen mich direkt vor Menas Haus. Diesem alten, vom Krieg verschont gebliebenen, schönen Haus, das um die Jahrhundertwende erbaut worden sein muss. Menas Wohnung war zum Hof gerichtet. Ich konnte unmöglich sehen, ob ihre Fenster beleuchtet waren. Ihr Auto stand nicht da, was nichts zu sagen hatte. Direkt vor dem Haus einen Parkplatz zu finden war in diesem Viertel ausgeschlossen. Ihr Auto konnte sonst wo stehen. »Hier bei uns im Haus leben viele ausgeflippte Leute«, hatte Mena gesagt. »Da ist Tag und Nacht was los! Bin froh, dass ich nicht in so einer noblen Gegend wohne. Umgeben von adrett gekleideten Menschen und Dienstboten. Hinter hohen Mauern mit ihren perfekten Gärten, zurechtgestutzten Ziersträuchern und unkrautfreien Rasenflächen. Gibt es etwas Schöneres als hektisch herumrennenden Büroleuten, coolen Rentnern, Schülern, genervten oder selig dreinblickenden Müttern, Ausländern, Inländern …« Sie holte tief Luft. »Und Touristen zu begegnen? Ich brauche diese lärmende Betriebsamkeit auf den Straßen. Ich mag sogar die Junkies und Alkoholiker, die von der Polizei von einem Platz zum anderen vertrieben werden. Ich mag das. Du etwa nicht?«

Nun stand ich vor ihrem Haus und hoffte inbrünstig, dass sie runterkommen oder mir über die Schließanlage zurufen würde, ich solle raufkommen.

Die Tür blieb fest verschlossen.

Die Gegensprechanlage stumm.

DER ROTE MINI-ROCK

Einen Tag später.

»Eine Mena hat angerufen«, sagte mein Vater beim Abendessen. Papa reichte mir die Fischstäbchen. »Mama hat auch angerufen.«

»Ah!«, machte ich belegte die eine Hälfte meiner Semmel mit Fischstäbchen und Tomatenscheibe, spritzte Ketchup und Mayonnaise drauf und legte die andere Hälfte der Semmel obendrauf.

»Ruf doch mal die Mama an«, sagte mein Vater. »Oder schreib ihr wenigstens eine SMS!« Pa wusste, dass ich nicht gerne telefonierte.

»Hat sie was gesagt?«, fragte ich und biss in meine Semmel.

»Wer?«

»Na, Mena«, sagte ich mit vollem Mund.

»Nur, dass du sie zurückrufen sollst.«

Ich nickte stumm, griff nach dem Telefon und wählte Mamas Nummer. Seit einigen Wochen hatte meine Mutter ein Engagement in Paris. Irgendein Stück von Puccini, glaub ich. Sie war ganz aus dem Häuschen, als sie ihren Künstlervertrag unterschrieb.

»Oh, Schatz, ich kann jetzt nicht sprechen. Bin grade in der Maske«, sagte meine Mutter.

»Kein Problem Mama. Ich ruf dich morgen wieder an.«

»Jim?«

»Ja Mama.«

»Ich liebe dich mein Schatz!«

»Ich dich auch Mama«, sagte ich und wusste, dass sie grade lächelte.

»Bis Morgen, mein Schatz«, sagte Mama beseelt und legte auf.

Etwas später.

Ich hatte grade den Tisch abgeräumt, da rief Mena an.

»Hey!«, sagte sie.

»Hey.«

»Du bist schwer zu erreichen.«

Ich schwieg.

»Ich hab es mehrmals auf Handy versucht, dann auf Festnetz … ähm … also …«

»Was willst du Mena?«

Nach einer kleinen Pause sagte sie: »Ich wollte dich fragen, ob du mit mir ins Kino gehen willst.« Menas Stimme klang dünn. Dünn und unsicher.

»Keine Lust!« Ich war nicht gerne so abweisend, aber irgendwas in mir sagte, dass ich mich von ihr fernhalten sollte. Dabei ging es mir nicht um den verpassten Sex. Einerseits fühlte ich mich von ihr angezogen, andererseits hatte ich Angst, dass sie mir wehtun würde.

»Jim?«

»Ja.«

»Ist es, weil ich dich neulich heimgeschickt hab?«

»Nein!«

»Ehrlich?«

»Vielleicht … ich mag nur jetzt nicht darüber reden«, sagte ich und legte auf.

Am selben Abend.

Ich war grade am Bolzplatz, als Mena mich wieder anrief. Von den Jungs war nur Steve da. Wir warfen ein paar Körbe und tranken Spezi.

»Hier ist wieder Mena. Deine Stalkerin«, sagte sie.

Steve mimte im Hintergrund schweinische Sachen. Zuerst lutschte er an seinem Daumen, dann rubbelte er an seinen Nippeln herum.

»Du Idiot!«, rief ich lachend und schubste ihn zur Seite.

»Was?«, sagte Mena.

»Nicht du! Steve kriegt gleich ne Abreibung«, sagte ich.

Wir schwiegen. So wie Paare, die sich frisch getrennt hatten. Die lieber den Mund hielten, aus Angst, etwas Falsches sagen zu können.

»Du bist sauer auf mich!«, stellte Mena fest.

»Mena, alles okay«, sagte ich. »Ich bin nicht sauer auf dich.«

»Gut.«

»Gut.«

»Und jetzt?«, fragte Mena.

Die Art, wie sie diese beiden Worte aussprach, versetzte mir einen Stich. »Und? Im Kino … schickst du mich dann nach dem Abspann nach Hause?«, fragte ich spöttisch.

»Ha-ha«, machte Mena. »Ich finde, wir sollten ausgehen«, entschied sie.

»Ja«, sagte ich lässig.

»Ja?«

»Ja!«, sagte ich wieder und grinste in mich hinein.

»Gut.« Mena war sichtlich erleichtert. Schlagartig änderte sich ihr Tonfall. Ihre Stimme klang nun wieder fest. »Wir könnten morgen den neuen Film mit *Ben Stiller* anschauen«, schlug sie vor.

»Ist der gut?«

»Nein!«

War das ein Geheimcode für wir könnten im Kino rummachen?

»Erzähl mir was über den Film.«

Innerhalb weniger Minuten war ich wieder der sabbernde Jugendliche. Mena las die Filmbeschreibung vor. Von ihren Worten bekam ich nichts mit. Ich lauschte nur ihrer Stimme. Sie hatte wieder diesen tiefen, karamelligen Klang. Sie flüsterte, hauchte und kicherte mir ins Ohr. Sie hatte mich wieder.

Einen Tag später.

Mena und ich trafen uns am Stachus vor dem Kaufhof.

Sie trug einen schwarzen Rollkragenpullover, einen roten Minirock und kniehohe schwarze Stiefel. Ein schwarzer Wollmantel hing über ihrem Arm.

»Schöner Rock«, sagte ich und gab ihr einen Kuss auf die Wange.

»Und du siehst verdammt sexy aus!«, stellte Mena fest und sah auf meinen Mund.

»Ich weiß«, gab ich gespielt arrogant zurück und betrachtete ungeniert ihre Brüste. Das, was danach geschah, war ein einziger Kampf, sie während des Films nicht anzufassen. Vom Film bekam ich praktisch nichts mit. Ihre Beine, ihr

Duft, ihre Nähe waren einfach zu viel. Als Ben Stiller endlich seine durchgeknallte Ehefrau loswurde und der Film zu Ende war, fragte mich Mena: »Lust auf einen Kaffee bei mir? Oder musst du morgen früh raus?«

»Nein, muss ich nicht«, sagte ich. Das war gelogen. Eigentlich wollte ich früh aufstehen und noch was für Pädagogik machen, aber ich hätte jede schlechte Note in Kauf genommen, nur um mit ihr zusammen sein zu können. Auf dem Weg zu ihrem Auto hakte sie sich bei mir ein und zog mich einfach mit. Ihre hohen Stiefel klackten rhythmisch auf dem Bürgersteig.

Es war spät.

Es war kalt.

Es war schön.

Als sie mich ansah, strahlten unsere Augen um die Wette. »Was machst du eigentlich?«, fragte ich.

»Was ich mache?« Mena blieb vor ihrer Ente stehen und öffnete die Beifahrertür. »Bitte Sir James, steigen Sie doch ein.«

»Herzlichen Dank. Sie sind zu gütig.« Ich nahm Platz und wartete gespannt auf ihre Antwort.

»Ich studiere Soziologie, Nebenfach Psychologie. Und was machst du?«

»Bin auf der SOZ-FOS.«

»Dann haben wir ja was gemeinsam!«, meinte Mena lachend und fuhr los.

Zwanzig Minuten später.

»Mach es dir bequem«, sagte Mena, als wir in ihrer Wohnung angekommen waren. »Möchtest du Milch? Ich hol mir nen doppelten Whiskey und eine Zigarre?«

»Bier«, sagte ich. »Bier und Bier.«

Mena lachte. »Hast du Hunger?«, fragte sie von der Küche aus in meine Richtung.

»Nein«, rief ich zurück wie so ein Ehemann und streckte wohlig meine Beine aus. Diesmal war alles so, wie ich es mir vorgestellt hatte. Sam Beam, der Sänger von *Iron and Wine* sang für uns, Kerzen sorgten für romantische Stimmung und Mena trug immer noch ihren roten Minirock.

»Hier bitte«, sagte sie und reichte mir das kalte Bier. Sie selbst trank Milch. »Jetzt kommt mein Lieblingssong *Cinders and Smoke*«, sagte Mena und ließ ihre Finger über den CD-Player gleiten. Dann schmiegte sie sich in meinen Schoß, schlang die Arme um meinen Hals und lächelte mich verführerisch an. Ruckzuck hatte ich einen Ständer.

»Alter, was bist du schwer!«, stöhnte ich auf und verzog das Gesicht. Zum Spaß natürlich!

Mena sprang sofort von meinem Schoß und bestrafte mich für diese Ungezogenheit mit einem Klaps auf den Kopf. Dann setzte sie sich vor mich auf ihren lila Plüschhocker und sagte: »Du, Jim. Ich muss dir was sagen.« Ich wartete. »Ähm«, machte Mena und streichelte gedankenverloren meinen Unterarm.

»Magst du Unterarme?«, fragte ich sie. Was Dämlicheres hätte ich sie nicht fragen können.

»Ja! Aber am liebsten mag ich diese Stelle. Steh mal auf!«

Ich stellte mich vor sie hin. Nun schob sie langsam mein Shirt hoch und legte ihre Hand auf die Stelle knapp über meinen Schwanz. Mena schmunzelte in sich hinein, als sie mein verdutztes Gesicht sah. »Diese Stelle ist der Hammer! Weißt du, dass du die perfekte Figur für tief liegende Jeans hast?«, sagte sie und sah zu mir hoch.

Ich war megaerregt und nichts hätte ich in diesem Moment lieber getan, als mit ihr zu schlafen. Ich setzte mich wieder in meinen Sessel, beugte mich nach vorne und nahm ihr Gesicht zwischen meine Hände. Mena hielt ihre Augen fest geschlossen, ihr Mund war leicht geöffnet. Dann, nach einer kurzen Ewigkeit, öffnete sie ihre Augen. Es gelang mir nicht oft, einen Menschen auf diese Art anzusehen. Nicht einmal mir selbst hatte ich je so tief in die Augen geblickt. Es war ein Moment voller Zartheit und Unschuld. Wer glaubt, dass nur Frauen zu solchen Gefühlen fähig sind, irrt sich! Sabrina konnte mit ihren Tipps über Liebe und Sex mir nur vage helfen. Ich musste es selbst erfahren. Jetzt, in dieser Novembernacht, wollte ich *der* Frau, die ich liebte, in die Augen schauen. Wollte mich sattsehen an ihren schönen braunen Augen. Sattes haselnussbraun, kein bisschen grün oder grau darin. Ich hatte viele Frauen gesehen, die schön sind, jedoch keine Wärme und Güte ausstrahlten. Wenn Mena von Dingen sprach, die sie liebte, blitzten und funkelten sie. Es war die reinste Magie.

»Was musst du mir sagen, Mena?« Ich schielte zur Wanduhr. Es war 23:00 Uhr. Meine letzte S-Bahn fuhr um 23:41 Uhr. Mena faltete ihre Hände mit den rosig schimmernden Fingernägeln und führte sie an den Mund.

»Ach nichts«, sagte sie, stand auf, strich ihren Pullover glatt und setzte sich wieder hin. »Magst du noch Bier oder was anderes?«

Ich schüttelte den Kopf. Mena stand wieder auf. Öffnete das Fenster und steckte sich eine Zigarette an. Ich gab ihr Feuer. »Weißt du eigentlich, dass du der einzige Mann bist, der mir Feuer gibt? Das ist sexy.«

»Und du. Du bist die einzige Frau, die mir die Beifahrertür öffnet«, sagte ich grinsend und steckte mein Feuerzeug zurück in die Jeanstasche. »Mena, was willst du mir eigentlich die ganze Zeit sagen?«, fragte ich sie ganz ruhig.

»Nichts.«

»Nichts?«

»Will's ja, aber ich bin noch nicht soweit.«

Ich nickte und wechselte das Thema. »Ihr habt neue Möbel gekauft?«, sagte ich und sah mich um.

»Ja stimmt.« Mena streifte ihre Stiefel ab. »Bin gleich zurück. Ich zieh mir nur was Bequemes an und mach mich bettgehfertig«, sagte sie. *(Am liebsten wär ich zu ihr ins Bad gerannt und hätte mich auch bettgehfertig gemacht.)* Ich legte Genesis in den CD-Player ein und machte es mir auf dem Sofa bequem.

Sie trug jetzt ein buntes Seidenpyjama mit *I love Istanbul* drauf. Lippenstift, Wimperntusche, alles weg. Ich sah auf ihre Füße. Sie trug Socken mit einer Katze drauf, die den Stinkefinger zeigte. Ich musste lachen. Mena sah an sich herunter und wippte mit den Füßen. Dann setzte sie sich wieder neben mich auf ihren Plüschhocker.

»Ich finde, dass du jetzt …«, begann ich und meine Augen kletterten an den Knöpfen ihres Pyjamas hoch.

»Ja?«, sagte Mena und sah einen Tick zu lange auf meinen Mund. In Gedanken nahm ich sie in den Arm und küsste sie zärtlich. »Ich weiß, was dich umtreibt, du willst wissen, warum ich das in der S-Bahn gesagt habe?«

Ich nickte und sagte: »Ich mein, schau dich an … du bist jetzt so normal.«

»Niemand ist normal!«

»In der S-Bahn, da warst du wie …«

»Eine Hure?«

Ich schüttelte verneinend den Kopf. »Ich finde dich so, wie du jetzt bist, besser. Außerdem warst du leichtsinnig, mein Kind!«, sagte ich und musste seltsamerweise an ihren Vater denken. Mena zeigte keine Regung. »Ich könnte über dich herfallen!«, fuhr ich fort und zog eine Gruselgrimasse.

Mena lachte kurz auf. »Nein, so bist du nicht, Jim!«, sagte sie. »Du bist kein Vergewaltiger!« Sie nippte an ihrer Milch, schien nachzudenken. »Ich hatte mal einen Freund. Martin«, fing sie an zu erzählen. »Ich traf ihn zufällig in der Stadt. Er erzählte mir, dass seine Mutter kürzlich gestorben sei. Ich kannte sie. Frau Keck. Sie hatte mich immer gut behandelt. Jedenfalls lud ich ihn zu mir nach Hause ein. Wir unterhielten uns, tranken Kaffee, dann fiel er plötzlich über mich her. Es war nicht so, dass er mich rum kriegen wollte. Es war anders. Mit gutem Zureden konnte ich ihn schließlich daran hindern, aufs Ganze zu gehen.« Mena sah auf ihre Hände. Dann blickte sie mir direkt in die Augen. »Glaub mir, eine Frau spürt so was. Und du, Jim gehörst nicht zu den Männern, die austicken würden.«

Ich sagte nichts.

»Was denkst du?«, fragte Mena.

»Ich glaub, dass Männer Frauen oft falsch interpretieren.« Sie durfte mich jetzt nicht falsch verstehen. »Ich meine das ganz allgemein. Männer, selbst die Hässlichen, sind derart von sich eingenommen, dass sie jede freundliche Geste als Einladung für Sex deuten. Meine Cousine Sabrina sagt das immer.«

»Deine Cousine ist eine kluge Frau.«

»Damals, als dieser …«

»Martin.«

»Martin dich fast vergewaltigt hat, warst du unglaublich stark.« Ich nahm ihre Hand zwischen meine Hände. »Mena, du hast dich nicht zum Opfer machen lassen«, sagte ich ernst und sah sie lange an. Nicht mit dem Blick eines Machos, der ein Mädchen klarmachen wollte, sondern auf die Art, wie ich Menschen ansah, die mir wichtig waren. Sie erwiderte meinen Blick und lächelte. Sie lächelte dieses warme Mena-Lächeln. Nach einer Weile stand sie auf, öffnete das Fenster und lehnte sich weit hinaus, leise eine Melodie summend. »Sie ließ den Klang hinaus in die Nacht und schloss für einen

Moment die Augen«, sagte Mena lachend. Dann drehte sie sich um mit dem Rücken zum Fenster und strahlte mich an. »So würde es jetzt in einem Liebesroman stehen. Ich liebe Liebesromane, besonders die Alten!«, gab sie zu und wurde etwas rot.

»Ich auch«, log ich und stellte mich schmunzelnd neben sie und war erstaunt darüber, dass es sich so vertraut anfühlte, in ihrer Nähe zu sein. Die anfängliche Unsicherheit war von mir gewichen. Sie machte Platz für ein unbekanntes, schönes Gefühl, eine Mischung aus Freude und Schmerz. Mein ganzer Körper schien zu brennen. Es ging ein solcher Sog von ihr aus, dass ich fest davon überzeugt war, dass auch sie dasselbe für mich empfinden musste.

»Ich bade im See der ersten Verliebtheit«, murmelte ich vor mich hin und stupste sie von der Seite an. Erst kicherte Mena, dann sagte sie: »Du warst noch nie verliebt, richtig?« Es hörte sich nicht wie eine Frage an.

»Nein, so richtig geliebt hab ich noch nie.«

»Und Sex?«

»Gestern hatte ich die Gelegenheit dazu.«

»Und, du hast es nicht getan?«

»Nope!«

»Warum nicht?«

»Weiß nicht, vielleicht, weil ich nicht in sie verliebt bin«, gab ich zu und hoffte, dass sie nicht lachen würde. Sie lachte nicht. Sie legte ihren Arm um meinen Nacken und gab mir einen kurzen, aber sehr zarten Kuss auf die Wange. Mehr nicht. Und doch durchzuckte es mich, als sie das tat. Wir drehten uns wieder um und schauten aus dem Fenster. Ich hatte keinen Schimmer, wie spät es war. Das war mir egal. Hauptsache, Ich war in ihrer Nähe.

»Oh, sieh mal, da sind Mariechen und Sadie«, rief Mena aufgeregt und zeigte nach unten auf den Innenhof. »Die

Katzen von Denise.« Mena lachte. »Denise, die Frau mit dem Baby.«

»Oh okay.« Nie im Leben hätte ich mir den Namen ihrer Nachbarin gemerkt. Scheinbar auch so ein Fehler von uns Männern. »*Ihr hört einfach nicht zu!*« *Sabrinas Geist war allgegenwärtig!*

Beim Anblick der Katzen kam die Erinnerung an unseren Kater Bubbele hoch. Ich hätte Mena gerne von ihm erzählt. Und wie sehr ich ihn geliebt habe. »Wir werden keine Kinder mehr bekommen«, hatte meine Mutter gesagt. »Du sollst aber nicht alleine aufwachsen, deshalb werden wir uns eine Katze zulegen.« »Eine Katze? Warum nicht einen Hund?«, wollte ich wissen. »Weil es nicht geht«, sagte Mama. Bubbele kam in den Weihnachtsferien zu uns. Ich war zwölf. Meine Mama hatte gerade kein Engagement und wollte sich der Eingewöhnung von Bubbele widmen. Ein halbes Jahr später starb er. Einfach so. Ich hatte nicht einmal geweint, und doch war es die traurigste Zeit meines Lebens.

»Woran denkst du?«, fragte Mena.

»Ach an nichts … und du?«

»Auch an nichts«, sagte sie, und ich wusste, dass das gelogen war. Ich weiß nicht, wie lange wir so da gestanden und in die Nacht geblickt hatten, Zweifel und Misstrauen meldeten sich wieder. Gedanken, die mich von ihr wegzerren wollten. War es Vernunft? Besonnenheit? Nein, das war es nicht. Ich ahnte, dass diese Liebe einmal schmerzen würde. Ich sah Mena von der Seite an. Scheinbar verbarg sie etwas vor mir. Aber hatte nicht jeder das Recht auf Geheimnisse? Denk nicht nach, liebe einfach, sagte eine Stimme in mir.

Mena sollte meine Freundin sein!

Mein Mädchen.

Ich wollte alles über sie erfahren.

Jede Kleinigkeit.

Ich wollte sie küssen.

Immer wieder küssen.

Ich wollte das Geheimnis der Liebe durch sie erfahren.

Ich wollte in der Lage sein, den Klang ihrer Stimme von Tausenden herauszuhören.

Sie an mich pressen und festhalten, bis sie mich von sich stieß.

Ich wollte mit ihr einkaufen gehen und Betten machen.

Blöde Fernsehsendungen anschauen und mit ihr weinen können.

Ich wollte das ganze Paket.

»Sag mal Mena«, ich musste jetzt mutig sein. »Magst du mich eigentlich?« Ich wartete. »Ich meine als Mann!«

»Klar! Du bist meganett.«

»Nett? Nett ist der kleine Bruder von Sch…«

»Hey!«, sagte sie und hielt mir mit ihrem Zeigefinger den Mund zu. »Nett ist nicht der kleine Bruder von Scheiße, Jim. Ich liebe es, wenn die Leute nett zu mir sind … Gerade jetzt.« Sie schwieg für einen winzigen Moment. »Weißt du, wie das ist, so ohne Familie und ohne Freunde zu leben?« Ich schüttelte den Kopf. Ich war ja noch nie von zu Hause weg gewesen. »Okay die Kali und Denise kenne ich. Aber sonst?«

»Jetzt kennst du ja auch mich Filomena Petrillo«, sagte ich. »Du kannst mich anrufen. Jeden Morgen und jeden Abend, wenn du willst. So was tun doch Freunde, oder?«

»Ja!«, sagte Mena und strahlte übers ganze Gesicht. Sie stellte sich auf die Zehenspitzen und küsste meine Stirn. Diesmal kam ich mir nicht wie ihr kleiner Bruder vor.

Auf dem Heimweg fror ich. Ich fror, weil ich mich auf mehr Nähe eingestellt hatte. Mena hatte mich mit der Aussicht auf Sex zu sich gelockt, als sie mir ihr wahres Ich zeigte, zeigte sich auch mein wahres Ich. Ich erkannte, dass ich Liebe brauchte, um Sex haben zu können. Die Jungs aus meinem Viertel würden mich deshalb *Pussy* nennen. Ein echter Mann weist keine Frau zurück, würden sie sagen. Ein Männerleben konnte doch nicht darin bestehen, eine Frau nach der anderen zu vögeln! Natürlich fühlte es sich großartig an, wenn man bei den Mädchen ankam und Gott ja, Frauen sind der Hammer! Ich war noch Jungfrau und mein Instinkt sagte mir, dass Mena die Richtige war. Die Richtige für die Liebe. Und für den Sex. Was, wenn sie mich nicht wiedersehen wollte? Was, wenn sie einen anderen liebte? Mir fiel ein Gespräch zwischen meiner Mama und mir ein. Ich fragte sie, woran ich erkennen würde, dass ein Mädchen an mir interessiert sei. Sie sagte: »Wenn ein Mädchen dich wirklich gut findet, wird sie dich wiedersehen wollen, und es ist dann völlig egal, was du vorschlägst. Ob Kino oder Abendessen oder zum Wändestreichen. Sie wird alles mit dir schön finden.«

Mein Vater saß vor dem Fernseher und schlief. »Papa wach auf!«, sagte ich und stupste ihn von der Seite an.

»Lass uns schwimmen gehen!«, murmelte er belämmert und fuhr hoch. »Na wie wars?«, sprach und gähnte er gleichzeitig.

»Gut.« Ich wollte nicht mit ihm darüber reden.

Er runzelte die Stirn und lehnte sich in seinen Sessel zurück. Dabei rutschte er hin und her wie eine Henne, die die richtige Position zum Brüten ihrer Eier suchte. Es war schwer, ihm etwas vorzumachen. Er grinste von einem Ohr zum anderen und hatte den Ausdruck von *Bill Cosby,* der mit seinem Sohn *Theo* sprach.

»Okay«, sagte ich. »Kumpel, was willst du hören?« Ich mimte den Tonfall von *Don Corleone* aus *Der Pate* und kratzte mich an der Wange. »Sie fand es so toll, sie hat miaut.«

Mein Vater klatschte in die Hände und lachte laut auf. Er krümmte sich vor Lachen und schlug sich auf die Knie. »Du kleiner Scheißer!«, rief er und boxte mich auf den Arm. »Willst nicht darüber reden, was?«

»Nein Sir«, sagte ich salutierte und verzog mich auf mein Zimmer.

Später lag ich eine ganze Weile wach im Bett und dachte an Mena: Sie war fünf Jahre älter als ich, störte mich nicht. Sizilianerin, astrein. Lebte nicht mehr zu Hause, tja, da war sie mir um Welten voraus. Sie war fürsorglich, sanftmütig und ehrlich. War nicht prüde, aber auch nicht lasziv. Klug, aber nicht blasiert. Selbstbewusst, aber nicht selbstverliebt. Das Wichtigste aber war: Man fühlte sich wohl mit ihr. Sie war wie ein kleiner Hund, den man nicht mehr hergeben wollte. Ich hatte große Lust, sie anzurufen. Und was sollte ich sagen? Dass ich mich in sie verliebt hatte? Und dass ich sie am liebsten gleich wiedersehen wollte? Nein, es blieb mir nichts anderes übrig, als zu warten.

i

D I E   B A N D

Das Treffen mit Mena war nun knapp zwei Wochen her. Sie hatte nicht angerufen. Wie konnte ich nur annehmen, dass sie sich in mich verliebt haben könnte? Oder wenigstens verknallt. Was war eigentlich der Unterschied zwischen Verliebtsein und Liebe oder der ganz großen Liebe? Und was war, wenn man einseitig liebte? Konnte die Geliebte trotzdem die Seelenverwandte sein?

Was waren denn das für irre Gedanken! Ich schüttelte mich so, als wollte ich die seltsamen Grübeleien aus meinem Kopf herausrütteln und wählte Sabrinas Nummer.

»Ganz gleich, was ich tue, ich sehe sie ständig vor mir! Auf den Straßen und in der U-Bahn. In jeder Brünetten sehe ich Mena.«

Sabrina dachte einen Moment nach. Sie war es gewohnt, dass ich so aus dem Nichts in ihre Gedanken platzte. »Mena?«

»Menas Augen glänzten, als sie mich ansah …«

»Glänzende Augen sind kein Indiz für Liebe, sondern für Sympathie«, sagte Sabrina nüchtern.

»Und wie ist es, wenn sie in mich verliebt ist?«

»Dann glänzen ihre Augen auch.«

»Okay.«

»Warte ich les da grade einen Artikel. Der könnte dich interessieren. Hör zu!«

Als ich eines Tages mit meinem Freund seine Fotoalben durchsah, fand ich ein Foto, auf dem ICH (!) mit drauf war. Ich lag an einem Strand in Griechenland neben ihm und blickte in die Kamera. Wir kannten uns noch gar nicht und doch gab es ein gemeinsames Foto von uns. Ein Foto, geschossen von seiner damaligen Freundin Birgit. Wir waren am selben Ort zur gleichen Zeit. Doch offensichtlich hatte Kismet, Schicksal oder Amor hier etwas durcheinandergebracht. Wir sollten zusammen kommen. Nur nicht jetzt. Demnach gibt es irgendwo da draußen einen Menschen, der uns kennt und liebt, noch bevor wir ihm begegnet sind. Wir stecken vielleicht seit Jahren in einer unglücklichen Beziehung fest, während unser Seelenverwandter zwei Straßen von uns entfernt wohnt. Wenn man der griechischen Mythologie Glauben schenken will, hat jeder von uns eine Zwillingsseele. Irgendwann von den Göttern getrennt, ist es unsere Aufgabe, sie wieder zu finden. Es wird behauptet, dass diese Zwillingsseelen sich im Leben sogar mehrmals begegnen können. Sie kommen zusammen, heißt es. Vielleicht in diesem Leben – vielleicht erst Äonen später. Das Universum kennt keinen Zeitdruck. Alles, was wir machen müssen, ist es, uns zu entspannen. Und fest daran zu glauben.

»Was ist, wenn man diesem einen Menschen nie begegnet? Hat einen dann der Himmel vergessen?«, fragte ich.

»Ich habe da meine eigene Theorie«, sagte Sabrina. »Ich glaube, dass die Begegnung mit der richtigen Person nicht so spektakulär verläuft. Es ist eher wie bei Lassy, den der kleine Junge unter Tränen immer wieder wegschickt, weil er ihn schützen will. Es gibt keine Seelenverwandten, es gibt nur

Typen, die zu uns zurückkommen, ganz gleich, was wir getan haben.«

»Das glaubst du?«

»Ja!«

»Und, wie ist es mit der ersten großen Liebe? Hat sie nicht einen besonderen Stellenwert?« Ich wunderte mich selbst über diese Frage.

»Da ist das Herz noch frei von Narben und das Liebeskontrollzentrum noch nicht geboren. Man liebt. Man vertraut. Man glaubt.«

Ich telefonierte wirklich nicht gerne, aber an diesem Tag hätte ich Sabrina stundenlang zuhören können. »Das klingt schön«, sagte ich beseelt.

Sabrina schwieg.

»Sabrina?«

»Ich bin da, ich hab nur genickt.«

»Okay.«

»Wir entwickeln eine Art Radar gegenüber potenziellen Herzensbrechern, aber soweit bist du ja noch nicht.«

»Red weiter«, sagte ich.

»Was ich sagen will, wir werden paranoid und boykottieren jede neue Liebe. Wir versuchen gemäß einer erfolgreichen *Liebes-Notfall-Präventiv-Politik* einen Lügner, Heuchler oder was weiß ich zu entlarven. Bist du noch da?«

»Ja!«, sagte ich.

»Alles aus Selbstschutz. Wir machen alles nur aus Selbstschutz! Unser Herz ist tapfer und einiges gewohnt, aber wir müssen es pfleglich behandeln.«

»Pfleglich behandeln?«

»Ja! Gleich nach unserem ersten Date oder auch schon vorher *googeln* wir ihn zu Tode. Suchen nach Leichen im Keller. Und wenn er oder sie all diese Prüfungen bestanden hat, darf er oder sie in unser Allerheiligstes – in unser Herz. Aber bitte erst nach einem negativen Aids-Test.«

»Du willst damit sagen, ich soll vorsichtig sein.«

»Nein!«

»Nein?«

»Ich will damit sagen, dass du das, was du gerade erlebst, frei von Vorurteilen genießen sollst. Dein Herz ist noch unschuldig. Deshalb wird es besonders wehtun. Aber auch besonders schön sein. *Khalil Gibran* sagt, die Liebe kann einen krönen oder kreuzigen. Man hat keine Wahl.«

Am selben Abend erhielt ich eine SMS von Mena.

Habe am 15. Dezember Geburtstag.
Kommst du? Please say yes!
Love M.

Meine Antwort:
Ich komme mit wehenden Fahnen!
Danke!
Jim.
PS: Ich bring meinen besten Freund Kevin mit.
Ist das okay?

Sie:
Aber ja! It's raining MEN, Halleluja!

»Halleluja«, stieß ich aus und küsste mein Handy. »Allmächtiger, du bist ein gütiger, großzügiger Gott!«, sagte ich zur Decke blickend.

Mein Vater, der neben mir auf seinem Fernsehsessel saß, sah mich verwundert an. »Ich dachte, du bist Atheist.«

Ich schüttelte liebestrunken den Kopf, küsste meinen verdutzten Vater auf den Mund und ging in mein Zimmer. Es wurde höchste Zeit, dass ich einen Mann in die Mena-Story einweihte.

Ich rief Kevin an.

Er war schließlich mein bester und ältester Freund. Mit Kevin konnte ich stundenlang schweigen oder reden. Je nachdem. Kevin lebte bei seinem Vater Werner und dessen Freundin Mia. Mia hatte Kevin zwar nicht geboren, doch sie mochte ihn. Ob ihre Zuneigung für ihn so groß war wie die Liebe einer Mutter, ist fraglich, aber sie war ehrlich und verständnisvoll. Werner war ein irrer Typ: Ein fleißiger, aufrichtiger Mann, der die perfekte Mischung aus Verantwortungsbewusstsein und väterlicher Fürsorge besaß. Er war ein nachsichtiger und humorvoller Vater, der selten streng war. Werner konnte Kevins Erziehung nicht komplett auf Mia abladen, zumal er mit ihr eine kleine Tochter hatte, die an einer schweren Krankheit litt. Manchmal fuhr mich Mia nach Hause, niemals ging sie mir auf die Nerven. Einmal hatte ich sie total aufgestylt gesehen. Sie war geschminkt und sexy gekleidet. Als sich unsere Blicke im Rückspiegel ihres Autos kreuzten, zwinkerte sie mir zu und ihre dunkelblauen Liz-Taylor-Augen funkelten wie Saphire. Es war der Blick einer Frau, die verführen konnte.

Kevins leibliche Mutter hatte ihre Kinder mehrmals im Stich gelassen, weil irgendein Typ ihr wichtiger geworden war. Sie gehörte zu den Müttern, die allabendlich vor dem PC klebten und verzweifelt nach der (vermeintlich) großen Liebe suchten. Vor drei Uhr morgens kam sie selten ins Bett. Abgesehen von ihrem immensen Alkoholkonsum, der es ihr unmöglich machte, einen Job länger als zwei Monate zu behalten, war sie hoch verschuldet. Unaufhörlich bestellte sie sich Klamotten und unnötigen Krimskrams aus dem Internet.

Sie war hoffnungslos verloren. Ihr größter Trumpf war jedoch ihr Aussehen. Sie war eine extrem schöne Frau: schlank, geistreich und unkompliziert, zumindest auf den ersten Blick. Die Männer, meist Akademiker mit dickem Portemonnaie, verfielen ihr mit Haut und Haar. Die Alltagssorgen ihrer Kinder und der lästige Haushalt wurden ihr bald zu viel; also packte sie wieder einmal ihre Koffer und verließ Mann und Kind. Mein Kumpel Kevin hatte drei kleine Schwestern, die quer verstreut in Deutschland bei ihren Vätern lebten.

Kevin machte sich über alles Mögliche Gedanken. Oft glaubte er, jemanden verletzt zu haben, mit einer Bemerkung oder einer Geste. Er beherrschte die Kunst des aktiven Zuhörens wie sonst keiner und fiel einem nie ins Wort. Nicht selten klang er wie jemand aus dem letzten Jahrhundert, weil er Wörter verwendete, die nur Erwachsene benutzten: *vorzüglich, ausgezeichnet* oder *exzellent* zum Beispiel. Wir lachten uns oft kaputt, wenn er wieder mal ein neues *(altes)* Wort in seinen Wortschatz einbaute. Unser absolutes Lieblingswort war *Gemächt*. Meine Mama liebte Kevin. Sie war von Kevins Sensibilität derart fasziniert, dass sie ihn am liebsten adoptiert hätte. Einmal sagte sie, sie sei noch nie einem Menschen begegnet, der so viel Liebe in sich trage.

»Du magst ihn, weil er gute Manieren hat«, sagte ich. Ein wenig eifersüchtig war ich schon auf Kevin.

»Nein, das ist es nicht. Es ist sein Blick für Details und sein Gespür für Menschen und Situationen. Ist es dir unangenehm, wenn ich ihn lobe?«

»Nein. Ich glaub, du willst sagen, dass er kein Dickhäuter werden soll, richtig?«

»Richtig! Aber mit dicker Haut lebt es sich leichter. Das ist ja das Problem«, sagte sie und dachte bestimmt an die Grabenkämpfe unter ihren Künstlerkollegen.

Kevin ließ sich niemals ganz fallen. Zu groß war in ihm die Angst, eine Last sein zu können. Kevins Mutter hatte ihn als Säugling schwer vernachlässigt. Die Nachbarin, die ebenfalls ein Baby hatte, alarmierte das Jugendamt. Von da an nahm Werner seinen Sohn zu sich. Als alleinerziehender Vater war er allerdings oft auf die Hilfe anderer Leute angewiesen. Vielleicht resultierte daraus Kevins extreme Anpassung an andere Menschen. Kevin erzählte mir oft von seinen Plänen, eines Tages, seinem Vater und Mia alles zurückzuzahlen. Tausendfach! Kein Mensch zweifelte daran.

Ich rief Kevin von der U-Bahn aus an.

»Hi! Ich bin's.«

»Hallo Jim.«

»Bin grad aufm Weg zu dir?«

»Ausgezeichnet!«

»Magst mit zu mir kommen.«

»Ja, warum nicht.«

»Morgen hab ich Bandprobe, kannst dann mitkommen, wenn du magst.«

Seit zwei Jahren war ich in einer Band. Ich hatte die Jungs von *Puddingshop* auf einem Konzert kennengelernt. Nachdem sie bei einem Battle mit ihrem alten Sänger den vorletzten Platz gemacht hatten, suchten sie nun einen neuen Sänger und Gitarristen.

Es war ein sonniger, warmer Frühlingstag. Die Bäume standen in ihrem Saft und die Vögel nervten einen frühmorgens mit ihrem Gezwitscher. Ältere Frauen trugen wieder weiße Handtaschen und kleine Jungs Baseball-Caps anstatt Wollmützen. Aber was superwichtig war: Die Straßen füllten sich wieder mit schönen, sexy Mädchen, die ihre dicken Mäntel gegen luftige Klamotten eingetauscht hatten. Endlich zeigten sie wieder Haut. Wir Jungs atmeten auf, weil wir nun wieder unserer Lieblingsbeschäftigung nachgehen konnten, schönen Mädchen hinterher zu steigen. Vorbei war die Zeit der nassen Turnschuhe und frierender Finger. Wir hörten auf, zur S-Bahn zu rennen. Wir ließen uns Zeit. Unser Gang wurde geschmeidiger, unser Blick schärfer. Die Mädchen verhielten sich genauso. Sie rauschten nicht mehr an uns vorbei, weil der blöde Regen ihr Make-up ruinierte. Ihre einzige Sorge war es, bis zu den Pfingstferien einen flachen Bauch zu bekommen, wenn die Badesaison wiedereröffnet wurde. Ich sollte mich auf drei Songs konzentrieren, und wenn ich wollte, konnte ich meine Gitarre mitbringen. Musste aber nicht. Erik, der Bassist, ein riesengroßer Kerl mit Peter-Fonda-Koteletten war mir auf Anhieb sympathisch, Till der Schlagzeuger, weniger. Aus Eitelkeit hatte ich meine Brille zu Hause gelassen. Till, den ich nur verschwommen wahrnahm, saß die ganze Zeit auf seinem blöden Hocker und starrte mich an. Florian, genannt Flo, bot mir Kaffee an und fragte mich gleich nach meinem Musikgeschmack. Das machten alle Musiker. So wusste man gleich, wen man vor sich hatte.

»Es gibt Tage, da höre ich nur *Dean Martin*«, sagte ich mit superernster Miene. Flo lachte und klopfte mir auf die Schulter.

Wir spielten *Wish you were here* von *Pink Floyd*, *Rape me* von *Nirvana* und *Seven Nation Army* von den *White Stripes*. An den Jungs war musikalisch nichts auszusetzen. Astreine Mucke! Das einzig Störende war, dass der Übungsraum am Arsch der Welt lag. An manchen Tagen fuhr überhaupt kein Bus, sodass ich ständig hin und hergefahren werden musste wie ein Baby.

»Wer ist für dich die beste Schlagzeugerin?«, fragte Till plötzlich.

»Cindy Blackman«, antwortete ich mit fester Stimme. Till nickte und ließ sein Stick durch seine Finger rollen.

Nach dem Vorsingen versprach Erik, sich bei mir zu melden. Angeblich wollten sie sich noch weitere Sänger anschauen. Heute weiß ich, dass das Casting bei mir geendet hatte. Was solls! Letztendlich hatten sie sich für mich entschieden.

Unsere ersten Gigs spielten wir in Jugendzentren. Natürlich verdiente man sich so keine goldene Nase, doch wir wollten und mussten auf die Bühne! Ehrlich gesagt, es war nicht schwer, Teenies zu begeistern, schließlich war unser Repertoire auf junge Leute abgestimmt. Und wer von den meist bedudelten Jugendlichen bekam überhaupt mit, was wir spielten.

»Macht ruhig Teenie-Musik«, sagte meine Mutter vor einiger Zeit. Ich saß gerade im Wohnzimmer und versuchte zu lernen. »Ihr müsst aber auch vor kritischem Publikum spielen können! Vor allen Dingen braucht ihr eigene Songs. Wie sonst soll man euch von den anderen Bands unterscheiden können? Hörst du mir überhaupt zu?«, fragte Mama gereizt.

»Nein!«, antwortete ich frech.

Mama ließ mich stehen und ging in die Küche. »Ich mache Tee, magst du auch einen?«, schrie sie durch die ganze Wohnung. Als Opernsängerin war sie es nicht gewohnt, leise zu sprechen.

»Tee? Okay«, rief ich zurück und latschte zu ihr in die Küche. Während sie den Wasserkocher mit Wasser auffüllte, holte ich die Tee-Dose aus dem Küchenschrank und stellte sie auf die Anrichte direkt vor ihre Nase.

»Man kann nie wissen, wer im Publikum sitzt«, sagte Mama, griff nach dem Espressokocher, schraubte ihn auf, füllte Wasser und Kaffee hinein und setzte ihn auf die Kochplatte.

»Mama wolltest du nicht eigentlich Tee machen?«

Meine Mutter runzelte die Stirn. »Was?«

»Ach nichts.« Ich konnte jetzt nicht eine Diskussion wegen ihrer Schusseligkeit vom Stapel lassen. Ich füllte Milch in einen kleinen Topf, stellte ihn auf den Herd und schlug die Milch mit einem Schneebesen zu Schaum. »Deutsche Songs kommen für mich nicht infrage und mein Englisch ist nicht gut genug!«

»Quatsch!«, rief Mama entrüstet. »Schreibt darüber, was euch bewegt.« Sie sah mich durchdringend und ein wenig mitleidig an. »Der Song muss ins Ohr gehen und sich ehrlich anfühlen. Schau!«, sagte sie, »Wenn ich einen Song zum ersten Mal höre, muss es bei mir POW machen!« Mama schoss schlagartig hoch und spreizte ihre Hände in die Höhe. Sie sah mich an, als spielte sie eine Sterbeszene aus *Othello*. In diesem Moment pfiff der Espressokocher. Mama kam wieder zu sich, goss Espresso und Milchschaum in unsere Tassen und sagte ganz ruhig. »Du hast mich doch verstanden, Jim?« Ich nickte kurz und vermied es, ihr in die Augen zu schauen. Vielleicht würde sie ja dann aufhören zu reden. »Später einmal kannst du dann deine Stücke künstlerisch veredeln«, sagte sie und setzte sich zu mir an den Küchentisch.

Jetzt würde sie so lange weitermachen, bis ich irgendwas geäußert hatte. Irgendwas! Ich musste nicht ihrer Meinung sein, ich musste mich nur positionieren können. *Das* war ihr wichtig! Ich seufzte auf, was sie antrieb, stärker auf mich einzureden. »Ach Mama!«, maulte ich und flüchtete in mein Zimmer.

So leicht ließ sich meine Mutter nicht abschütteln. Sie trippelte mir hinterher in ihren eleganten Haussandalen und dem gerade geschnittenen Kleid. Meine Mutter gehörte zu der seltenen Spezies Frau, die ausschließlich Kleider trug. Ich hatte sie noch nie in Hosen gesehen. Niemals! Nicht mal als

Kind. Mama ließ sich auf mein ungemachtes Bett plumpsen, verlor jedoch kein Wort über die Unordnung. »Außerdem«, begann sie von Neuem. »Je länger ihr das hinausschiebt …« Nach einer kleinen Atempause schrie sie, als sei ich schwerhörig. »Es hinausschiebt, desto schneller werdet ihr in die Tanzband-Schublade gesteckt.« Nun starrte sie mich aus ihren riesigen blauen Augen an, als sei ich *Godzilla*.

»Wir sind doch keine Tanzband! Wir covern. Das ist was ganz anderes!«

»Setzt dich«, befahl meine Mama und klopfte neben sich aufs Bett.

»Ich mag nicht mehr reden, Mama. Bitte!«

»Okay okay. Ich geh ja schon«, versprach sie und blieb sitzen. Nach gefühlt hundert Stunden begann sie wieder mit diesem »hm« und dem längerem »hmm«. Voll nervig!

»Ich muss noch was für die Schule tun!«, sagte ich und griff nach dem Mathe-Buch. »Ich geh jetzt zum Lernen ins Wohnzimmer, Mama. Allein!« Normalerweise ließ sie mich dann in Ruhe.

»Bleib!«, sagte meine Mama streng. Dann etwas sanfter: »Bitte bleib noch einen Augenblick, Hase. Glaub mir, ich meine, wenn man über ein Thema nicht reden will, steckt für gewöhnlich mehr dahinter, als man glaubt.« Nun sah sie mich besonders liebevoll an. Früher, als ich jünger war, war das der Moment, wo sie mir einen Kuss gab. Vor zwei Jahren hatte ich ihr jedoch diese Geste erfolgreich ausgetrieben. Sie sollte wissen, dass ich nun ein Mann war! »Schatz, der beste Coversong …«, sagte sie, während sie in meinem Zimmer auf und abging. »… ist doch nur ein Abklatsch!« Sie klatschte tatsächlich in die Hände. »Ich meine du als Sänger, möchtest du nicht zu deinen eigenen Worten singen?« Einen Atemzug lang schwieg sie. »Und, wo bleibt die Kreativität? Hm? Einen Song gemeinsam zu arrangieren ist doch etwas Besonderes.

Das stärkt die Zusammengehörigkeit!« Klar, eine Oper war gewissermaßen auch eine Band. »Und, wenn du jetzt damit kommst, dass ich nur *(bei dem Wort »nur«, riss sie die Augen so komisch auf, dass ich sie beinahe ausgelacht hätte)* Opernsängerin bin, muss ich dich gleich korrigieren Freundchen. Kunst ist Kunst!«, sagte sie mit der gehörigen Portion Dramatik und strich sich eine Haarsträhne aus dem Gesicht.

Was soll ich sagen? Meine Mama war so! Eine Frau, die stark fühlte und es mit ihrem ganzen Körper ausdrücken musste.

Nun lief sie mit gefalteten Händen in meinem Zimmer auf und ab. Das waren, vom Türstock bis zum Fenster, genau vier Schritte vor und vier zurück. Sie blieb stehen. Drehte sich zu mir um und sagte: »Ganz gleich, ob du malst, singst oder schreibst. Wenn jemand einmal eure Songs missbilligt, werdet ihr erhobenen Hauptes zu eurer Musik stehen können. Es ist wie mit den eigenen Kindern. Wenn andere über sie herziehen, steht man zu ihnen. Man liebt sie einfach. So wie sie sind«, sagte sie leise und strich mir durchs Haar.

Mama hatte Tränen in den Augen. Ich spürte, dass dies ein Moment war, wo sie hören wollte, dass auch *ich* sie liebte. Oder sie zumindest in den Arm nahm. Ich jedoch saß wie versteinert da. Ich konnte nicht mehr wie ein kleines Kind ihr meine Liebe zeigen. Es ging nicht! Noch nicht! Mama räusperte sich und sagte mit brüchiger Stimme: »Und glaub mir Jim, wenn ihr Mal damit angefangen habt, könnt ihr nicht mehr anders. Songs anderer Leute zu spielen, wird euch wie Verrat vorkommen!«

Vielleicht hatte sie ja recht. Wir sprachen zwar immer von eigenen Songs, aber wenn es ums Umsetzen ging, machten wir einen großen Bogen drum herum. Unsere Eltern waren heilfroh, dass wir die Band hatten. So kamen wir nicht auf dumme Gedanken und waren vor allen Dingen nicht isoliert.

Irgendwie hatten wohl alle Eltern Angst, ihre Kinder könnten durch den Einfluss von Baller-Spielen zu Amokläufern mutieren. Wenn sie nicht mehr weiterwissen, machen sie Computerspiele oder den schlechten Einfluss unserer Freunde *(Das hasste ich am meisten!)* für alles Mögliche verantwortlich, anstatt sich einzugestehen, dass auch sie einmal jung waren!

Das Haus, in dem wir übten, war saugeil. Wir feierten dort nicht grade Orgien, aber Mädchen mäßig lief da schon einiges ab. Wenn wir eine kennenlernten, zum Beispiel aus Lokalisten oder nach einem Gig, luden wir sie zur nächsten Bandprobe ein. Im Allgemeinen brachten die Mädels ihre Freundinnen mit *(»the more the better!«, war unsere Devise)*. Ich glaube, den Mädchen ging es genauso. Stundenlang stylten sie sich, um uns Kerle zu beeindrucken. Und wir? Wir gaben dann noch mehr Gas! Vielleicht ahnten wir ja, dass in unserem Männerdasein die Tage gezählt waren, wo junge Frauen sich um Dates mit uns nur so rissen. Die Chicks waren nicht blöd! Möchtegern-Machos entlarvten sie genauso schnell wie Weicheier. Am Ende blieben die Naivsten unter ihnen an uns kleben. Und da sich in dem Haus genug Zimmer befanden, kam man sich zu später Stunde schnell näher. Das ist ein Naturgesetz.

Kevins Wohnung lag mitten in einem Einkaufszentrum. Es war Samstag, zwei Wochen vor Weihnachten. Ich hasste die Samstage vor Heiligabend. Die Leute hatten schlechte Laune und waren megagestresst. Besonders die Frauen! Und dann diese Verkäuferinnen! Die konnten einem schon leidtun. Ich hatte einmal Weihnachten bei *Nanunana* ausgeholfen, das war echt nicht lustig! Die Chefin, eine dicke Schwäbin, die nicht davon abzubringen war, dass wir alle nur stinkfaul waren, wollte einen gleich feuern, wenn man auch nur eine Sekunde lang herumstand und den Kunden nicht in die Ärsche kroch.

Auch an diesem Tag hingen haufenweise Jugendliche vor dem *McDonald's* herum. Sie froren. Das sah ich ihnen an. Mir ging es genauso. Meine dünnen Chucks und meine Kunstlederjacke waren nicht wintertauglich. Das war mir egal. Hauptsache, ich sah gut aus!

Kevin saß im Wohnzimmer und trank Tee. Er hatte von einem türkischen Kumpel ein *Tschaydanlik* bekommen. Alu-Teekannen: eine Kleine und eine Große, die man übereinanderstellte. In der Kleinen war der Teesatz und in der Großen kochend heißes Wasser. Das war so eine Art Samowar für den einfachen Mann. Kevin trug einen dicken Schal und schnäuzte sich grade die Nase.

Ich holte mir ein *Tschayglas* aus der Küche. »Was ist los?«

»Halsschmerzen«, krächzte er und goss Tee in unsere Gläser. Das sah witzig aus, wie er mit den winzigen Gläsern herumhantierte. Sein Gesichtsausdruck war ernst, beinahe regungslos – wie bei einer Geisha.

»Fertig«, sagte er und reichte mir den »vorzüglich« schmeckenden Tee. Dann fischte er seine Stiefel unter dem Wohnzimmertisch hervor und rief in Richtung Arbeitszimmer: »Papa, ich geh zu Jim. Werde bei ihm übernachten. Ist das in Ordnung?« Sein Vater antwortete nicht, was einem ja gleichkam.

Eine Stunde später kauerte Kevin auf meinem Bett und las Harry Potter. Kevin las viel. Am liebsten dicke Fantasy-Romane. Mein Dad liebte es, Gäste zu bewirten. Ich konnte meine Freunde jederzeit mitbringen. Wirklich jederzeit! An den Wochenenden brauchte er keine gepflegte Ruhe, um sich zu erholen. Er ließ lieber das Leben hinein. Meine Mama hatte zwar auch nichts gegen Kinderbesuche, aber sie quetschte meine Freunde regelrecht aus. Sie meinte es nicht so. Aber sie tat es!

»Mama fehlt dir. Hab ich recht?«, fragte ich meinen Vater, als ich neben ihm an der Küchenzeile stand. Er schnitt gerade Tomaten, während ich die Spülmaschine ausräumte. Papa hielt einen Augenblick inne: »Ja, oh ja!«, sagte er, blickte erst zu mir, dann auf die Küchenuhr und schnitt weiter Tomaten.

»Warum besuchst du sie dann nicht?«, fragte ich. Papa antwortete nicht. »Ich meine Mama kann doch in nächster Zeit nicht weg«, sagte ich. Mein Vater sah mich verwundert an. »Na, ja, du …«, fing ich wieder an und legte meinen Arm um seine Schulter. »Du, könntest sie doch in Paris besuchen … an Weihnachten und Neujahr.« Ich hielt den Atem an.

»Hol mir mal die Farfalline-Nudeln aus der Kammer«, sagte Dad.

»Klar«, sagte ich und schlürfte los. Ich konnte keine *Farfadingsda-Nudeln* finden. Also griff ich nach irgendeiner Nudel-Packung und rief in Richtung Küche: »Tun es Spaghetti auch?«

»Ja!«, brummte mein Vater zurück.

»Wo waren wir stehen geblieben?«, fragte ich scheinheilig, als ich wieder neben Dad in der Küche stand.

»Wenn ich nach Paris fliege, was ist dann mit dir?«, fragte mein Pa und machte ein gequältes Gesicht.

Ich sah ihn kopfschüttelnd an, als wäre er das Kind. »Papa!«

»Okayokay, hab schon verstanden. Du bist kein Baby mehr.« Ich nickte zufrieden, schnappte mir eine Tomatenscheibe und schob sie mir in den Mund. »Wow, Weihnachten in Paris«, schwärmte Papa und machte mit dem Messer einen Halbkreis in die Luft. Ich ließ ihn stehen, ging aufs Klo, kam zurück *(mein Dad stand immer noch da und starrte aus dem Fenster)* und sah, wie er sich plötzlich schüttelte, wie ein

Hund, der aus dem Fluss gestiegen kam. »Gleich nach dem Essen schaue ich wegen der Flüge nach«, sagte er. »Aber nichts der Mama sagen!«

Von da an war er nicht mehr zu gebrauchen. Bei Tisch lachte er über meine Witze, die eigentlich an Kevin adressiert waren. Und Kevins Kommentare, die überhaupt nicht witzig waren, fand er zum Brüllen. Wie immer, wenn er gut drauf war, erzählte er die Geschichte von seiner Großmutter, die mit knapp achtzig nur noch einen Flaum auf dem Kopf hatte und das Gesicht eines verdorrten Apfels, aber ihre Zähne, ihre Zähne, die blitzten und funkelten wie Elfenbein.

Die Geschichte ging so: Sie sei als junge Frau beim Holzsuchen in eine Grube gefallen, in so eine Art Falle, die Wilderer gegraben hatten. Nicht nur, dass sie sich wie durch ein Wunder von dort befreit habe. Nein, sie habe sich auch an einem Löwenweibchen mit ihren Jungen vorbeigeschlichen, was sämtliche Mutproben der Dorfjünglinge übertraf. Über die Grenzen ihres Dorfes hinweg nannte man sie fortan die »Löwen-Frau«.

Mein Dad liebte es, von Ghana zu erzählen, wenn man ihm nur zuhörte. Und niemand hörte ihm so gerne zu wie Kevin. »Deine Leute fehlen dir, hab ich recht?«, fragte Kevin.

»Ja!«, sagte Papa und nahm seine Brille ab. Wenn er dann so in die Ferne blickte Richtung Afrika, leuchteten seine schwarzen Augen und er wirkte glücklich und traurig zugleich. Ich war erst einmal dort gewesen. Da war ich zwölf. Ich erinnere mich an dieses besondere Licht. Und an die Menschen, die immerzu lachten. Laut und herzhaft. Ohne Scham oder dem Gefühl, andere stören zu können. Und Kinder durften Kinder sein. Sie wurden weder zu Leistungsmaschinen dressiert, noch gab man ihnen das Gefühl, lastig zu sein. Wenn die Ghanaer unter sich waren, schimpften und fluchten sie über diverse Kolonialherren, besonders über die Engländer, die großes Unglück in das

Land getragen hatten. Auch wenn ich erst zwölf war, blieb mir dieser Groll nicht verborgen.

Nach dem Essen war es endlich soweit. Kevin und ich saßen satt und zufrieden an die Wand meines Bettes gelehnt und spielten *Super Smash Bros*. Ein guter Zeitpunkt, um ihm von Mena zu erzählen. Kevin unterbrach mich wie üblich, kein einziges Mal.

»Sie hat uns auf ihre Geburtstagsparty eingeladen«, sagte ich.

»Was mich auch?«, staunte Kevin. »Aber wir kennen da ja niemanden.«

»Eben!«

»Wann?«

»Am 15.«

»Hast du ein Geschenk für sie?«

»Klar.«

»Und was?«

»Ein Tape mit geilen Songs drauf.«

»Ein Tape?« Kevin sah mich an wie Papa damals, als ich im Sandkasten Ameisen gegessen hatte.

»Jaa!«, sagte ich und zog meinen roten Kinder-Kassettenrekorder aus der Schublade, stellte ihn an und tanzte zu *Twist And Shout* von den *Beatles*.

Kevin lachte. »Das sieht ja aus, als würdest du deinen Rücken trockenrubbeln und gleichzeitig eine Zigarette ausdrücken. Ach ja, bei *Pulp Fiction* hat *John Travolta* auch auf *Twist* getanzt … Welche Songs wirst du denn drauf spielen. Und vor allem, wie?«

»Das krieg ich schon hin«, sagte ich. »Ich hab ja Pa.«

Am nächsten Tag war mein Geschenk für Mena fertig. Kassettenrekorder, die beiden Kassetten und ein Glückwunschbrief steckten in einem Päckchen.

Sweet * B i r t h d a y g i r l * Filomena!

Ich habe Dir einige Songs zusammengestellt.

Es sind keine Songs, die man als musikalisch wertvoll bezeichnen würde, aber es sind Songs, die mich glücklich machen (Rob aus High Fidelity hatte seiner Laura auch ein Tape zusammengestellt. Kennst du den Film?). Wenn ich dich mal länger kenne, stelle ich Dir ein Tape zusammen mit Songs, die DICH glücklich machen, meine Schönste!

Ich drück Dich ganz fest!

Happy Birthday!

PS: Der Rekorder läuft mit Batterien, aber das kennst du ja als ältere Frau ;)

» YOU'RE MY NEMO! «

Am Samstag, den 15. Dezember 2007, gegen neun standen Kevin und ich mit je einer Sektflasche in der Hand und in bester Partystimmung vor Menas Wohnung. Von innen drang laute Musik an unsere Ohren und an der Wohnungstür waren wie bei einem Kindergeburtstag bunte Luftballons angebracht.

Kali öffnete uns die Tür. »Hereinspaziert!«, trällerte sie los mit rollendem »R« ganz wie eine Zirkusdirektorin und ging galant zur Seite, damit wir eintreten konnten. »Wie schön dich zu sehen!«, rief sie euphorisch, schmiegte sich mit ihrem Sektglas an mich und gab mir einen dicken Kuss auf den Mund. Die Party war in vollem Gange. Das Verhältnis zwischen Männlein und Weiblein hielt sich nicht die Waage! Es waren eindeutig mehr Frauen da. Astrein!

»Hab dich so lange nicht gesehen. Warum hast du dich denn nicht bei mir gemeldet?«, fragte Kali streng. »So, was macht mich traurig, hörst du?«, klagte sie und kräuselte die Lippen. Dann, im nächsten Augenblick, warf sie ihren Kopf in den Nacken und lachte laut auf. Sie musste knalledicht sein, denn Kali und ich hatten uns erst einmal gesehen. Egal, ob echt oder unecht, es fühlte sich gut an, wenn ein Mädchen einem um den Hals fiel.

»Wie sehe ich aus?«, fragte Kali Kevin und mich und drehte sich mit ihrem Sektglas in der Hand mehrmals um die eigene Achse. Wie durch ein Wunder fiel sie nicht hin. Sie trug einen knallengen Minirock, der eigentlich kein Minirock, sondern ein Schlauch-Top war. Das sei billiger und herrlich eng, sagte sie. Ihr Oberteil war auch nicht gerade altbacken: Sie hatte aus einem *Hermes-Tuch* ein rückenfreies Top gezaubert. Irre, dass ich über diese Dinge Bescheid wusste. Lag wohl daran, dass ich als kleiner Junge ständig in die Oper oder ins Theater ging und meine Mama sich gerne modisch kleidete.

»Ich war mein Leben lang FÄÄT«, rief Kali mit *Cyndi-Lauper-Stimme*. »Jetzt, wo ich endlich dünn bin, würde ich am liebsten nackt herumlaufen.« Kali hatte Kevin entdeckt. »Wen haben wir denn da?«

»Kevin, ich heiße Kevin«, sagte mein bester Freund und sah mich an, als ob er meine Erlaubnis brauchte, um mit Kali sprechen zu dürfen.

»Mena, schau mal wer da ist«, rief Kali und winkte Mena herbei.

»Hi«, sagte Mena und lächelte leicht.

»Hi«, sagte ich.

»Hi«, sagte Mena wieder.

»Hi«, sagte ich.

Kali rollte mit den Augen und hakte sich bei Kevin ein. »Hast du Hunger?« Kevin nickte. Dann verschwanden die beiden in der Küche, um sich den Bauch vollzuschlagen. Er brauchte mir nichts zu sagen. Er musste immer essen. Erst recht jetzt, wenn es was zum Saufen gab. Nach einer Nerven aufreibenden Alkoholvergiftung letztes Jahr bei der Abschlussfahrt achtete Kevin peinlichst genau auf eine anständige Basis im Bauch. Sein Vater war verdammt sauer gewesen. »Es ist okay, wenn du trinkst«, hatte er gesagt. »Es ist nicht okay, wenn du maßlos wirst. Lerne damit umzugehen!«

»Lass dich mal ansehen«, sagte Mena und musterte mich von oben bis unten wie eine italienische Großmutter. »Dreh dich mal. Komm schon!«

»Nein!«, rief ich empört.

»Du siehst aber wieder so lecker und so sexy aus!«

»Ich weiß«, sagte ich wie eine Drag Queen und lachte über unseren kleinen Running Gag. Dann packte ich sie, warf sie über meine Schulter wie ein Sack Kartoffeln und lief mit ihr durch die ganze Wohnung.

»Lass mich runter!«, kreischte sie immerzu und ein Mal biss sie mich sogar in den Arm. Am Ende setzte ich sie auf dem Küchentisch ab. »Du bist so lustig«, sagte sie immer noch nach Luft schnappend. Ihr Gesicht kam mir dabei so nah, dass ich ihren Atem spüren konnte.

Es klingelte.

»Sorry, ich muss an die Tür«, sagte Mena und sprang vom Tisch. »Bin gleich zurück.«

Kevin saß zwischen zwei Mädchen mit einem Bier in der Hand und quatschte über *Lokalisten*. Mal prostete er der einen zu, dann fiel er der anderen in den Ausschnitt. Das sah nur so aus. Kevin war kein Spanner! Wieder war ich völlig verblüfft, wie sehr die Mädchen sich um Kevin rissen. Er war der schüchternste Mensch der Welt. Vielleicht war es genau das! Moment mal! Schüchternheit, sexy? Nein, das war es nicht! Ich glaube, es war seine Fähigkeit, zuhören zu können. Ganz gleich, was die Leute erzählten, er interessierte sich einfach dafür. Aufrichtig! Das denke ich, war sein Geheimnis. Und er sah gut aus. Besonders an diesem Abend. Er hatte Schulter langes braunes Haar, braune Augen, umrandet von unglaublich langen Wimpern *(alle Mädchen waren neidisch auf Kevins Wimpern)* und eine schöne, tiefe Stimme. Kevin war knapp 1,93 Meter groß und hatte die breitesten Schultern der Welt. Bei alledem war er sehr schlank. Und der Kerl konnte essen, was er wollte, er nahm einfach nicht zu, während mein Bauch schon schlabberte, wenn ich nur an Schokolade dachte. Nein, das war ein Witz! So schlimm war es natürlich nicht! Ich musste halt nur aufpassen, nicht zuzunehmen.

Ich ging in die Küche, holte mir ein Bier aus dem Kühlschrank und stellte mich vor ein CD-Regal, das sinnigerweise mitten in der Küche stand. Nach einer Weile kam Mena zu mir rüber, stellte sich neben mich und knuffte mich von der Seite an. »Magst du auch ein Bier?«, fragte ich.

»Lass mal«, meinte sie. Sie holte kalte Milch aus dem Kühlschrank, goss es in ein riesiges Glas, das aussah wie eine Blumenvase und nahm einen kräftigen Schluck.

»Milch?«, fragte ich und sah sie an, als hätte sie Gift getrunken.

»Man muss gegen den Strom schwimmen können!«, sagte sie mit gekräuselten Lippen und machte ein Victory Zeichen.

Mena trug ein schulterfreies Minikleid mit Psychodelic-Muster und Schenkel hohe Lackleder-Stiefel in Weiß *(sorry, das sah definitiv nuttig aus!)*. Das Haar trug sie offen *(Gott sei Dank!)* und leicht nach oben toupiert *(na ja!)*. An ihren Ohren baumelten bunte Ohrringe, die ihr bis zum Hals reichten *(Mega!)*. Ihre Augen waren dramatisch geschminkt, die Lippen aber nicht *(endschön)*. Sie erinnerte mich an eine vor Gesundheit strotzende, vollbusige *Amy Whinehouse*. Ich sah, wie sich ihre Brust hob und senkte. Ich sah diese göttliche Wölbung zwischen ihren Titten, die mich fast um den Verstand brachte. Fleischliche Lust, die mich ein Leben lang begleiten sollte.

»Ich finde es großartig, CDs abzuspielen«, sagte Mena. Wir standen Rücken an Rücken an den Kühlschrank gelehnt und nippten an unserem Bier. Das heißt, ich nippte an meinem Bier und Mena nippte an ihrer Vase.

»Ich setz mich dann gemütlich auf den Boden vor meinen CD-Player, schiebe eine Scheibe nach der anderen hinein und lese die Booklets. Das mein Freund ist echter Musikgenuss!«

Ich sagte nichts.

»Findest du nicht auch?«, fragte Mena ungeduldig.

»Ja doch«, sagte ich *(eigentlich verstand ich sie nicht, ich hatte keine Zeit, ausschließlich Musik zu hören, so was lief immer nebenbei)*.

»Wirklich? Du verstehst mich also?« Sie lachte gekünstelt.

»Okay, ich war nicht ganz ehrlich … Ich höre schon Musik, aber ich setze mich nicht extra dazu hin.«

»Danke!«, sagte Mena und strich mir durchs Haar. »Nichts ist so sexy wie ein ehrlicher Mann.«

»Und, wie alt wirst du heute Mena?«, fragte ich mit arrogantem Unterton. Ich wusste, dass sie 22 wurde, und machte ihr absichtlich kein Kompliment über ihr Aussehen.

Mena sah mich gespielt streng an und flüsterte mir ins Ohr. »So was fragt man eine Dame doch nicht!«

Ein Tipp von Sabrina. Sie meinte: »Mach einer Frau nie zu früh Komplimente, schon gar nicht einer Schönen. Wenn du ihnen zu viel Komplimente machst, verlieren die Ladys das Interesse an dir. Es sei denn, du bist Justin Timberlake. Dann kannst du labern, was du willst!«

Gegen elf betrat Menas jüngere Schwester Paola die Bühne. Sie sah toll aus in ihren schwarzen Klamotten und der strengen Pferdeschwanzfrisur. Paola war furchtbar affektiert. Und zugedröhnt. Obwohl sie sich kaum auf den Beinen halten konnte, stellte sie sich immer wieder in Pose und schaute sich um *(wie Paris Hilton)*, als ob sie von Paparazzi umzingelt wäre. Als sie mir vorgestellt wurde, sagte sie: »Mein Gott in Hamburg hatten wir das schönste Leben. Aber sie wollte ja unbedingt zurück nach München!« Dann an Mena gerichtet: »Antonio wird gleich hier sein. Ich hab ihm deine Adresse gegeben.«

Mena erblasste. Sie legte ihre Hand auf Paolas Schulter und sagte: »Komm bitte mit auf den Balkon!«

»Lass das!«, protestierte Paola und schlug Menas Hand weg. Dann schüttelte sie sich wie ein nasser Hund und leerte ihr Sektglas in einem Zug.

Mena und ich sahen uns an.

»Süße!« Mena umschlang Paolas Taille. »Komm jetzt bitte!«

»Aua!«, kreischte Paola, so, als ob ihr jemand mit einer Nadel in den Hintern gestochen hätte. »Hör auf mich zu schubsen!« Paola blickte um sich. Versuchte, ein bekanntes Gesicht auszumachen. Sie wirkte seltsam verloren, obwohl ihre einzige Schwester direkt neben ihr stand.

»Schatz, ich glaub, du hast zu viel getrunken«, sagte Mena leise und sah in Paolas glasige Augen. »Komm mit in die Küche, ich koch dir einen Kaffee.« An mich gerichtet, sagte Mena: »Jim, hilfst du mir bitte? Am besten, wir bringen sie gleich in mein Zimmer.«

»Ich will nicht in dein Zimmer«, schrie Paola und stieß Mena von sich weg. »Du hast Antonio zerstört …« Sie suchte nach Worten. »Und jetzt … wirfst du ihn einfach weg! Du allein bist an allem schuld!« Auf Paolas Stirn standen tiefe Falten. »Du … Du hast Mama getötet!«, schrie sie mit gruselig schriller Stimme.

Schlagartig wurde es still. Nur die Musik lief im Hintergrund. Mena und mir gelang es schließlich, Paola heil ins Bett zu bringen. Ich musste mich zusammenreißen, um nicht laut aufzulachen als Paola kopfüber ins Bett plumpste und sofort einschlief. Mena zog ihr die Stöckelschuhe aus und deckte sie zu.

»Das wäre geschafft«, sagte sie. Sie war aufgeregt, beschämt und erleichtert und das alles zur gleichen Zeit. Sie saß auf dem Bettrand und ich zu ihren Füßen auf einem Lammfell. Für einen kurzen Moment schwiegen wir; wie Eltern, die völlig erschöpft das Baby endlich zum Schlafen gebracht hatten.

»Hey, yo! Owusu!«, sagte Mena.

»Wasnlos?«

»Wann hast du eigentlich Geburtstag?«

»Am 27. Februar.«

»Dann bist du ja ein Fisch. Liz Taylor hat am gleichen Tag Geburtstag.«

Ich kniff sie in die Wange. »Was du so alles weißt!«

»Warte, ich hab was für dich.« Mena lächelte geheimnisvoll. »Das ist für dich, Jim. Cause YOU'RE my *Nemo*!«, sang sie feierlich und reichte mir Nemos Plüschtierversion.

Ich wiegte Nemo schmunzelnd zwischen meinen Händen hin und her und sah sie an. »Aber *du* hast doch Geburtstag!«

»Na und?«, sagte Mena. »Kommt jetzt vielleicht die Geschenkepolizei?«

»Kennst du die Szene …«, fragte ich. »Wo der kleine Nemo völlig verängstigt in die Welt blickt? Sein Vater …«

»Nimmt Nemo …«, fuhr Mena fort. »… zwischen seine Flossen und verspricht ihm, immer auf ihn aufzupassen.«

Ich nickte und führte Nemo an meine Nase. »Er duftet nach dir«, sagte ich glücklich.

»Das bin nicht ich, das ist mein Parfum!«

»Wie heißt es, dein Parfum?«

»Du willst wissen, wie mein Parfum heißt?«

»Ja!« Ich fixierte Menas Augen wie ein Revolverheld.

»Sag du mir deins, und ich sag dir meins.« Mena schaute erst auf meine Hose, dann auf meinen Mund.

»TERRE, *Hermes*«, verriet ich und machte meinen Oberkörper breit.

»OPIUM, *Yves Saint Laurent*«, konterte Mena geschickt und hob eine Augenbraue.

Wir schwiegen. Nein, erst lachten, dann schwiegen wir.

»Dann kann ich dir ja auch mein Geschenk geben, warte, ich hol mal meinen Rucksack«, sagte ich. »Mach's, aber bitte erst auf, wenn ich weg bin, okay?«

»Okay!«

Den Kassettenrekorder, die Kassetten und meinen Geburtstagsbrief hatte ich in einen schönen Karton gepackt und ihn in einer Karte von *Istanbul* gewickelt.

»Aber woher wusstest du …«

Ich zuckte mit der Schulter.

»Danke Jim«, sagte Mena und gab mir einen supersüßen Geburtstagskuss.

Wenige Minuten später stellte sie sich in die Mitte des Wohnzimmers und hielt eine kleine Rede: »Leute meiner Schwester gehts gut. Sie schläft. Ich hol jetzt die Torte, wer von euch mag Kaffee?« Einige der Gäste hoben die Hand. »Tja, eine Party ohne Streit ist wohl keine richtige Party«, sagte Mena und zuckte mit den Schultern. »Wir Sizilianer streiten uns oft, so zeigen wir uns unsere Liebe.«

Die Leute lachten.

Mena war eine gute Gastgeberin. Sie kochte Kaffee. Drehte ihre Runden. Schwatzte. Verteilte Komplimente und Kuchen und hörte ihren Gästen zu. Sie war megaschön, wenn sie sprach, wenn sie lachte, ihren Kopf in den Nacken warf und an ihrer Milch nippte. Ich war total in sie verknallt.

MENAS BEICHTE

Am nächsten Tag.

Die Frau starrte in ihr Notebook, die Arme verschränkt, entspannter Gesichtsausdruck. Weiße Kopfhörerstöpsel im Ohr, rosa Lippenstift. Ab und an schüttelte sie sich, unterdrückte ein Lachen. Ihr Gesicht wurde ein wenig rot wie bei dicken Menschen. Sie aber war spindeldürr. Ich versuchte zu erraten, was sie sich da ansah. Ein Cartoon – wie South Park oder niedliche Katzenvideos? Die Frau und ich, zwei Fremde, die sich nie wieder sehen würden, teilten für Minuten dieselbe Atemluft. Was, wenn sie die S-Bahn davor genommen hätte? Säße jetzt an meiner Stelle ein schnittiger Yuppie, der sie während der Fahrt in ein Flirt-Gespräch verwickelt hätte? Gab es den »Butterfly-Effekt« wirklich? Veränderte sich mit dem Flügelschlag eines Schmetterlings tatsächlich die ganze Welt?

Das Klingeln des Handys riss mich aus meinen Gedanken. Es war Mena.

»Hi Mena. Alles gut bei dir?«

»Ich muss dir was Wichtiges sagen, Jim. Könntest du bitte vorbeikommen?« Mena klang besorgt.

»Ich bin in der S-Bahn, fast in Poing. Aber ich kann ja zurückfahren.«

»Ach so, dann lass mal lieber.«

»Worum geht's?«

»Um uns ... Und um Antonio.«

Mir ging die letzte Nacht durch den Kopf: Kaum, dass wir Paola ins Bett gebracht hatten, platzte Antonio herein. Ein entfernter Verwandter aus ihrem Dorf in Sizilien. So was wie ein Cousin irgendeines Grades. Er war eigentlich ganz nett. So um die Dreißig, Vollbart, trendy Klamotten, durchtrainierter Körper. Als Sohn einer Opernsängerin fiel mir sofort seine Stimme auf. Ein *Barry-White-Bass*, tief und vibrierend. Einige Minuten saß Antonio zwischen mir und Kevin auf dem Sofa. Wir redeten über Autos.

»Ich fahre einen *Ford Capri 1500 XL*, Erstzulassung 1970, dunkelviolett«, sagte er wie jemand, der die Bilder seiner Kinder herum reichte.

»Wow« machten Kevin und ich gleichzeitig.

»Antonio, hast du Kinder?«, fragte Kevin völlig unvermittelt.

»Nein«, sagte Antonio. Sein Kopf lief rot an. Hatte Kevin einen wunden Punkt berührt?

Kevin schnappte sich Menas Plüschhocker und setzte sich Antonio gegenüber an den Couchtisch. »Weißt du, Antonio, ich möchte Kinder«, sagte er ernst. *(Was? Das wusste nicht einmal ich.)* »Und zwar so schnell wie möglich!«

Antonio war sichtlich beeindruckt. »Kevin, bist du Sizilianer?«, fragte er ihn und legte seine Hand auf Kevins Schulter. Die beiden sahen sich an wie ein Liebespaar.

»Sollte ein Mann nicht vorher etwas erlebt haben?«, fragte ich schnippisch.

»Was willst du denn erleben? Irgendwann wird jede Frau langweilig«, meinte Antonio.

»Wenn es die Richtige ist, nicht!«, erwiderte ich. Antonio wurde mir immer unsympathischer. »Außerdem meinte ich mit »erleben« nicht zwangsläufig die Liebe zu einer Frau …«

»Woher kennt ihr Mena?«, fragte Antonio und sah nur mich dabei an.

Ich wollte gerade antworten, als Mena plötzlich vor uns stand. »Antonio!«, sagte sie ernst. »Kommst du mal mit raus auf den Balkon?« Ohne den Blick von ihr abzuwenden, lehnte sich Antonio langsam zurück. Beide Arme ruhten auf der Sofalehne, die Hände hingen schlaff herab. »Ich bin nicht dein Hund«, sagte er mit seiner tiefen Stimme. Mena sah Antonio ungewohnt scharf an. »Okayokay, ich komm ja schon«, sagte Antonio mit erhobenen Händen und stand auf. Er wirkte wie jemand, der Mena gut kannte und wusste, wann es besser war, nachzugeben. Draußen auf dem Balkon jedoch war es vorbei mit seiner stoischen Ruhe. Es sah so aus, als ob Mena ihm verbal in die Eier getreten hätte. Antonio kam zurück, sah mich giftig an, griff nach seinem Autoschlüssel, der vor mir auf dem Couchtisch lag, und verschwand ebenso schnell, wie er gekommen war.

Ich stieg am *Ostbahnhof* aus, lief die *Orleansstraße* entlang und bog in die *Elsässerstraße* ab. Als ich vor Menas Haus stand, zögerte ich kurz. Dass Mena mir jetzt vielleicht etwas Unangenehmes zu sagen hatte, machte mir nicht gerade Lust, die vier Stockwerke hochzuklettern.

»Endlich!«, sagte Mena scherzhaft und ging zur Seite, damit ich eintreten konnte.

Während ich meinen Stiefel auszog, sah ich mich um. Die Wohnung war blitzblank. »Hatte Paola nicht hier auf den Flurteppich gekotzt?« Der Teppich sah aus wie neu.

»Das war ein Flickenteppich, Waschmaschine, Simsalabim. Geh du schon mal ins Wohnzimmer, ich setz Kaffee auf«, sagte Mena geschäftig.

»Ist Paola noch da?«

»Nein, sie ist vor zwei Stunden gegangen.«

»Kann ich mir inzwischen dein Zimmer anschauen?«

»Geh du mein Zimmer anschauen«, sagte Mena lachend und lief in die Küche.

Jetzt bei Tageslicht sah Menas Zimmer viel größer aus. Am Fenster stand eine gepolsterte Sitzbank mit hellblauem Stoffbezug, Zierkissen und Kuscheldecke. Vermutlich saß Mena dort, um zu lesen. Drei aufgeschlagene Bücher lagen ineinandergesteckt auf der Fensterbank. Daneben ein Laptop. An der Wand links über einer antiken Kommode hing ein Poster von *Sempé* mit der Rückenansicht einer schwarzen Katze, die auf die Skyline von *Manhattan* blickte. Rechts neben der Tür stand ein großes Himmelbett. Anstatt Stoffvorhänge hatte Mena Lichterketten an die Bettpfosten gewickelt. Das sah süß aus. Mädchenhaft süß. Über dem Bett hing das Bild einer wunderschönen Frau. Sie blickte über ihre rechte Schulter in die Kamera, mit den Fingern ihrer linken Hand fächerte sie ihr langes, dunkles Haar.

»Wer ist diese traumhaft schöne Frau auf dem Poster?«, rief ich in Richtung Küche.

»Claudia Cardinale?«, rief Mena zurück. »Willst du mich etwa eifersüchtig machen?«

Ich schmunzelte. »Hey Mena an dich kommt keine ran!«, schrie ich durch die ganze Wohnung. Es war die Wahrheit. Auf der Kommode standen eingerahmte Fotos. Bunte Rahmen, Silberrahmen, Rahmen aus Holz und aus Plastik. Ein

Foto stach hervor: Die kleine Mena saß in einem hübschen Kleid zwischen Vater und Mutter auf einem Korbstuhl, ihre Beine hatte sie übereinandergeschlagen, Hände über ein Knie gefaltet, eine Pose, die der Fotograf inszeniert haben musste. Eltern und Kind waren braun gebrannt und waren weiß gekleidet. Auf einem anderen Foto stand Mena – wieder in Weiß – vor einem Rosengarten und hielt sich an ihrer Kommunionskerze fest. Gedankenverloren nahm ich das Foto in die Hand und hielt es vor mein Gesicht. Ein unbekanntes, wärmendes Gefühl stieg in mir hoch. Ich war unfassbar glücklich!

Wenn du einen glücklichen Moment erlebst, sagte mein Opa einmal, halte den Augenblick fest. Schau die Dinge, die dich umgeben ganz genau und lange an, riech dran, berühre sie bewusst, schließ dann die Augen … So wirst du dich auch in sechzig Jahren noch an diesen einzigartigen Moment erinnern können.

»Hey«, sagte Mena, die sich während meiner kleinen spirituellen Offenbarung neben mich gebeamt hatte. »Probier mal!« Mena steckte mir ein Plätzchen mit Puderzucker in den Mund.

»Hm«, machte ich. »Schmeckt gut! Selbst gemacht?«

Mena nickte.

»Du kannst einfach alles!«, sagte ich.

Mena zog grinsend die Schultern hoch und sprang wie ein Gummiball aus dem Zimmer.

»Dein Zimmer ist wie du«, sagte ich später, als wir im Wohnzimmer saßen.

»Jetzt bin ich aber gespannt«, sagte Mena. Vor mir dufteten bester italienischer Kaffee und Mandelplätzchen um die Wette. Ich richtete mich auf und goss Kaffee in unsere Tassen.

»Dein Bett ist groß, das heißt, dir ist ein bequemer Schlafplatz und was man sonst so darin machen kann *(ich zwinkerte ihr zu*) wichtig. Du hast einen Leseplatz am Fenster, vermutlich wegen des Lichts und du bekommst mit, was draußen vor sich geht, meine Schönste«, sagte ich. Das »meine Schönste«, war mir so rausgerutscht.

»Mehr-mehr-mehr!« Mena klatschte in die Hände.

»In deinem Zimmer befindet sich kein Schrank und auch kein Schreibtisch ... Dann wären da noch die Bilder an der Wand. Das Katzenfoto ist das ein Kunstdruck?«

»Ja. Das *Sempé-Bild* ist jetzt über tausend Euro wert. Mein Vater hat es in den 1980er-Jahren in Paris für fünf Mark gekauft.«

»Ich würde sagen, du bist sinnlich, couragiert, vernünftig, äußerst wissbegierig und natürlich superklug«, sagte ich. »Und ein wenig machthungrig!«, fügte ich mit vorgehaltener Hand hinzu.

»Machthungrig?« Mena schob die Unterlippe nach vorne. »Wirklich?«

Ich musste lachen. »Was willst du? Du hast keinen Schrank in deinem Zimmer, dein CD-Regal steht in der Küche und wo ist eigentlich dein Schreibtisch?«

Mena hob den Arm und schnipste mit dem Finger. Ich sah sie gespielt streng an. »Was ist junge Dame?«

»Aber wir haben doch ein Ankleidezimmer, die Kali und ich! Dort steht auch mein Schreibtisch! Jawohl!«

»Ach, was! Du breitest dich in der ganzen Wohnung aus«, sagte ich. »Du bist die Soziologin, ist das nicht so was wie ein Territorialverhalten?«

Mena schnaufte tief durch. Vermutlich war es jetzt Zeit, dass sie zur Sache kam. »Also liebste Freundin«, sagte ich, als ginge es um den neuesten Klatsch aus *Bad Endorf*. Ich hatte die Beine lässig übereinandergeschlagen und meine Arme auf der Lehne ausgebreitet. »Was ist nun mit Antonio?«

Mena und ich nippten gleichzeitig an unseren Kaffeetassen.

»Ich glaub, da muss ich etwas ausholen … Nach Mamas Tod war Antonio für uns da. Mein Vater war überglücklich, als Antonio um meine Hand anhielt. Anfangs war alles traumhaft schön. Ich war verliebt und wollte für meine Familie da sein.«

»Du bist verlobt?«

»Nein nicht mehr. Vor meinem Umzug hab ich mit Antonio Schluss gemacht.«

Ich war erleichtert, ließ es mir aber nicht anmerken.

»Warum bist du von dort weggegangen? War es die Überforderung?«

»Ja …«

»Und, jetzt hast du Schuldgefühle.«

»Jaa! Aber woher weißt du …«, sagte Mena und sah mich erstaunt an. Dann senkte sie den Blick und betrachtete ihre linke Hand und strich sich über den Ringfinger. »Ich will frei sein, will was erleben … in Hamburg, bei Papa und Antonio würde ich so enden wie Mama. Sie hatte es nicht leicht mit meinem Vater. Er war nicht gerade treu. Weißt du, solange die Ehefrau sich gut um die Kinder und den Haushalt kümmert, ist alles okay. Zumindest für den Mann.«

»Aber *sie* hätte doch gehen können …«

»Jim, das ist schwer zu erklären.«

Mena sah wirklich traurig aus. »Komm her«, sagte ich, so sanft ich konnte, und zog sie zu mir hoch auf den Sessel. Sie legte ihren warmen Kopf an meine Brust und atmete zwei Mal tief durch.

»Du bist wunderschön Mena«, sagte ich und neigte mich so über sie, dass meine Wange auf ihrem Haar ruhte. Ihr Haar fühlte sich an wie eine duftige Wolke und roch nach Blumen und Sonne.

»Weißt du, wenn ich mal was loswerden will, ist keiner da, der sagt, das wird schon wieder. Es ist nicht das Gleiche, wenn es andere sagen«, sagte Mena.

»Ja«, sagte ich und dachte an Mama und wie selbstverständlich es für mich war, sie zu haben. Sie und Papa.

»Nach dem Tod von Mama sind wir nach Hamburg gezogen. Ehrlich gesagt, habe ich München immer vermisst.«

»Deine Mama … wurde sie hier in München …«

»Sie … Es ist der kleine Friedhof in der Kirchenstraße. Einen Katzensprung von meiner Wohnung entfernt.«

Ich nickte. »Du wolltest in ihrer Nähe sein.«

»Ja«, sagte Mena leise und stand auf. »Weihnachten werde ich sie besuchen. Du Jim …«

»Ja?«

Mena sah mich mit ihren großen Braunen Augen an wie ein kleines Mädchen, das dem Weihnachtsmann einen Brief schrieb, indem sie ihm mitteilte, dass sie sich ein Pony wünschte.

»Könntest … könntest du Mama besuchen, wenn ich einmal Weihnachten nicht da sein kann?«

Ich sah Mena ganz zärtlich an. So etwas Schönes hatte mich noch nie ein Mädchen gefragt. »Aber ja! Das weißt du doch«, sagte ich und küsste ihr schönes Haar. »Du bist doch meine beste Freundin!« Mena strich mir über die Wange und löste sich langsam aus meiner Umarmung.

»Ähm, also … ich hab Hunger. Und du? Jungs in deinem Alter haben doch *immer* Hunger. Ich mach uns Mozzarella mit Tomaten. Hab auch frisches Ciabatta da«, sagte sie lachend, strich sich ihren Pulli glatt und ging in die Küche.

»Warte, ich helf dir«, sagte ich und lief ihr nach.

»Spinnst du?«, protestierte Mena. »Du bist extra für mich zurückgefahren … Ich mach das schon.«

»Es ist unglaublich, Mena«, sagte ich, nachdem wir gegessen und das Geschirr aufgeräumt hatten.

»Was ist unglaublich Jim?« Sie saß neben mir auf ihrem lila Plüschhocker und beugte sich zu mir nach vorne. Der Kaffee dampfte zwischen ihren Händen.

»Mena, du bist … Gott, *Alice Schwarzer* würde mich jetzt steinigen für das, was ich jetzt sage, aber du bist wirklich eine richtig gute Hausfrau und megagastfreundlich! Das sind Eigenschaften, die irgendwie verpönt sind und allenfalls den Rechten zugesprochen werden. Du wirst es nicht glauben, aber … Meine Eltern geben mir elf Euro die Stunde für alles, was ich so im Haushalt tue. Natürlich notiere ich mir nicht jede Kleinigkeit …«

»Das ist ja … ähm … interessant …«

»Interessant?«

»Na ja … in Sizilien würde das kein Junge tun. Auch nicht für viel Geld.«

»Tja …«

»Hey Jim, das ist nicht meine Meinung! Besonders dann, wenn man zusammenlebt, ist es irre wichtig, dass man sich die Arbeit teilt.«

Sie lächelte mich ganz lieb an.

Und ich lächelte ebenso lieb zurück.

»Vielleicht ändert sich das, wenn die Leute keine Lust mehr darauf haben, Geld für unnötigen Kram auszugeben und sich mehr Zeit nehmen für die wirklich wichtigen Dinge. Ich würde gerne in einem Dorf leben, wo jeder alles macht.«

Mena lachte kurz auf. »Meinst du so was wie eine Kommune?«

»Ja.«

»Du würdest gerne in einer Kommune leben?«

»Ja!«

Mena dachte nach. »Für mich wäre das nichts. Ich brauch meine Privatsphäre. Ich mag die Abwechslung. Gäste bekochen und dann wieder richtig schön allein sein. Von klein auf hat mir meine Nonna beigebracht, dass man Gäste gut behandeln soll. Vor allen Dingen, wenn sie länger bleiben. Weil Gäste fern von ihrem gewohnten Umfeld besonders schutzlos und verletzlich seien. Weißt du, was ich meine?« Ich nickte. »Meine Nonna sagte immer: *Eine Tasse Kaffee in Freundschaft getrunken, wärmt die Gedanken in einsamen Stunden.* Weißt du Jim, in Sizilien sind alte Leute mittendrin. Sie sitzen auf Parkbänken. Beobachten die Jungen. Sie lachen, weinen, verkuppeln und gelegentlich streiten sie sich …« Ich hörte ihr aufmerksam zu. Eigentlich sprachen wir von denselben Dingen. Es ging um Familie und Zusammengehörigkeit. »Weißt du wir Sizilianer streiten uns, wir essen, wir verlieren unsere Arbeit, wir essen, wir lassen uns scheiden, wir essen, wir sterben, wir essen.«

Ich lachte und sah sie ganz zärtlich an. »Du Mena?«

»Ja Jim.«

»Sag mal. Liebst du Antonio noch?«, fragte ich und hielt den Atem an. Sie schwieg. »Also ja«, sagte ich mit Grabesstimme.

»Nein! Ja! Ach, ich weiß nicht«, sagte sie und warf mir einen verdutzten Blick zu. »Warum willst du das wissen, Jim?«

»Kannst du es dir nicht vorstellen, Mena?« So stark war ich nicht, um ihr zu sagen, dass ich in sie verliebt war. Wir schwiegen einen Tick zu lange. Die gute Stimmung von vorhin war dahin. »Als ich zum ersten Mal bei dir war, du hattest dich mit Kali in der Küche gestritten. Hatte das, was mit Antonio zu tun?«, fragte ich.

»Nein, es ging um was anderes. Kali war sauer auf mich, sie … verurteilte mich wegen …«

»Ja?«

Mena sagte nichts. Sie saß nur stumm da und betrachtete ihre Kaffeetasse. Sie drehte die Tasse herum und zeichnete die Herzen, die sich auf dem Porzellan befanden, mit ihren Fingern nach. »Jim, als wir uns in der S-Bahn begegnet sind …«, fing sie an. »Ehrlich gesagt, steckt da … eine ganz andere Geschichte dahinter.«

»Okay«, sagte ich und erstarrte. Ich fühlte mich wie jemand, der zum Schuldirektor gerufen wurde und nicht wusste, was ihm bevorstand.

Mena stellte ihre Tasse auf den Tisch. »Jim, ich wollte nicht wirklich mit dir schlafen …«

»Was meinst du mit *nicht wirklich*?« *(Dieser Satz gehörte definitiv nicht zu den Sätzen, die ein Mann gerne hörte!)*

Mena holte tief Luft. »Okay ich sag's jetzt direkt und schnörkellos.« Mena schloss für einen Moment die Augen. »Das alles … in … in der S-Bahn war nur ne Show! *(Waas?!)* Es ist so, ich schreib da grade diese Arbeit zum Thema Sexualität bei Jugendlichen. Du weißt schon *(Nein, ich wusste nicht!)*. Na, diese Nummer mit den Hardcore-Pornos, Kids, die meinen, sie müssten sich gegenseitig würgen, foltern und so … Mädchen, die glauben, den Freund nur dann halten zu können, wenn sie richtig harte Sexpraktiken ablieferten. Brutalität als Richtschnur für guten Sex.« Hier machte Mena eine Pause. Sie sah mich an, nickte kurz, dann fuhr sie fort. »Ich will untersuchen, ob unsere Generation verroht. In der Soziologie darf man allerdings nicht moralisieren und …«, schlagartig hörte Mena auf zu reden. Ich glaube, mein Gesicht verriet, wie schockiert ich war. »Es tut mir wahnsinnig leid, Jim«, sagte Mena und berührte meine Hand.

Ich schob ihre Hand weg. »Das heißt jedes Mal, wenn ich mit dir zusammen war, hast du mich als Versuchskaninchen benutzt?«

Ich dachte an den Moment, als wir am Fenster gestanden und in die Nacht geblickt hatten. An den Spaß, den wir hatten, als wir *Ben Stiller* verarschten. An Denise mit dem Baby und an den Moment, als ich in ihrer Ente zum ersten Mal ihren Arm berührte.

»Ich musste es doch tun!«

»Du *musstest* es tun!?«, rief ich wütend und sprang auf. Ich ging aufs Klo, riss dort das Fenster auf und atmete die kühle Luft ein. Mein Kopf fühlte sich seltsam schwer an und ich hörte ein Pfeifgeräusch im rechten Ohr.

Mena klopfte an die Badezimmertür. »Jim, alles okay?«

»Ja«, sagte ich. »Ich komm gleich raus.«

»Bitte setz dich doch«, sagte sie, als ich wieder im Wohnzimmer war.

»Ich möchte lieber stehen.«

»Gut.«

»Hast du mit jemandem … Ich meine, hast du alle Männer zu dir eingeladen?«, wollte ich wissen und sah durch sie hindurch.

»Nur die, die mir harmlos erschienen sind. Als Kali und ich neulich stritten, ging es um dich. Kali sagte, sie fände es mies von mir, dass ich mit dir so umgehe … mit dir und den anderen.«

»Warum?«, fragte ich. »Warum machst du so was?« Sie war für mich in diesem Moment der hässlichste Mensch auf der Welt.

Mena hatte Tränen in den Augen, als sie aufstand, sich an mich presste und mein Gesicht zwischen ihre Hände nahm. »Das Jim«, sagte sie, »*Das* ist echt! Ich wollte nicht, dass eine Lüge zwischen uns steht. Ich hätte es auch verschweigen können.« Ihre Worte hingen im Raum und hallten nach. »Ich weiß, wir kennen uns noch nicht lange, aber wir sind doch

Freunde! Echte, wahrhaftige Freunde. Kannst du denn das alles nicht spüren?«

»Du hast mir das HERZ gebrochen, Mena!«, schrie ich sie an und sah auf die Glaskanne, die vor mir auf dem Couchtisch stand. Ich war so was von enttäuscht, dass ich die Kanne am liebsten gepackt und an die Wand geschleudert hätte.

Mena griff nach der Kanne und hielt sie mir vors Gesicht. »Mach sie kaputt!«, sagte sie. »Komm schon lass es raus!«

»Hör auf!«, sagte ich gereizt und schob ihre Hand weg. Ich griff nach meinem Parka. Mena sah mich so traurig an, dass ich für einen winzigen Augenblick die ganze Sache vergaß und sie am liebsten in den Arm genommen hätte. Ich war wütend und enttäuscht, aber ich liebte sie. War das nicht Grund genug, um *alles* zu verzeihen? Auch wenn ich blutjung war und völlig unerfahren, wusste ich doch, dass die Liebe ihren eigenen Kopf hatte, ihre eigene Fahrspur … »Wenn Dinge passieren, braucht es eine gewisse Zeit, bis man sie verarbeitet hat«, sagte einmal mein Opa. »Man reagiert erst einmal hoch emotional … wenn dann einige Tage vergangen sind, sieht man die Dinge viel klarer. In dieser Reihenfolge: Schock-Nachdenken-Verstehen!«

Draußen war es längst dunkel geworden. Und kälter. Nur das bläuliche Flimmern des Fernsehers aus einer Nachbarwohnung warf ein wenig Licht auf den Innenhof. Die Straßen waren inzwischen menschenleer, die übliche Stille einer Sonntagnacht. Gelegentlich fuhr ein Auto an mir vorbei. Ich zog meine Kapuze über den Kopf und blickte hinauf in den schwarzen Himmel, als suchte ich nach einem Zeichen. Eine höhere Macht, die mich wieder zu ihr führen sollte. Dann, eine kurze Ewigkeit lang fühlte ich nichts. War wie in Watte gepackt, bis das laute Hupen eines Autos mich erstarren ließ. Ich steckte meine Hände tief in meine Taschen, rannte zum Ostbahnhof und hoffte, die S-Bahn zu erwischen. Ich wollte so schnell wie möglich heim ins Bett und am liebsten alles vergessen.

Mena versuchte mich auf dem Handy zu erreichen.

»Was ist?«, fragte ich.

»Jim, soll ich dich heimfahren. Es ist spät und so kalt …«

»Ich möcht lieber allein sein. Ich leg jetzt auf Mena.«

Diese Sache hier wäre in einem Film ein klitzekleiner Schnörkel mitten in einem langen, actionreichen Geschehen gewesen, der einem vielleicht ein Achselzucken entlockt hätte. Im richtigen Leben jedoch war alles überlebensgroß, verwirrend und kompliziert. Das war also das berühmte Venus-Mars-Ding, das Katz und Mausspiel zwischen den Geschlechtern? Mir wurde klar, dass diese Mena-Sache nur ein Vorgeschmack auf mein zukünftiges Leben als Mann war. Wie viele Menas würde ich noch kennenlernen, bevor ich ein richtiger Mann wurde?

Die Liebe sei psychologisch gesehen, so was wie Wahnsinn. War das der Grund dafür, warum mein Opa einmal sagte, er sei heilfroh, dass er nicht mehr jung war? Sein Herz würde den Sturm, den die Liebe in einem auslöst, nicht mehr aushalten. Es sei schon richtig, dass man diese Dinge in der Jugend erfuhr. Er sagte, leb es aus, geh hinaus in das Unwetter, das man Liebe nennt! Er sagte, nur ein Mensch, der sich in allen Wetterlagen hinaus traue, entwickle so was wie eine dicke Haut. Und man brauche eine dicke Haut, um die Leiden der Liebe zu ertragen. »Aber das heißt ja, dass Liebe immer wehtut«, *stellte ich irritiert fest.* »Weißt du, es ist so, es gibt keine echte Liebe ohne Schmerz! Und trotzdem …« »Und trotzdem?« »Nun, die Liebe ist …«, *dann brach er mitten im Satz ab und sagte:* »Finde es selbst heraus Junge! Finde deine eigene Wahrheit!«

Mena wollte Wissenschaftlerin werden und sie wollte Großes erreichen. In einer Welt, wo Konkurrenten und

Professoren ihr das Leben schwer machen würden. Mein Intellekt verstand sie, jedoch nicht mein Herz. Nein, das war nicht wahr! Es war genau umgekehrt. Mein Herz verstand sie. Sie hatte einen Fehler gemacht, weil sie ein Mensch ist und weil sie ehrgeizig war. Doch hatte nicht zuletzt ihr Gewissen die Führung übernommen? Welche Fehler habe ich gemacht? Hatte ich Amelie nicht angebaggert, um sie ins Bett zu kriegen? Die süße, naive Amelie. »Es ist falsch Liebe vorzuheucheln«, hatte meine Mutter gesagt. »Ja, du hast recht«, hatte ich geantwortet und nichts gemacht, bis Amelie einen anderen fand, der unschuldiger und naiver war als sie selbst.

Eine Stunde später lag ich im Bett und starrte auf mein Handy. Sie hatte nicht angerufen. Was erwartete ich denn? Dass sie mich anruft und mir sagt, sie sei in mich verliebt, von jetzt auf gleich und mitten in der Nacht in ihr Auto steigt, zu mir kommt und sich zu mir ins Bett legt? Nein, das alles würde sie nicht tun. Sie würde ihr Leben weiter leben. Mit oder ohne Antonio und ich würde irgendwann ein anderes Mädchen kennenlernen, das zu mir gehörte, ohne Wenn und Aber. Doch warum hatte ich das Gefühl, an meinen eigenen Tränen zu ersticken, die nicht hochkommen wollten? Dieser dicke, fette Kloß im Hals, der mir den Schlaf raubte und mir zeigte, dass ich Enttäuschung und Trauer nicht einfach so wegdenken konnte.

Ich musste diese Dinge leben, um lieben zu können.

ESSEN MIT DAD

Vier Tage später.

»Mena hat angerufen«, rief mir mein Vater zu. »Sie wollte vorbei kommen, da hab ich sie zum Essen eingeladen.«

»Oh nein, Papa!«

»Ich dachte, du magst sie.«

Ich schwieg.

»Habt ihr euch gestritten?«

»Nein!«, log ich.

»Streit gehört zum Leben dazu, Jim«, sagte mein Vater. »Man kann über alles reden. Willst du …?«

»Darum geht es nicht!«, brüllte ich ihn plötzlich an. Was war nur mit mir los? Ich hatte Dad noch nie so angeschrien.

»Ganz ruhig!« Papa sah zerknirscht aus. Ich sah ihn kurz an, wollte erklären, was in mir vorging … aber es ging nicht.

»Kann ich dir …«, begann Papa.

Ich schüttelte den Kopf, lief in mein Zimmer, warf den Rucksack in eine Ecke, ließ mich aufs Bett fallen und schloss meine Augen: Ich sah, wie Mena mich in der S-Bahn angesprochen hatte, sah, wie sie vor dem Kino auf mich wartete, mit ihrem roten Mini-Rock und dem Mantel über dem Arm sah, wie sie mir Nemo hochreichte, während Paola schlief, sah den traurigen Ausdruck in ihren Augen, als ich vor ihr weglief.

Nemo, der auf meinem Kissen lag, schien zu sagen, komm schon Alter, gib ihr eine Chance!

Ich sprang auf und lief in die Küche. »Wann kommt sie denn?«

»So in einer Stunde«, sagte mein Vater. »Deckst du schon mal den Tisch?«

Vierzig Minuten später.

Mena kam völlig durchgefroren bei uns an. »Hi! Stell dir vor, meine Ente ist vorhin nicht angesprungen«, sagte sie, während sie aus ihrem Mantel schlüpfte. »Wah, ist das nicht irre kalt heute?«

Ich nickte leicht, konnte ihr aber nicht in ihre Augen schauen.

»Ich hab den ADAC angerufen«, erzählte sie. »Ich muss eine neue …«, sie brach mitten im Satz ab. Ich konnte ihr immer noch nicht ins Gesicht sehen. Hatte die Hände in den Hosentaschen und den Blick auf den Boden gerichtet. »Gehts dir gut Jim?«

Menas Hand lag auf meinem Oberarm. Ich schob ihre Hand weg und trat einen Schritt zurück, da kam mein Vater. Er hatte ein Küchentuch über die Schulter geworfen.

Mein Dad sah von Mena zur mir. »James, willst du uns denn nicht vorstellen?«

»Mena, das ist mein Vater Samuel«, sagte ich lustlos und zeigte auf Dad, der mir versprochen hatte, sie nicht in lange

Gespräche zu verwickeln und sich gleich nach dem Essen zurückzuziehen.

»Willkommen!«, rief mein Vater und schüttelte mit beiden Händen Menas zierliche Hand. »James und ich sind seit einigen Monaten ein reiner Männerhaushalt ...«

»Wie in dem Film *Ein seltsames Paar*. Mit *Jack Lemmon* und *Walter Matthau*«, sagte Mena und spitzte die Lippen.

Mein Vater war entzückt. Er ging leicht in die Knie, als wollte er gleich aufspringen, weil seine Mannschaft ein Tor geschossen hatte. »Du kennst den Film? Kennst du auch den Film *Das Appartement*?«

Ich warf meinem Vater einen *Nicht-jetzt-Blick* zu. »Entschuldigens bittschön, Frollein, die Küche ruft«, sagte Papa. Das Bayerisch klang aus seinem Mund schräg. Für gewöhnlich zog ich ihn damit auf, aber heute ging er mir damit voll auf die Nüsse.

»Kann ich Ihnen helfen? Ich bin wirklich eine gute Küchenmagd!« Mena lächelte und sah zu Papa hoch.

»Nein-nein-nein-nein-nein!«, sagte Dad mit erhobenen Händen und huschte in die Küche.

»Also ... nein«, sagte Mena schmunzelnd und folgte mir ins Wohnzimmer.

»Wir ... wir machen das immer ... ich meine das mit den Kerzen und so«, sagte ich steif. Mena sollte nicht denken, ich wolle für romantische Stimmung sorgen.

»Setzen wir uns?« Ich zeigte auf eines der Korbstühle.

»Danke«, sagte Mena und legte sich eine Serviette auf ihr weißes Kleid. Es war ein knielanges Sommerkleid mit Spitzen überall. Kein Wunder, dass mein Papa bei ihrem Anblick weich geworden war.

Da war er auch schon. »James Untersetzer!«, befahl Papa.

»Wow, was ist das?«, fragte Mena und richtete sich auf, um in die Töpfe sehen zu können.

Papa faltete seine Hände wie zu einem Gebet. »Das ist ein ghanaischer Bohneneintopf mit frittierten Kochbananen, Reis und Fisch. Es heißt eigentlich Red Red«, sagte er mit vorgehaltener Hand, als plaudere er ein ghanaisches Staatsgeheimnis aus. Während wir aßen, sprach Mena wenig. Und was meinen Vater betraf, hielt er sein Wort. Er führte gepflegte Konversation und war ein Gentleman durch und durch.

»Ist es mit Palmöl gemacht, Herr Owusu?«, fragte Mena.

Dad betrachtete sie nachdenklich. »Ja!«

»Heißt es daher Red Red?«, fragte Mena und schob sich eine riesige Portion Backbanane in den Mund.

»Ja!«, rief Papa und seine Augenbrauen kletterten bis an seinen Haaransatz. »Palmöl macht das Essen rot!«

Ministille.

Dann prusteten beide los. Beinahe hätte sich Mena an den Backbananen verschluckt. Sie und Papa warfen den Kopf in den Nacken und klopften sich gegenseitig auf den Rücken. Sie lachten und lachten, einmal grunzte Mena sogar. Immer noch nach Luft schnappend, wischte sich mein Dad den Mund an seiner Stoffserviette ab und legte sie neben seinen Teller. Dann sah er erst mich, dann Mena lange an. Wie ein Priester, der den Blick aufs Brautpaar gerichtet hatte und von christlicher Liebe sprechen wollte. »Du trägst ein sehr hübsches Kleid, mein Kind«, sagte Dad zu Mena. »Es ist weiß!«, fügte er bedeutungsvoll hinzu.

Mena sah an sich herunter. »Ist weiß nicht die Farbe der Freude in Ghana?«, fragte sie und zauberte ein Lächeln in Dads Gesicht.

»Möchtest du Nachschlag?«, fragte mein Vater *nur* Mena.

Wie eine Schwangere legte sie beide Hände auf ihren Bauch. »Das war so was von lecker, aber … ich platze gleich … vielen Dank, Herr Owusu!«

»Nenn mich doch bitte Samuel«, sagte Papa und lächelte sie an. Im Geiste sah ich ihn einen Diener machen und ihre Handspitzen küssen.

»James!«, schrie Pa, als riefe er seinen Butler und sah flüchtig in meine Richtung. Er hatte die Beine locker übereinandergeschlagen und einen Arm über die Stuhllehne gelegt. »Koch, Kaffee!« Dann sagte er flauschig frotzelnd: »Mena und ich setzen uns gemütlich aufs Sofa und rauchen inzwischen eine Zigarre.«

Dad erhob sich und bot Mena seinen Arm an. »Schönes Fräulein, darf ich es wagen, Ihnen Arm und Geleit anzutragen?«, fragte er angeberisch.

»Bin weder Fräulein, weder schön, kann ungeleitet durchs Leben gehen«, erwiderte Mena hochnäsig und warf mir einen frechen Blick zu. Dann hakte sie sich bei Papa ein und weg waren sie.

Nach dem Kaffee verabschiedete sich Papa von uns mit den Worten, er wolle schlafen gehen, da er früh raus müsse.

»Oh, nein, jetzt, wo es grade so nett ist!«, sagte Mena. Papa sah mich fragend an. *(Ich lächelte leicht. Insgeheim freute ich mich ja, dass die beiden sich so gut verstanden.)* »Büte bleib doch noch ein wenig.«

»Okay«, sagte mein Vater sichtlich geschmeichelt und nahm wieder Platz. Dann wurde es still.

Erst seufzte Papa.

Dann Mena.

Dann ich.

»Darf ich dich was Persönliches fragen, Samuel?« Mena beugte sich nach vorn, die Hände in ihrem Schoß gefaltet.

»Nur zu«, sagte Dad.

»Samuel, willst du irgendwann mal zurück nach Ghana?«

Papa nickte vor sich hin, atmete tief durch und sah von mir zu Mena. »Ja!«, sagte er knapp und deutlich.

»Ja?«, fragte ich. Was war mit Mama? Was war mit mir?

Pa lehnte sich in seinen Sessel zurück, ein Arm ruhte auf der Lehne. Er sah mich verwundert an: »Ja, James, alle Ausländer wollen das. Viele tun es nicht, aber sie wollen es. Wenn … du … alt … bist, melden sich deine Wurzeln.«

»Meine Mutter sagte das auch immer«, bemerkte Mena leise. Sie nahm ein Minischluck von ihrer Cola und sah zur Seite. »Meine Mutter ist vor acht Jahren gestorben.«

Mein Vater beugte sich nach vorne, faltete seine Hände und führte sie langsam an den Mund. »Das tut mir leid!« Ich wusste, dass seine afrikanische Seele Mena jetzt am liebsten in den Arm genommen hätte. Ich stellte mir vor, wie Mena gerade mal vierzehnjährig von heute auf morgen sich um ihre jüngere Schwester kümmern musste. »Mir auch«, sagte ich ernst. Was ihr wehtat, tat auch mir weh.

»Danke Jim«, sagte Mena und sah mich ganz lieb an.

»War jemand für euch da?«, fragte mein Pa. »Eine Tante, eine Oma?«

Mena schüttelte den Kopf. »Die sind alle in Sizilien. Mein Papa hatte sich in seine Arbeit gestürzt, mit eigenem Restaurant und Laden tut man das ohnehin ständig. Paola, meine jüngere Schwester, war neun. Ein entfernter Verwandter, Antonio, hat sich um uns gekümmert«, sagte sie und sah zu mir herüber. Dann senkte sie ihren Blick.

»Wenn du möchtest, wechseln wir das Thema«, schlug Pa vor.

Mena schüttelte den Kopf. »Ich finde, dass man über den Tod genauso sprechen sollte wie über das Leben.«

Mein Dad streckte die Finger seiner Hände aus und betrachtete sie aufmerksam. Das tat er immer, wenn ihm etwas nahe ging. »Als ich dreizehn war, ist *auch* meine Mutter gestorben.«

»Das tut mir leid!«, sagte Mena sanft.

Für eine Weile trat Stille zwischen uns ein. Eine Stille, die Raum für Gedanken ließ. Nach einer Weile stand Mena auf und nahm direkt gegenüber Dad Platz, der beide Hände auf den Armlehnen seines Sessels ausgestreckt hielt und vor sich hin grübelte. »Träumst du manchmal von deiner Mama?«, fragte sie.

Mein Vater nickte leicht. Ich sah, dass seine Augen feucht waren, und doch wirkte er nicht traurig.

»Es gibt Momente. Da sehne ich mich nach dem Schmerz von damals«, sagte Mena und sah zu mir herüber, dann zu Dad. »Ich habe Angst davor, sie eines Tages nicht mehr zu vermissen.«

Papa sah an mir vorbei zum Fenster hinaus. Mena hatte bei Papa definitiv was ausgelöst. Ich hatte ihn noch nie so nachdenklich gesehen. »Was würde ich darum geben, nur ein einziges Mal …« Papa brach mitten im Satz ab.

»Ihre Stimme zu hören?«, fragte Mena und legte ihre Hand auf seine. Mena und Papa sahen einander an; sie hatten dasselbe durchgemacht. Alter, Geschlecht und Zeit spielten jetzt keine Rolle.

Als Mena sich verabschiedete, überreichte sie mir eine DVD und einen Umschlag. Sie hatte eine rote Schleife um die DVD gebunden.

»High Fidelity?«, las ich vor. »Beziehungen sind wie Songs. Manche vergisst du nie – egal ob gut oder schlecht!«

»Du hattest mich auf den Film aufmerksam …«

Ich blickte auf. »Nein!«

»Aber auf deinem Glückwunschbrief stand doch …«

»Nein!« Was fiel mir ein, derart zu lügen. Jeder Musiker kannte den Film. Die meisten, auch das Buch.

»Wir könnten den Film ja mal zusammen anschauen …«, schlug sie leise vor. Sie sah traurig aus. Traurig und müde.

»Das ist das zweite Geschenk innerhalb von zwei Tagen«, sagte ich kalt und sah an ihr herunter. Kaum hatten diese Worte meinen Mund verlassen, bereute ich es. Ich hatte kein Recht, ihr derart wehzutun! Ganz gleich, was sie getan hatte.

»Okay, dann geh ich mal«, sagte Mena. Sie hatte Tränen in den Augen. »Samuel, vielen Dank für das herrliche Essen. Es war ein toller Abend«, sagte sie und gab meinem Vater einen Kuss auf die Wange.

»Magst du Mena nicht nach draußen bringen?«, fragte mein Vater und sah mich mürrisch an. Seine Augen schienen zu sagen, was bist du für ein Arsch!

Schweigend gingen Mena und ich nach draußen. Es hatte wieder geschneit. Von Weitem sah ich nach Hause eilende bekannte Gesichter, die voller Vorfreude auf einen kuscheligen Abend bei Glühwein oder Tee durch den Schnee wateten. Weihnachtsschmuck innen und außen, bunter Lichterregen überall. »Warum machen sie das nur?«, sinnierte ich vor mich hin, während ich den Schnee mit meinem Ärmel von Menas Windschutzscheibe fegte. »All dieser Weichnachts-Schnickschnack. Ich versteh das nicht.« Ich sah Mena an diesem Abend zum ersten Mal freundlich an.

»Weil es sie glücklich macht«, antwortete Mena und blickte auf den Boden. Sie wirkte schwach. Schwach und verletzlich.

»Ja«, sagte ich zärtlich und ging einen Schritt auf sie zu. »Ich *war* wütend auf dich gewesen Mena«, flüsterte ich und berührte ihren Schal mit beiden Händen.

»Ich weiß«, sagte sie. Dann holte sie tief Luft und sah mich endtraurig an. Ich hatte sie noch nie so betroffen gesehen. »Ich hab dich angelogen und dein Vertrauen missbraucht. All die Jungs, die ich getroffen habe. Jim, sie haben mir nichts bedeutet. Es ist die Wissenschaft ... ich war von Ehrgeiz zerfressen!«

Zum ersten Mal an diesem Abend lächelten wir uns an. Ich zog sie langsam an mich und flüsterte ihr ins Ohr. »Mena, du hast doch gelogen, um die Wahrheit zu finden.«

Mena hielt ihre Hand vor den Mund und fing an zu schluchzen. »Weißt du«, sagte sie und zeigte auf unser Haus. »Dort bei dir und deinem Vater hab ich mich dermaßen glücklich gefühlt, wie lang nicht mehr. Ich will dich nicht verlieren, Jim!«

»Du kannst mich ärgern, verletzen oder wegschicken, aber nicht verlieren«, sagte ich und zog sie wieder in meine Arme. Dann trat ich einen Schritt zurück, sah sie fragend an und sagte: »Was hat das eigentlich mit dem lila Plüschhocker auf sich?«

Mena lachte und wischte sich die Tränen weg. »Die Antwort ist ganz einfach!« Mena zwinkerte mir schmunzelnd zu, sprang in ihr Auto und fuhr los. Ich sah ihr nach, bis sie aus meinem Blickfeld verschwunden war.

Dad stand im Hauseingang.

Er wirkte zufrieden.

Abgespannt, aber zufrieden.

Später, als ich im Bett lag, öffnete ich Menas Kuvert.

HIGH FIDELITY

Es ist toll, wenn man heute einen Film ansieht und das blaue Band von *Tochstone Pictures* mit dem süßen Jingle einen schnurstracks in die Zeit der Homevideos katapultiert – in eine Zeit, wo man das ganze Wochenende hindurch damit beschäftigt war, sich die neuesten Filme reinzuziehen. Bei Popcorn und Cola. Es natürlich nicht schaffte und in allerletzter Minute die Filme in den Abgabeschlitz der Videothek steckte, um Leihgebühren zu sparen.

Willkommen in den 1990-Ern!

High Fidelity gehört zweifelsohne zu den Filmen, die damals allen gefielen: Männern und Frauen. Okay, vielleicht nicht meiner sizilianischen Großmutter. Aber dieser Film, der einen Bogen von *Jack Blacks* (der übrigens in diesem Film auch mitspielt) *Tenacious D* über *Once* bis hin zu *Commitments* spannt, ist Kult!

Rob *(John Cusack)*, ein 26-jähriger Plattenladen-Besitzer, wird von seiner Freundin Laura *(Iben Hjejle)* verlassen; was den musikbesessenen Rob zu Dauergrübeleien verleitet. Klar, es ist eine Liebesgeschichte – geschrieben von einem Mann *(Nick Hornby)* – doch der heimliche Star des Films ist die Musik. Gleich in der ersten Sequenz sieht man eine Vinyl: Schwarz und sinnlich. Bildfüllend. Dann taucht Rob auf, auf einem Ledersessel sitzend. Er schaut in die Kamera und sagt: »Was war zuerst da, die Musik oder der Kummer?«, während im Hintergrund Laura ihre Sachen packt. Rob lehnt sich zurück und lässt sein Liebesleben Revue passieren und definiert die Top Five der Frauen, die ihm so richtig in die Eier getreten haben.

Da wären:

1. Alison
2. Penny
3. Jacky
4. Charly
5. Sally.

»Hast du deinen Namen auf der Liste gehört, Laura?«, ruft Rob Richtung Schlafzimmer. Robs Erkenntnis über die Liebe: Alle Frauen sind Schweine, und in Wirklichkeit waren all seine Beziehungen nur verschlüsselte Variationen seiner allerersten Liebe!

Ihm gehört ein Laden *(Champions Vinyl)* an der Ecke Milwaukee und Honore Street, in einer Gegend, wo es kaum Laufkundschaft gibt.

Der Laden führt ein Mauerblümchendasein, das nur von Freaks und Zufallskunden aufgesucht wird. Seine Mitarbeiter Dick *(Todd Louiso)*, ein verklemmtes und sensibles Musikgenie und der lebensfrohe und vor Selbstbewusstsein strotzende Barry *(Jack Black)*, der Leute mit schlechtem Musikgeschmack einfach nicht ausstehen kann. Er wirft einen seriös wirkenden Herrn im Trenchcoat aus dem Laden, nur weil der einen *Schlappschwanzsampler* für seine Frau kaufen will. »Ihr fühlt euch wie verkannte Genies und spuckt auf alle, die weniger wissen als ihr!«, sagt ein cooler Typ, als Barry wieder einmal einen Kunden rauswirft. Doch die Jungs können nicht anders. Den ganzen Film hindurch liefern sie sich Schlachten, welche Scheibe zum Beispiel als Hintergrundmusik im Laden laufen soll: *Belle and Sebastian / Little Latin Loopy Lou / Mitch Ryder & The Detroid Wheels* oder *The Righteous Brother.*

Nachdem Laura ausgezogen ist, sortiert Rob seine Plattensammlung neu. Diesmal autobiografisch. Er will Ordnung in seinem Leben schaffen. Nicht nur in seinen Plattenregalen. Will wissen, was mit ihm nicht stimmt. »Warum verlassen die Frauen immer mich?« Ein Anruf seiner Mutter, die ihm wieder einmal vorwirft, er würde sein Leben nie in den Griff bekommen, wo er doch eine so nette und patente Frau wie Laura gefunden hatte. Eine Freundin, die die Miete zahlt und für Ordnung sorgt. »Du bist fast dreißig, Rob. Werde erwachsen!«, schimpft seine Mutter. Liz *(Joan Cusack)*, eine gemeinsame Freundin, schlägt in dieselbe Kerbe: »Du bist ein mieses Arschloch!«, bellt sie ihn in seinem Laden an, nachdem sie soeben von Laura erfahren hat, dass Rob Laura, als sie schwanger war, mit einer anderen betrogen habe. Kurz davor habe er die Stirn besessen, sich von ihr 4000 Dollar zu borgen. 4000 Dollar, die er nie zurückgezahlt habe! Na, ganz so habe es sich nicht zugetragen, erklärt uns Zuschauern Rob SEINE Version. Sei's drum!

Später, als Rob erfährt, dass Laura zu Ian *(Tim Robbins)* gezogen ist, bricht für ihn seine Welt zusammen. So herzzerreißend diese Nachricht für Rob auch ist, kann er kaum seine Freude darüber verbergen, als Laura ihm beichtet, mit Ian noch gar nicht geschlafen zu haben. Zu groß waren seine Ängste im direkten »Sex-Vergleich« mit dem erfolgreichen *Esoterik-Ian* abzulosen.

Lauras eigentlicher Botschaft, Sex habe für sie nicht den gleichen Stellenwert wie echte Intimität, schenkt er kein Gehör. Und nicht nur das, vor lauter Erleichterung steigt er noch am gleichen Abend mit Marie *(Lisa Bonet)* einer talentierten und bildhübschen Indie-Musikerin, die er vor wenigen Tagen in einem Klub kennengelernt hatte, ins Bett. Von wegen Frauen sind Arschlöcher!

Ich weiß, als Filmkritikerin sollte ich neutral bleiben, aber an dieser Stelle würde ich am liebsten alle Robs dieser Welt so richtig in die Eier treten.

Zurück zu Rob und der kleinen Marie. Robs größter Traum war es schon immer gewesen, mit einer coolen Musikerin zusammen zu leben. Eine, die am Küchentisch Songs schreibt, ihn nach seiner Meinung fragt und vielleicht einen ihrer geheimen Witze in ihr Booklet einfließen lassen würde. Da haben wir's wieder: Die Musik lenkt Robs Leben! Rob ist den ganzen Film hindurch widersprüchlich. Und uneinsichtig. Es stimmt wohl auch, dass er im Gegensatz zu Laura nicht erwachsen werden will, aber genau diese Brüche machen ihn als Protagonisten menschlich und liebenswert. Wenn er zum Beispiel laut nachdenkt, warum die Frauen immer ihn verlassen und sich auf den Weg macht, die

Antworten von den Damen höchstpersönlich abzuholen. Zu einer Zeit, als solche Aktionen noch originell waren. Oder er sich in seinen Tagträumen mit Bruce Springsteen, über Frauen und die Welt palavert.

Irgendwann erfährt Rob, dass Laura und Ian ein echtes Paar geworden sind, und natürlich dreht er durch. Und natürlich regnet es im Film! *Nein, ich mache mich darüber nicht lustig – es regnet ja oft in Filmen.* Doch hier schüttet es wirklich aus Eimern, wenn Rob zum Beispiel vor Ians Haus an die Wand einer Telefonzelle gelehnt, einen Groschen nach dem anderen in den »verdammten« Schlitz steckt, nur um Laura und *Arschloch-Ian* mit seinen Anrufen zu terrorisieren.

Rob teilt Menschen nach ihren Vorlieben ein: »Man erfährt doch wirklich alles über einen Menschen, wenn man weiß, was er liest, hört und welche Filme er sich anschaut.« Dass Ian einen Scheiß Musikgeschmack hat, ist eh klar!

Alles ändert sich, als Lauras Vater stirbt.

Als Dick und Barry davon erfahren, stellen sie, wie könnte es anders sein, die Top Five der besten Songs über den Tod zusammen:

Leader Of The Pack (The Shangri-Las)

Dead Man's Curve (Jan & Dean),

Tell Laura, that I love her (Ray Peterson),

One step beyond (Madness)

You Cant Always Get What You Want (Rolling Stones), ähm, sind die Jungs pietätlos oder einfach nur ehrlich?!

Wreck of the Edmund Fitzgerald (Gordon Lightfood).

Häh, das sind ja sechs Songs, na egal!

Lauras Mutter will, dass Laura zur Beerdigung zusammen mit Rob erscheint. Rob, der sich durchaus angemessen verhält und einen echten Freund der Familie abgibt, ist perplex, als Laura ihm nach der Trauerfeier vorschlägt, Sex mit ihm zu haben.

Sie sagt, sie halte den Schmerz über den Verlust des Vaters nicht aus. Sie müsse irgendwas anderes fühlen können, um nicht zu sterben. Schlaf mit mir, oder drück mir eine Zigarette auf meinem Arm aus, sagt sie mit vollem Ernst.

Danach …

Laura: »Rob, ich bin zu müde, um nicht mit dir zusammen zu sein.«

Rob: »Wenn du mehr Energie hättest, würden wir nun getrennt bleiben, aber da du dich gerade so leer fühlst, willst du mich wieder haben. Ist doch so?«

Laura: »Ja. Ich will jetzt einfach nach Hause … Mit dir!«

Was dann passiert, ist einfach nur schön!

Laura verlässt Arschloch-Ian und zieht wieder zu Rob in die gemeinsame Wohnung. Auch klamottenmäßig ist Laura nun wieder die Alte, nicht mehr so steif. Eben gechillter.

Hinter Robs Rücken organisieren Laura, Barry und Dick eine *Recording Release Party* von »The Kinky Wizards Featuring the thriumphial return of DJ Rob Gordon.« Unterzeichnet von *Top-Five-Records*. Was der Hammer ist, denn Rob hatte zwei talentierten »rotznasigen Teenagern« tatsächlich vor einiger Zeit einen Plattenvertrag angeboten. Der Deal war im Wirbel Robs privater Probleme untergegangen.

Als eine süße Musik-Kolumnistin bei Rob im Plattenladen auftaucht und ihm die ultimative Frage nach seinen Top Five Scheiben stellt, antwortet Rob ihr mit einem selbst gemachten Tape. Eine ziemlich intime Sache damals – vor den Zeiten von Raubkopien und Internet. Laura bekommt das mit, macht aber keine große Sache daraus. Doch als Rob ihr in ihrem Lieblingspub einen Heiratsantrag macht, kann sie nur lachen. »Hey, du hast noch vor wenigen Tagen einer anderen Frau ein Tape zusammengestellt und heute fragst du mich, ob ich deine Frau werden will?«

»Ich musste dich einfach fragen«, sagt Rob. »Das mit den anderen Frauen ist doch nur Fantasie. Am Anfang, ja, da tragen alle Frauen heiße Dessous, später hängen nur noch ausgeleierte Baumwollunterhöschen an der Wäscheleine.« Selbst die göttliche Charly *(Catherine Zeta-Jones)*, seine Nummer vier auf der Liste der Frauen, die ihm so richtig das Herz gebrochen hatte, hatte sich letztendlich als sterblich erwiesen. Rob und Laura lachen über dieses kleine Beziehungsbonmot. »Bisher habe ich alle Frauen nach kurzer Zeit sattgehabt, doch dich werde ich nie satthaben Laura. Deshalb habe ich dich gefragt, ob du mich heiraten willst.«

»Danke«, sagt Laura nur und meint es auch so.

Dieser kleine Dialog ist bezeichnend für ihre Beziehung. Sie können einfach über alles reden. Und lachen.

Die Release-Party und der kleine Auftritt von Barrys Band »Sonic Death Monkeys« wird ein Riesen-Erfolg. Barry, den Rob noch vor wenigen Tagen inbrünstig gebeten hatte, nicht aufzutreten, verdreht nun allen den Kopf. Er ist sexy, frech und kann richtig gut singen! All die Jahre hatte Barry also nur eine Bühne gebraucht.

In der Schlussszene sieht man, wie Rob seiner Laura das ultimative Tape zusammen stellt. »Es sind die Songs auf der Kassette, die Laura glücklich machen«, sagt Rob und verabschiedet sich von uns Zuschauern.

Mein bester Freund hat mich dazu inspiriert, diese Filmkritik zu schreiben. Ich für mein Teil werde mir als Nächstes das Buch »High Fidelity« von Nick Hornby reinziehen. Mal sehen, ob das Buch genauso gut ist wie der Film!

Danke fürs Lesen!

Filomena Petrillo.

Ich schrieb Mena gleich eine SMS:

»Hallo Schönste, ein Hammer Text! Alter, bist du talentiert! Du bringst es so was von auf den Punkt! Der Text ist frisch, witzig und hangelt *(sagt man das so?)* sich am Film entlang, ohne die Message zu verfälschen. Freu mich schon auf den Film und auf weitere Filmkritiken von Dir. Mach bitte unbedingt damit weiter und lass es nicht einschlafen. Apropos schlafen …

Schlaf gut, beste Freundin! Dein Jim

(Ich hab dich also dazu inspiriert? Das ist schön :D!)

Menas Antwort:

»Oh, Dankeschön! Flöööt! Und ich halt grade den süßen Kassettenrekorder auf dem Arm und höre deine Lieblingssongs rauf und runter. Besonders gut gefällt mir »Love is a Shield« von Camouflage und »More Than Words« von Extreme. Gute Nacht, mein Schönster!«

PS: Dieses »Lets Get it On« – ist das nicht der größte Bums-Song aller Zeiten ;)?

»IHR HABT BEIDE RECHT!«

Am nächsten Tag.

In dieser Nacht träumte ich von Mena. Wir lagen eng umschlungen auf einer Blumenwiese an einem unwirklichen Ort. Alles war weich. Die Wiese, die Blumen, sogar Mena. Sie fühlte sich an wie ein Marshmallow und schmeckte süß. Ich leckte und leckte an ihr, bis sie sich ganz auflöste und verschwand.

Schweißgebadet wachte ich auf, torkelte ins Bad und pinkelte im Stehen. Ohne meine Hände zu waschen, ging ich zurück ins Bett. Meine Mutter hasste so was. Meine Mutter konnte mich mal! Normalerweise erinnerte ich mich nicht an meine Träume. Schöne, weiche, süße Mena. Beim Gedanken an ihr Gesicht fühlte ich den kleinen vertrauten Stich im Herzen. Ich widerstand dem Impuls, sie sofort anzurufen Sie sollte nicht denken, dass ich blindlings hinter ihr her war.

Stattdessen rief ich Kevin an.

»Was geht?«

»Ganz gut. Danke! Du Jim, ich wollte dich wegen eures Auftritts etwas fragen. Wann genau ist das bitte noch mal?«

»Diesen Freitag in *Forstern*. Ist ein Kaff in der Nähe von Erding. Ich hab keine Ahnung, wie ich da hinkommen soll.«

»Mena hat doch ein Auto. Du wirst sie doch einladen, oder?«

Natürlich würde ich sie einladen. So hatte ich eine Gelegenheit, sie wieder zu sehen. Allerdings musste ich mich auf knapp dreißig Songs konzentrieren und der Gedanke, dass sie direkt vor mir im Publikum stehen könnte, verunsicherte mich schon ein wenig. Ich wollte nicht den großen Macker raushängen lassen: »Hey, schau mal Kleines! Ich, Sänger und Gitarrist in meiner eigenen Band. Cool was?« Andererseits, warum sollte sie nicht zu unserem Gig kommen? Nach dem Gig würde sie mich vielleicht mit zu sich nehmen. Besser noch, sie käme zu mir.

Ich schrieb Mena gleich eine Mail:

»Habe Gig mit meiner Band am 21. Dezember in Forstern. Lust auf Teenie-Musik? Kevin wird auch da sein. Wenn du magst, kannst ihn ja vorher abholen. Fahren dann gemeinsam hin. Aber nur, wenn das für dich okay ist? Geb dir zur Sicherheit die Nr. von Kevin: 900 437 96. Küss die Hand. Jim, nicht Jimmy :)!«

Zwei Stunden später rief Mena zurück.

Selbstverständlich würde sie kommen. So etwas würde sie sich doch nicht entgehen lassen. Mit Kevin? Aber ja! Liebend gern! Okay, nachdem das geklärt war, musste ich nur noch die nächsten Tage ohne die göttliche Mena durchstehen. Was nicht leicht war. Gar nicht leicht! Ich wachte mit ihr auf und schlief bei dem Gedanken an sie wieder ein. Je verliebter ich war, desto weniger hatte ich Lust, mit ihr zu schlafen. Liebe verdrängte also Sex, wie krass war das denn? Als ich sie in der S-Bahn kennengelernt hatte, hätte ich mir stündlich einen abwichsen können. Und jetzt? Ich wollte sie bei mir haben.

Einfach nur bei mir haben. Sie anschauen, ihr zuhören, sie streicheln, küssen, riechen und mit ihr lachen. Ich war so verliebt, dass ich einen Song für sie schrieb. Nie im Leben würde ich jedoch zu ihr gehen und den Song vorspielen. So was kann man erst bringen, wenn man sich sicher sein kann, dass auch sie einen liebt!

WOZU   IST DIE LIEBE DA?
wir konnten uns im Dunkeln sehen
mit Worten streicheln und uns blind verstehen
ich war mir so nah
denn du warst ganz für mich da
und wenn ich einmal traurig war
tauchtest du ein in meine Tiefen
holtest mich da raus
was ist davon nur geblieben?

Refrain:
erst verschwand ich aus deinen Augen
dann aus deinen Gedanken
dann ganz aus deinem Leben
wozu ist die Liebe da?
du willst den Alltag nicht erleben
willst dich immer neu verlieben
jeden Tag ein neuer Mensch sein
dazu sei dieLiebe da

gegen morgen schlaf ich ein
und du liegst nicht neben mir
Angst allein zu sein
dein letzter Blick war kalt und leer
erst hab ich nicht geweint
wollte gar nicht an dich denken

ist es wirklich wahr
willst du dieses Herz verschenken?

Refrain:
erst verschwand ich aus deinen Augen
dann aus deinen Gedanken
dann aus deinem Leben
wozu ist die Liebe da?
ich wollte dich für immer lieben
wollte dich doch nicht besiegen
wollt mit dir die Freiheit teilen
dazu ist die Liebe da

nun bist du nicht mehr hier
hast ein neues Herz gefunden
und ein Teil von mir
ist im Meer der Zeit versunken
Es ist so lange her
manchmal denk ich noch an dich
wenn ich dich dann seh
funkelt jener Stern für mich

Refrain:
erst verschwand ich aus deinen Augen
dann aus deinen Gedanken
dann ganz aus deinem Leben
wozu ist die Liebe da?
erst wenn wir nicht nur an uns denken
einen Teil von uns verschenken
in das Land der Träume fliegen
dazu ist die Liebe da
dazu ist meine Liebe da

In den letzten Tagen hatte ich zwei Bandproben mit den Jungs. Diesmal konzentrierten wir uns auf die eigenen Songs. Und Trommelwirbel: Ich stellte der Band meinen neuen Song vor. Natürlich verriet ich nicht, wer mich dazu inspiriert hatte. Die Jungs fanden den Song gut, wollten ihn aber nicht spielen. Er sei noch zu unausgereift, fanden Erik und Till.

»Jim kann ihn doch als Zugabe bringen, nur er und die Gitarre. Kommt schon, das wird gut!«, sagte Flo. Ich liebte diesen Jungen! Also dann: Vierundzwanzig Coversongs und sechs eigene Stücke. Unsere Songs mussten allerdings clever unter die Covers gemischt werden. Erik schlug vor *Sins (ein schnelles Stück, das beachtliche neun Minuten dauerte)*, als Zugabe zu spielen, also nach meinem Song.

»Gute Idee«, meinte Till. »In der Pause könnten wir dann unsere Flyer verteilen. Später, wenn die Leute wieder zu Hause sind, werden sie unsere Seite auf *MySpace* anklicken. Das nennt man Vertiefen von Eindrücken.«

Flo verzog das Gesicht. »Alter, wir verschwenden doch nur unsere Zeit. Das ist sinnlos und irgendwie uncool!«

Till legte seine Sticks beiseite und trank ein Schluck von seiner Cola. »Heißt das, dass du nicht in MySpace nach Fans suchst? Ich sitze jeden Abend am PC und reiß mir den ARSCH für uns auf.«

Flo sah zur Seite und errötete leicht. »Toll! Und was ist, wenn MySpace irgendwann im Internetfriedhof landet? Dann war die ganze Arbeit umsonst. Das sind dann digitale Leichen. Ich hab keine Lust auf so sinnlosen Aktionismus.«

»Das sind doch nur Ausreden! In Wirklichkeit glaubst du nicht an uns! Sag schon, ist es so?«, fragte Till scharf.

Flo antwortete nicht. Er saß breitbeinig auf dem Sessel und zupfte seelenruhig das Intro von *Nothing Else Matters*.

»Wie stellst du dir dein Leben als Musiker vor, Till?«, fragte ich ganz ruhig.

»Ich will von der Musik leben können.«

Keiner sagte was dazu. Vermutlich war es den Jungs unangenehm sich, so kurz vor einem Gig zu streiten, also schwiegen sie lieber.

»Lass mal gut sein, Jim. Manch einer hat es nicht nötig, sich einzubringen«, fing Till wieder an und schraubte an seinem *Snare* herum. Dann sah er zu Flo. »Wir können uns keine Coolness leisten, solange …«

»Solange was?« Flo sah Till ungewöhnlich scharf an.

»Na, solange wir nicht berühmt sind. Was denn sonst?«

»Ich mach doch nicht Musik, um berühmt zu sein«, sagte Flo, stellte seine Gitarre weg und setzte sich neben mich aufs Sofa.

»Warum denn dann? Sag's schon! Warum machst du Musik?«, fragte Till grantig.

»Zum Spaß halt.« Flo faltete seine Hände zusammen und ließ seine Daumen kreisen. »Ihr glaubt doch nicht im Ernst, dass wir eines Tages den Durchbruch schaffen?« Er sah uns abwechselnd an, lachte etwas gekünstelt und sah dabei aus, als ob er vor Gericht stehen würde.

Irgendwas verbarg er vor uns. Wenn man gewisse Szenen aus seinem Leben zurückspulen könnte, würde man genau erkennen, wo der Anfang vom Ende beginnt. Flo war derjenige, der am wenigsten an uns geglaubt hatte. Das, was Flo über MySpace sagte, war schon richtig. Aber Till hatte auch recht, manche Musiker hatten über MySpace ihren Durchbruch geschafft. Flo war ein guter Musiker. Ein super Gitarrist! Doch tief in ihm schlummerte der Wunsch nach einem geordneten Leben. Wenn man aber nicht berühmt ist, muss man den Gigs hinterherlaufen, nicht umgekehrt. Ich glaube, die meisten Bands scheitern an einer gefühlt ungerechten Aufgabenverteilung und an schlechter Kommunikation. Ganz zu schweigen von den Rivalitäten, die unterschwellig immer mitschwingen, besonders dann, wenn Mädchen anwesend waren. Nun hatten wir kein Mädchen in der Band. Also weniger Konfliktpotenzial. Doch jeder von uns brachte gelegentlich Mädchen mit! Anfangs saßen sie nur da und hörten uns brav zu. Wenn sie jedoch mitbekamen, wie viel Spannungen und unverarbeitete Probleme wir mit uns herumschleppten, mischten sie sich doch ein. Mal war das gut, mal nicht.

Die Musik war unsere große Liebe. Sie half uns, mit den Krisen des Jungseins fertig zu werden. Ich kann mich nicht erinnern, einen Tag ohne Musik glücklich gewesen zu sein.

»Flo, hör auf, unsere Träume zu zerstören!« Tills rechtes Ohr war purpurrot. Ein sicheres Zeichen dafür, dass hier jemand eingreifen musste.

»Hey … Ihr habt ja beide Recht«, sagte ich, ging auf den sitzenden Flo zu und deutete mit meinen Händen in seine Richtung. »Es ist wichtig, realistisch zu sein.« Dann zeigte ich auf Till. »Und ohne Ziele …«

»Träume«, korrigierte Till.

»Ohne Träume!«, sagte ich. »Macht das Leben keinen Sinn.«

Erik hatte die ganze Zeit nichts gesagt. Wer ihn näher kannte, wusste, dass er sehr auf Frieden und Harmonie aus war, jemand, der Streitereien mied. (*Er sagte einmal zu mir: »Menschen streiten und trennen sich, und wenn sie irgendwann einmal zurückblicken, stellen sie erstaunt fest, dass sie sich wegen Nichtigkeiten das Leben schwer gemacht haben. Wozu also der Scheiß?!«*)

»Was sagst *du* dazu?«, fragte ich ihn. Er warf mir einen kurzen Blick zu, richtete sich auf und ging aufs Klo.

Zwei Minuten später kam er zurück, hängte seinen Bass um die Schultern und sagte den befreienden Satz: »Lasst uns weitermachen!«

Am selben Abend.

Ich stellte gerade das Repertoire zusammen, als meine Mutter anrief.

»Hallo mein Schatz, wie gehts meinem kleinen Liebling?«

Wann hörte sie endlich auf, mich Schatz, Hase oder Liebling zu nennen? »Wie's mir geht? Gut. Mama! Und dir?« Ich hüstelte verräterisch.

»Ach, ihr fehlt mir so!«, sagte Mama mit dem Tonfall einer griechischen Witwe.

»Ähm, Mama, du kommst doch Mitte Januar heim, richtig?«

»Ja, Schatz. Deshalb rufe ich ja an.« Sie flüsterte, als seien Spione hinter ihr her. »Sag dem Papa aber nichts.« Sie fing nun an zu glucksen. »Stell dir vor. Ich kann Weihnachten nun doch heim.«

Sie wartete vermutlich auf einen Jubelschrei, den ich jedoch nicht ausstieß. Ich versuchte, fröhlich zu klingen. »Yay, cool. Aber Papa und ich haben doch deine Geschenke mit der Post nach Paris verschickt.«

Sehr clever, so was würde meine Mama kaum davon abhalten, zu ihren Männern nach Hause zu kommen. Toll, mein Dad wollte doch *sie* in Paris überraschen, mit Nikolausmütze am Tag vor Heiligabend vor ihrer Tür stehen und mit ihr Weihnachten und Neujahr in einem bereits gebuchten Romantikhotel verbringen. Nun wusste ich nicht, wie ich wieder aus der Nummer herauskommen sollte.

»Mama, eigentlich ist das ein Geheimnis zwischen Papa und mir, aber er wollte dich in Paris besuchen. Vielleicht bleibst du lieber da, wo du bist.« Nun war es raus!

Meine Mama schluckte. Dann machte sie eine quälend lange Pause. Sie brauchte immer solange, um die einfachsten

Dinge zu kapieren. Schwierige Mathe-Formeln knackte sie dagegen in Sekunden. Diesmal sagte sie: »Okay Hase. Ich hab verstanden. Aber dann bist du ja über Weihnachten und Neujahr ganz alleine!«

Oh, wie schlimm! Und ob der Hase alleine sein konnte? »Das macht mir nichts aus. Und Mutter, ich bin kein Baby mehr!« Ah, ich hatte noch einen Joker. »Außerdem wird Kevin da sein.«

Aus unerklärlichen Gründen glaubte meine Mutter, ich könnte dann, wenn ich alleine zuhause war, in der Badewanne ausrutschen, im Schlaf ersticken oder verhungern. Oder alles zusammen. Zu ihrer Ehrenrettung muss ich sagen, dass ich mal tatsächlich in der Badewanne ausgerutscht bin und mir den Kopf angehauen habe. Das war echt nicht lustig!

»Nun ja, wenn Kevin bei dir ist …«, lenkte sie ein. Sie setzte an, um noch was zu sagen, atmete mehrmals ein und aus, räusperte sich und sagte schließlich: »Gutgutgut. Ich melde mich dann noch mal, wenn der Papa wieder da ist.«

Nachdem sie aufgelegt hatte, sprang ich wie ein Irrer durch die Wohnung. Alter, sechs, nein, neun Tage sturmfrei! Gott, falls es ihn oder sie gab, schien mich verdammt gern zu haben. Neun Tage – und was viel wichtiger war – neun Nächte ganz ohne elterlichen Drill. Ich überlegte, was ich in dieser Zeit alles machen könnte: eine Sturmfrei-Party, einen Strip-Poker-Abend mit allen Mädels, die ich kannte, nackt durch die Wohnung laufen, saufen, kiffen und ficken, ficken und noch mal ficken. Stopp! Der alte Jim gewann wieder die Oberhand. Du Idiot, du hast das interessanteste und schönste Mädchen der Welt kennengelernt – versuch alles, damit du sie endlich rumkriegst, und verschwende deine Zeit nicht mit pickeligen Rotznasen!

Sabrina hatte einmal gesagt, was Mädchen betrifft, sollte ein Mann nicht allzu lange warten. Wenn man den richtigen Zeitpunkt verpasste, würden sie einen bestenfalls als guten Freund akzeptieren. Und ein guter Freund war gut zum Ausheulen. Ein guter Freund kam mitten in der Nacht vorbei, weil sich eine »dicke« Spinne in ihr Bett verirrt hatte. »Denk an den Film Harry and Sally«, sagte Sabrina. Ach ja, Sally hatte ihren besten Freund Harry mitten in der Nacht zu sich gerufen, weil ihr Ex eine andere geheiratet hatte …

Neuer Plan:

Wohnung putzen. Vor allem die Badewanne *(wer weiß, vielleicht wollte sie ja baden)*, ich würde ihr Kerzen an den Badewannenrand stellen und ihr Sekt reichen … Dann ein wenig massieren … Yes, my Darling! Dolce Filomena! Mon Amour! Meine Schönste!

Stooopp!

Aufhören!

Eins nach dem anderen!

Noch mal von vorne:

Kerzen und Sekt kaufen und ganz wichtig eine CD mit Schmusesongs aufnehmen. Keine schnulzigen Tracks, die ständig im Radio liefen, dazu war Mena zu schlau. Am besten rhythmische Songs mit einem Schuss Moll Akkorden. Mann, ich liebte mein Leben! Halt! Ich hatte was vergessen. Mein Blick fiel auf die kleine Box, die neben meiner Brille auf meinem Bücherregal stand. Darin befanden sich Kondome. Die meisten davon waren Fun-Geschenke von Freunden: Bunte Kondome, Kondome mit Fruchtgeschmack, mit Noppen und mit Super-Gleitgel. Mit meiner früheren Freundin Amelie lief sexmäßig nicht viel. Knutschen ohne Zunge und ein wenig Fummeln. Mehr war nicht drin. Ich hatte Amelie nicht wirklich geliebt. Sie war hübsch. Und superklug. Ihr Leben bestand darin, in allem die Beste zu sein. Sie sagte es nicht, aber ich spürte, dass sie an mir zweifelte, weil ich nur mittelmäßig war.

Da war dieser Abend bei ihren Eltern. Amelie eröffnete beim Abendessen, dass sie eine Drei in Chemie bekommen hatte. Alle hörten auf zu reden. Ihre Mutter verließ den Raum und knallte die Tür hinter sich zu. Als sie zurückkam, zeigte sie keine Regung. Aus ihren Augen war jede Zärtlichkeit verschwunden. Das war echt gruselig!

DER GIG

Am Tag unseres Auftritts im *Amarillo* stylte ich mich besonders aufwendig. Ich probierte so ziemlich alles aus: gestreifte Stoffhose, schwarzes Hemd, graue Weste im Opa-Style wie bei Jonny Depp, abgewetzte Bluejeans, grünes T-Shirt, Krawatte drüber, schwarze Levis, schwarzes Nirvana-Shirt, schwarzer Schal. Am Ende entschied ich mich für blaue Skinny-Jeans, weißes T-Shirt ohne Aufdruck, Kapuzenjacke. Nun fehlten nur noch die blauen Chucks und der Punk-Gürtel. Fertig! Halt, ich hatte mich noch nicht rasiert! Also noch schnell *(überall)* rasieren (*Hey, meine Eier waren noch nie so gründlich rasiert!)* und die nervigen Härchen am Hals nicht vergessen! Und superwichtig ein Hauch Aftershave. So, jetzt war ich wirklich fertig! In zwanzig Minuten würden Mena und Kevin da sein. Ich nutzte die Zeit, um meine E-Mails zu checken.

Cool, Mena hatte mir geschrieben:

»*Liebster James,*

herzlichen Dank für die zauberhafte Einladung! Ich freue mich sehr auf Ihre Darbietung in dem Gasthaus Amarillo. Wie Sie wissen, ist ja bald Weihnachten und ich wollte Ihnen zeitnah mitteilen, dass ich Weihnachten nicht (!) nach Hamburg fahren werde, da mein Herr Papa mit seiner neuen Freundin Urlaub in der Türkei machen möchte. Meine Schwester Paola will sich derweilen mit ihren Freundinnen beim Skifahren vergnügen. Ach ja, und Kali fährt zu ihren Eltern. Ich bin in der Tat vom Weihnachtswahnsinn befreit. Die Wohnung gehört also mir ganz alleine! Falls Sie über meine neu gewonnene freie Zeit verfügen möchten, bitte ich Sie, mir dies alsbald mitzuteilen. Meine Tanzkarte ist noch ganz frei … (ha, ha, ha). Es grüßt Sie herzlichst! Ihre Ihnen treu ergebene Filomena Petrillo!«*

Wie süß war das denn? Das Glück war mir aber mächtig auf den Fersen. »Exzellente Aussichten«, würde Kevin jetzt sagen. Ich konnte es kaum erwarten, Mena zu erzählen, dass auch ich über Weihnachten superviel Zeit hatte (*und neunzig Quadratmeter Liebesnest – wenn sie nur wollte – aber das würde ich ihr natürlich nicht so sagen*).

Pünktlich um sechs standen Mena und Kevin auf der Matte. Als ich Mena zur Begrüßung küsste, spürte ich ihren frischen Atem und ihre eisigen Wangen. Krass, sogar ihr Haar war kalt. Und sie duftete wieder herrlich nach *Opium*. Einen Augenblick lang machte ich mir Gedanken, wie ich ihren Schal stibitzen könnte, um mich über *Mena-freie* Tage hinwegzuretten.

Fünf Minuten später schunkelten wir drei in Menas Ente Richtung Erding. Anfangs hatte ich mich über ihr Auto lustig gemacht. Aber diese kleine Kiste hatte alles, was man brauchte. Im Sommer ein Cabriolet, im Winter erstaunlich gut beheizt und spritzig in den Kurven. Während der Fahrt saßen Kevin und ich hinten. Ich direkt hinter Mena und Kevin neben mir. Den Beifahrersitz hatte Kevin ganz nach vorne geschoben, damit er mehr Beinfreiheit hatte. Währenddessen betrachtete ich Menas Haar. Sie hatte es diesmal zu einem Pferdeschwanz gebunden. Ihr Nacken war ebenso elegant wie niedlich. Wie gern hätte ich sie jetzt genau dorthin geküsst.

»Jetzt geht gleich der Song los!«, rief Mena aufgeregt und drehte den Regler hoch. »Ladys and Gentlemen Push it von Salt'n Pepa!« Bei dem Song musste man einfach mitsingen!

Oooh, baby, baby
B-baby, baby
Oooh, baby, baby
B-baby, baby

Kevin und ich mimten indessen im Rücksitz schweinische Sachen.

Ah, push it - push it good
Ah, push it - push it real good
Ah, push it - push it good
Ah, push it - p-push it real good

»Wartet-wartet!«, rief Mena. »Ich hab da noch was Besseres. Meine Herren, die Pussycat Dolls!«

Wir switchten sofort auf Don't Cha um. Erst fing Mena an, dann im Background Kevin und ich.

I know you like me (I know you like me)
I know you do (I know you do)
Thats why whenever
I come around she's all over you
I know you want it (I know you want it)
It's easy to see (it's easy to see)
And, in the back of your mind
I know you should be fuckin' with me

Dann sangen, rappten und lachten wir gemeinsam.
Es war gigantisch!

Don't cha wish your girlfriend was hot like me?
Don't cha wish your girlfriend was a freak like me?
Don't cha? Don't cha?
Don't cha wish your girlfriend was raw like me?
Don't cha wish your girlfriend was fun like me?
Don't cha? (Ah, ah, ah, ah) Don't cha?

Kevin und ich kriegten einen b ö s e n Lachkrampf. Ich bekam Seitenstechen und Kevin musste plötzlich pinkeln.

Etwas später.

Wir waren wieder ganz ernst.

»Du Kevin«, sagte Mena und blickte in den Rückspiegel. »Was machst du eigentlich?«

»Eine Ausbildung als Einzelhandelskaufmann bei *Baby Walz.*«

Mena drehte sich kurz zu uns um. »Bei Baby Walz, das ist ja cool. Dann lernst du ständig hübsche Mütter kennen.«

»Neulich war eine Sechzehnjährige da, die war echt niedlich mit ihrem dicken Bauch.«

»Ich glaub Kevin wird als Erster von uns Papa«, mischte ich mich nun ein und kraulte meinen Freund am Kopf.

»Sizilianische Männer wollen auch schnell eigene Kinder haben«, sagte Mena mit melancholischem Unterton.

»Das hat Antonio auch gesagt«, plapperte Kevin aus.

»Wann?«, fragte Mena überrascht.

»Auf deiner Party.«

Mena sagte nichts mehr.

Kevin auch nicht.

Mittlerweile waren wir in *Markt Schwaben* angelangt. Je näher wir unserem Ziel entgegenfuhren, desto nervöser wurde ich. Ich hatte Lampenfieber, vor allem, weil Mena bei diesem Gig dabei sein würde. Einerseits freute ich mich darüber, so konnte ich Mena zeigen, was ich drauf hatte, andererseits hatte ich Angst davor abzukacken. Was, wenn sie mich scheiße finden würde?

»Du Jihim«, sagte Mena. Ich wartete. »An was denkst du gerade?«

»An dich!«, rief ich ihr zu und war überrascht, wie entspannt ich mittlerweile in ihrer Gegenwart war. Mena sah in den Rückspiegel und warf mir einen Luftkuss zu. »Ich habe da so eine Idee«, sagte sie bedeutend. »Was hältst du davon, wenn du eine Band-CD einmal irgendwo liegen lässt, sie praktisch in Schicksalshände legst, Jim?«

»Eine CD in der S-Bahn oder bei *Saturn* liegenlassen und schauen, was passiert?«, fragte ich.

»Genau«, sagte sie. »Was hältst *du* davon Kevin?«

»Das ist so ähnlich wie mit der Flaschenpost«, stellte Kevin sinnbildlich fest. »In gewisser Weise ist der Gedanke daran verführerisch. Ich finde, wir sollten das machen. Also eine Flaschenpost losschicken. Das gehört zu den hundert Dingen, die ich noch machen will, bevor ich sterbe.«

Ich ging nicht auf seine bizarre Liste ein, aber ich nickte und hob den Finger. Mena musste man nicht zwei Mal fragen. »Wie geil, eine Flaschenpost!«, sagte sie immerzu und hüpfte auf ihrem Fahrersitz herum.

»Wo-wo-wo, junge Dame, wir wollen doch keinen Unfall riskieren«, sagte ich und berührte Menas Schulter. Sie kicherte. Dann schwiegen wir. Mena ging vermutlich ihren Gedanken nach, wie man einer unbekannten Band mit viel Fantasie und Management-Geschick zu mehr Publicity verhelfen konnte, während ich die Band längst wieder vergessen hatte und mich lieber meinen Liebesfantasien mit Mena hingab. Und Kevin? Er saß wie so oft, stumm vor sich hin. Der Kerl hätte einen guten Agenten abgegeben. Zeitweise vergaß man sogar, dass er da war. So war er aber nur, wenn Mädchen anwesend waren. Kevin hatte eine extrovertierte Seite, die nur wenige von ihm kannten. Dann gingen schon mal die Gäule mit ihm durch. Und ich? Ich war eh für jeden Spaß zu haben. Manchmal bekamen wir einen Lachanfall, bis meine Mutter einschreiten musste: »Hört auf zu lachen!«, schimpfte sie dann. »Schlaft jetzt! Ihr weckt ja alle Nachbarn auf!« Wir hielten die Luft an und schauten uns nicht an, das half für eine Minute, dann platzte es wieder aus uns heraus und wir waren nicht mehr zu gebrauchen. Meine Mutter schüttelte den Kopf und verzog sich. Manchmal jedoch sah ich, wie ihre Mundwinkel zuckten. Lange dauerte es nicht und sie übertönte uns mit ihrem Opern-Diva-Lachen, sodass *Kevin und ich* befürchten mussten, die Nachbarn würden gleich die Bullen rufen.

Das *Amarillo* kannte ich schon. Der Veranstalter Gary war ein großartiger Gastgeber. Er machte es einem leicht, sich bei ihm wohlzufühlen. Manche Menschen können das einfach. Bei unserem letzten Gig im Juni hatte er alles Erdenkliche getan, um uns im besten Licht zu präsentieren. Das meine ich wörtlich! Er hatte eine neue Lichtanlage installiert und freute sich wie ein kleines Kind über sein neuestes Spielzeug. Es hing sogar die obligatorische Discokugel an der Decke. Ich stellte ihm Mena vor. Sie gefiel ihm, das sah man ihm sofort an. Nun war Gary in seinem Element. Die nächsten zwanzig Minuten würde er Mena mit seinen köstlichen Torten verwöhnen. Gary war ein begnadeter Hobby-Konditor, der regelmäßig an Wettbewerben teilnahm. Er war dafür sogar bis nach Japan gereist. Während Kevin und ich die Instrumente hineintrugen, sah ich aus dem Blickwinkel, wie Gary Mena einen Riesenbissen Schoko-Torte in den Mund schob.

Ich stimmte gerade meine Gitarre, als die Jungs aus der Band eintrafen. Für alle, die sich die Namen nicht merken können: Till, unser Drummer Flo, der Gitarrist und Erik, unser Bassist und unsere Perle, weil er sich um alles kümmerte. Natürlich durften wir ihn niemals so nennen, das war nicht Rock 'n' Roll! Da gab es einige Dinge, die wir vier ideologisch besetzt hatten. Dinge wie der komplette Verzicht auf Musiksoftware zum Beispiel. Unsere Musik war Hand gemacht. Ehrlich und knackig wie zu Zeiten der *Rolling Stones*. Und wir hatten den Anspruch, eine politische Botschaft in unsere Songs zu packen. Vermutlich nahm das unser Publikum nicht wahr. Wer von den meist betrunkenen Jugendlichen hörte überhaupt auf englische Texte? Das war uns egal! Hauptsache, wir wussten es! Erik kümmerte sich ums Booking und um die Korrespondenz. Er verbrachte Tage und Nächte damit, Gigs an Land zu ziehen. »Ich weiß nicht, wie es die Musiker früher gemacht haben, als es noch kein Internet gab«, sagte Erik einmal. Er habe seinen Dad gefragt, der früher auch Musiker gewesen war. »Wir haben uns nicht so viel Gedanken gemacht«, habe sein Vater geantwortet. »Wir haben gespielt. Überall. Fast immer für lau. Und wir haben auf der Straße gespielt. Das solltet ihr auch mal tun! Dort findet ihr das beste Publikum.« Flo gefiel die Idee. »Warum eigentlich nicht? In den Sommerferien auf der Fußgängerzone zum Beispiel.« Ich war dafür. Davon wollten aber Erik und Till nichts wissen.

Wir bauten die Instrumente auf und machten einen schnellen Soundcheck. Eriks Vater fummelte ständig an den Mikrofon-Ständern herum und sagte, wir sollten das Ganze nicht so in die Länge ziehen, das sei unhöflich gegenüber den Gästen. Was für ein Blödsinn! Ein guter Soundcheck ist doch der halbe Gig. Leider konnte ich mich gegen ihn nicht durchsetzen *(noch nicht!)*. Der Frontmann einer Band ist definitiv nicht der Boss!

Gary gab uns ein Zeichen. Alles klar, höchste Zeit zum Umziehen! Wir verschwanden hinten im Lager, um uns zu stylen. Das heißt, die anderen stylten sich, während ich herumstand und mir die dummen Kommentare wegen meines Outfits anhören musste.

»Du ziehst dich an, wie Jonny Depp«, sagte Till. »Man kann keinen Stil erkennen.«

»Erik machte ein Späßchen daraus: Jim zieht sich an wie ein Depp!« Har-har-har! Mit so was konnte man mich nicht ärgern. Kurz vor einem Gig waren wir alle so nervös, dass wir da schon mal Druck ablassen mussten.

Nach und nach trafen die Gäste ein. Das Lokal war, wie der Name schon andeutet, eine texanisch-mexikanische Bar, wo regelmäßig Live-Musiker auftraten. An diesem Abend bekamen wir ein Essen und zwei Getränke von Gary spendiert. Ich aß nichts. Ich aß nie was vor einem Gig. Nachdem sich die Jungs den Bauch vollgeschlagen hatten, gingen sie noch mal aufs Klo. Dann liefen wir alle gleichzeitig auf die Bühne, obwohl Eriks Vater das wieder mal blöd fand. Er meinte, wir sollten einer nach dem anderen auf die Bühne latschen, so was erhöhe die Spannung. Wir haben das mal ausprobiert. Woanders. Meine Mama sagte, so etwas sei sinnvoll, wenn man eine große Bühne habe, so mit Backstage-Bereich, Lichteffekten, Nebel und anderem Technik-Schnick-Schnack. In einer Kneipe wie dem Amarillo, wo man sich fast auf Augenhöhe mit dem Publikum befand, wirke so was albern. Sie war zwar Opernsängerin, aber sie kannte sich mit Choreografien besser aus als Eriks Vater.

Wie immer wurde das Publikum erst im dritten Set so richtig warm. Aber dann waren sie nicht mehr zu bremsen!

Als wir *48 Crash* von *Suzie Quatro* spielten, sprang eine ältere Frau auf die Bühne *(das Wort Bühne ist übertrieben, die Bühne, von der wir hier sprechen, war nur eine 20 cm hohe Plattform aus Holz)* und tanzte mich an. Sie war echt niedlich: Trotz ihres Übergewichts hüpfte sie auf der winzigen Bühne herum, bis ihr BH riss und sie sich mit Luftküssen vorzeitig vom Publikum verabschieden musste. Dann folgten *La Grange* von *ZZ-Top* und zwei unserer eigenen Songs: *Too late* und *Baby Girl*. Wir machten nur wenige Fehler, die wahrscheinlich kein Mensch mitbekommen hatte. Außer Eriks Vater natürlich! Zweimal fiel mir der Text nicht ein. Und einmal verpasste Erik seinen Einsatz. Außerdem war sein Background-Gesang zu laut eingestellt. Flo hatte Angst, weil wir diesmal *Sultans of Swing* spielten. Till war wie immer perfekt! Das heißt, wenn man von dem einem Mal absah, wo ihm der Stick aus der Hand gefallen war. Für solche Fälle hatte er einen Ersatz-Stick am Rücken unter sein T-Shirt gesteckt, den er ganz nach *Robin-Hood-Manier* blitzschnell herausholte und weiter trommelte, als sei nichts geschehen. Das Publikum verlangte drei Zugaben, was nicht selbstverständlich war. Wir gaben aber nur zwei, weil Gary uns ein Zeichen zum Aufhören gab: *Sins* und *Wozu ist die Liebe da?*, so wie wir's vereinbart hatten. Bei meinem Song gingen die Jungs von der Bühne. Gary setzte einen Spot auf mich, sonst war es ganz dunkel im Lokal. Meine tiefsten Empfindungen für Mena, meine Liebe, die in mir brannte und täglich größer wurde und meine Hoffnung, dass sie eines Tages meine Gefühle erwidern würde, steckte ich in diesen einen Song. Während des Solis schloss ich die Augen und fühlte Mena ganz nah bei mir. Alles war Liebe! Alles! Die Leute klatschten und das Licht ging an.

Mena stand in der Nähe des Ausgangs neben Kevin. Sie unterhielten sich. Warum war sie so weit weg? Nicht nervös werden, beruhigte ich mich selbst. Bestimmt wollte sie in der Nähe des Ausgangs stehen, um zwischendurch eine rauchen zu können. Dann trafen sich unsere Blicke. Ich hätte beinahe meine Gitarre fallenlassen. Sie lächelte mich an. Es war ein warmes, freundliches Lächeln. Ihr Blick schien zu sagen: »Ich mag dich auch, sorge dich nicht!« Selbst bei der größten Entfernung schaffte sie es, mein Herz zum Stehen zu bringen. Ich hatte ja keine Ahnung, dass Kevin dieselben Gefühle mit mir teilte.

Eine Stunde später.

Wir hatten das Equipment in unsere Autos gepackt und standen draußen bei klirrender Kälte auf dem Parkplatz herum.

»Wir müssen noch ins Bandhaus fahren ... wegen der Instrumente. Kommt ihr mit?«, fragte ich Mena.

»Klar«, sagten Mena und Kevin gleichzeitig.

Zwanzig Minuten später.

»Der Auftritt vorhin war der Hammer!«, sagte Mena und nickte anerkennend mit dem Kopf. Wir saßen in der Stube, wie früher die Bauersleute und nippten an unserem Feierabendbier. »Ich trink auf euch Jungs! Ich bin sicher, dass ihr einen Megaerfolg haben werdet, wenn ihr so weitermacht.« Mena gefiel den Jungs. Selbst Till, der auf andere sonst zurückhaltend wirkte, war wie ausgewechselt. Er warf kleine, aber sehr feine Sprüche in die Runde, lachte hier und da. War butterweich. Mena war eigentlich wie immer. Sie war nicht schweigsam, aber auch keine Plaudertasche. Lachte über unsere Witze und half uns beim Geschirrabräumen. Sie war einfach ein Schatz!

»Welcher Song hat dir am besten gefallen?«, wollte Till von ihr wissen.

»Wenn es nach mir gegangen wäre, hätte ich am liebsten nur eure Songs gehört«, antwortete Mena. »Ich mag Covers einfach nicht, egal wie gut sie rüberkommen. Ich weiß schon, ihr habt erst fünf eigene Songs. Das füllt nicht mal ein Set und ihr braucht ja drei Sets …« Ich musste an Mama denken. Auch sie war für eigene Songs, selbst wenn sie nicht perfekt waren, so hatten sie doch den Reiz des Neuen.

»Jim und ich treffen uns fast jeden zweiten Tag zum Songschreiben«, erwähnte Flo. »Hey Jim, wir müssen wohl eine Sonderschicht einlegen«, sagte er und klopfte mir auf die Schulter. Natürlich wusste er, dass mein Vater in zwei Tagen verreisen würde. Unter normalen Umständen hätte ich mich mit Flo eingeschlossen und über Weihnachten und Neujahr nur an unseren Songs gearbeitet. Diesmal ging ich nicht drauf ein. Ich wollte mich lieber mit Mena treffen. So oft es ging. Ich warf Flo einen *Bro-Blick* zu. Er kannte mich besser als die anderen. Oft sogar besser als Kevin. Flo ahnte, dass ich was von Mena wollte, also wechselte er das Thema. »Soll ich euch das Haus zeigen?«, fragte er und sah von Mena zu Kevin.

»Klar!«, riefen beide wieder gleichzeitig und lachten sich an.

Kevin sprang auf und stellte die leeren Flaschen neben die Spüle. »Soll ich euch beim Einladen helfen?«

»Nein, geht nur das Haus anschauen«, sagte Erik. »Wir machen das schon.«

Erik durfte seit dem Tod seines Großvaters dessen Haus ganz nach Belieben nutzen. Was für ein Glückspilz! Ich meine, er könnte dort Orgien feiern, wenn er wollte (am Anfang hat er das auch getan – wenn die Orgien auch nur aus harmlosen Flaschendreh-Spielen bestanden). Jetzt war Erik vergeben. In Wirklichkeit hatte er jedoch nur Augen für die Musik. Seine Freundin war ihm egal. Er brauchte was zum Bumsen. Fertig! Daraus machte er kein Hehl. Irgendwann würde sie ihn verlassen, das war eh klar. Das Haus: Drei Schlafzimmer (oben zwei unten eins), Bad, WC, Küchenstube mit Holztäfelung. Das frühere Schlafzimmer des Opas war jetzt unser Übungsraum, und dort, wo sich Tills Schlagzeug befand, habe früher das Bett des Großvaters gestanden. Ein komischer Gedanke, dass vielleicht sein Geist in diesem Haus herum spukte und sich über die seltsamen Zustände, die hier herrschten, wunderte. Ich persönlich glaubte, dass der Geist seines Opas recht zufrieden sein müsste, so war immerhin noch Leben in dem alten Haus. Erik hatte viele reiche Verwandte. Welcher Neunzehnjährige sonst bekommt ein ganzes Haus für seine Band zur Verfügung gestellt? Seine Oma hatte ihm kürzlich einen Fender Bass geschenkt (ich musste mir den Arsch aufreißen, um mir eine einfache No-Name-Gitarre kaufen zu können), weil er sie mal zum Arzt begleitet hatte. An der Fensterfront standen Gesangsanlage und Monitore. Was uns immer noch fehlte, war eine Nebelmaschine und vernünftige Scheinwerfer. Ich besaß seit Kurzem eine Ibanez, die mir Flo verkauft hatte, und meine geliebte No-Name-Gitarre, die einen erstaunlich guten Sound abgab. Flo, unser Gitarrengott, wartete mit drei (!) E-Gitarren auf: einer neuen Ibanez, einer Gibson und einer Yamaha-Akustikgitarre. Wie alle Gitarristen träumte er von einer Gibson Les Paul Jahrgang 1959.

Nachdem Erik, Till und ich die Instrumente ins Haus getragen hatten, ließen Till und ich uns aufs Sofa fallen. Ein Gig war superanstrengend. Man schläft vorher schlecht. Trägt den ganzen Tag Instrumente durch die Gegend und hat Angst, Fehler beim Gig zu machen. Wenn dann der Gig vorbei war, war das Publikum für gewöhnlich besonders gesprächig: Sie gaben uns Tipps, wie man noch besser sein könnte. Dabei wollten wir nach dem Gig am liebsten die Klappe halten, ein Belohnungsbier trinken und gleich ins Bett fallen.

Erik sah angestrengt auf sein Handy. »Oh nä!«, sagte er und rollte mit den Augen.

»Ist was?«, fragte ich.

»Ich muss heim«, sagte er. »Meine Freundin hat *wieder mal* Bauchweh.« Er schüttelte den Kopf und machte ein Gesicht wie ein Arzt, der zum dritten Mal in derselben Woche einen Hypochonder vor sich sitzen hatte. »Till, sperrst du ab?"

Till nickte und weg war Erik.

»Wo, die nur bleiben?«, fragte ich und sah dauernd zur Tür. Flo, Mena und Kevin waren schon eine halbe Stunde bei der Hausführung.

»Bestimmt unterhalten sie sich«, sagte Till. »Du kennst ja Flo.«

Ja, ich kannte Flo. Er war ein netter Kerl. Und wie Kevin kam Flo mit jedem gut aus. Auf ihn war ich Null eifersüchtig. Er würde Mena niemals anbaggern, nicht solange er von mir kein *Go* hatte.

»Bist du in Mena verliebt?«, fragte Till. Die Art, wie er das sagte, war absolut kameradschaftlich. Fast schon fürsorglich. Till war zwar oft verbissen und humorlos, aber wenn es um die wirklich wichtigen Dinge ging, konnte er ein echter Freund sein.

Ich wollte gerade antworten, da stürmten Flo, Mena und Kevin in den Übungsraum.

»Wer geht mit mir eine rauchen?«, fragte Flo und zeigte auf seine Zigarettenschachtel.

»Ich natürlich«, sagte Mena mit leuchtenden Augen.

Wir gingen alle raus.

Flo zog eine Marlboro und Streichhölzer aus seiner Bomberjacke. »Ich, zeig euch was!«, sagte er. Er hielt eine

Streichholzschachtel in der Hand, als wir alle um ihn herumstanden, wie früher im Pausenhof, wo es eine Ehre war, wenn die Bad Guys ihre *Bros* um sich herum versammelten. Flo steckte sich die Zigarette zwischen seine Lippen, zündete das Streichholz mit der rechten Hand an und bildete zusammen mit der anderen Hand eine Höhle. Dann zündete er sich mit leicht geneigtem Kopf seine Zigarette in der Handhöhle an. Die Flamme des Streichholzes beleuchtete für einen Moment sein Gesicht. Das sah schon cool aus. »Und dann«, sagte er. »Das Streichholz ausblasen und dem Mädchen tief in die Augen schauen.« Flo zwinkerte Mena zu und lächelte so cool wie seinerzeit *Humphrey Bogart*.

Zehn Minuten später.

»Hey Jim, ich fahr noch mit zu dir. Ist das okay?«, fragte Flo.

»Klar«, sagte ich und wusste, dass er sich noch mit einem Mädchen treffen würde. Er wollte es nicht an die große Glocke hängen, zumal er eine Freundin hatte, die mit Tills Schwester eng befreundet war. Also packte ich meine Gitarre in Flos Auto und sah aus dem Blickwinkel, wie Mena und Kevin davonfuhren.

»WERDE JESS!«

Am nächsten Tag.

Ich schloss gerade die Wohnungstüre ab, als mir Magda auf dem Treppengeländer entgegen rutschte. Magda wohnte direkt über uns, zusammen mit ihrem 18-jährigen Sohn Cedric. Sie trug einen superkurzen Rock, eine Edel-Baseballjacke darüber, weinrote *Doc Martens* und eine Baskenmütze, aus der ihre roten Locken herausguckten. Alles knallbunt, Magdas Markenzeichen. »Ich hab kein Bock auf beige Sackkleider«, sagte sie einmal. »Wenn man bunte Sachen an hat, sind die Leute netter zu einem. Außerdem macht es gute Laune. Wenn ich alt bin, dann trage ich nur noch schwarz wie *Jonny Cash*!«

»Hi, Jim?«, grüßte mich Magda Kaugummi kauend und setzte sich halb aufs Treppengeländer. Ich musste grinsen. Man konnte ihre »Goodies« sehen, aber das war Magda bestimmt egal. Eigentlich war ihr alles egal. Okay, bis aufs Geld. Hier hatte sie scheinbar etwas nachzuholen. Im Moment verdiente sie richtig viel »Kohle« als Tätowiererin.

Sie war vermutlich die einzige Tattookünstlerin der Welt, die selbst kein einziges Tattoo trug, was sie geschäftstüchtig, wie sie war, zu ihrem Markenzeichen gemacht hatte. Wenn ihre Kunden sie danach fragten, lachte sie und sagte, sie habe noch nicht das passende Motiv gefunden. Dafür hatte sich Cedric vorgenommen, sich nach und nach den ganzen Körper tätowieren zu lassen. Seit wenigen Wochen war er achtzehn und freute sich riesig auf sein erstes Tattoo. Er suchte krampfhaft nach einem passenden Motiv und machte einen großen Anfängerfehler: Seine Wahl fiel auf Trendmotive. Magda weigerte sich, ihm den ganzen Arm mit so einem »Schmarrn« vollzukleistern. Sie sagte, lass dir Zeit. »So viel Zeit wie *du*?«, fragte Cedric frech. Seitdem waren sich beide darin einig, dass sie sich uneinig waren. Am Ende ließ sich Cedric sein erstes Tattoo von einem Kumpel stechen: ein chinesisches Schriftzeichen! Magda war nicht sauer deswegen. Insgeheim war sie sogar stolz auf ihn. Magda war der Meinung, dass Cedric es aus dem Wunsch heraus getan hatte, unabhängig zu sein. Er hatte sich ihr, seiner Mutter nicht blind unterworfen, wenn das mal kein gutes Motiv war?

»Hi Magda. Alles klar bei dir?«

Obwohl Cedric in meinem Alter war, verstand ich mich mit seiner Mutter besser. Okay, gelegentlich traf ich mich schon mit Cedric zum Zocken, aber mehr hatten wir auch nicht gemeinsam. Sie war sehr amüsant und hatte viele Freunde. Dass sie so um die 33 war *(sie hatte Cedric im zarten Alter von 15 bekommen)*, störte mich überhaupt nicht. Ich glaube, dass Menschen, die mit ihrem Jungsein angeben und auf ältere Leute herabsehen, im Alter von jüngeren Menschen gemieden werden. Magda störte es nicht, dass ich so alt war wie ihr Sohn. »Sollen die Leute doch denken, was sie wollen. Ist der Ruf einmal ruiniert, lebt es sich frei und ungeniert«, sagte sie mal und gab mir mitten im REWE einen dicken Schmatzer.

»Mir gehts gut! Alles fit im Schritt!«, rief sie, sprang die letzten vier Stufen herunter und stand direkt vor mir, die Fäuste auf die Hüften gestemmt wie Super-Woman. Magda kaute an ihrem Kaugummi wie ein Säugling an seinem Schnuller. »Wann kommt denn dein süßer Dad heim?«

Hm, sollte ich mir Sorgen machen. Magda und Dad trafen sich in letzter Zeit ziemlich oft.

Ich sah auf meine Armbanduhr. »Er müsste eigentlich jeden Moment da sein.«

Magda nickte. »Und, was machst du heute noch so?«

»Ich treff mich mit den Jungs aus der Band bei *Lindberg*«, sagte ich tonlos.

»Cool!«, sagte Magda ebenfalls tonlos und schielte an mir vorbei zur Haustür. Dann schrie sie auf: »Aaah, da kommt er ja schon!« Mein Dad lächelte breit, als er mich sah, aber noch breiter, als er Magda sah. Sie lief auf meinen Vater zu, nahm ihm die Einkaufstüten aus der Hand und verschwand mit ihm in unserer Wohnung.

Erik, Till und ich waren um fünf bei *Hieber Lindberg* verabredet *(eines der ältesten und bekanntesten Musikgeschäfte Münchens)*. Wir standen neben dem Wasserspender im ersten Stock und checkten unsere Liste.

»Wir brauchen neue Gesangsmikrofone, aber keine Teuren! Eine Nebelmaschine, ein Doppelpedal und anderen Kleinkram«, las Till vor.

»Doppelpedal?« Erik sah Till an und schüttelte den Kopf. »Muss das sein?«

»Ja!«, sagte Till. »Ich will *Overkill* trommeln.«

Erik runzelte die Stirn.

»Motörhead«, sagte ich. »Till könnte damit schneller trommeln. Das hat den Vorteil, dass man auf eine zweite Bass Drum ...«

»Jim! Ich will jetzt keine Belehrung. Das Doppelpedal muss Till aus eigener Tasche zahlen. Ende der Durchsage!«

Diesmal warfen Till und ich uns Blicke zu.

»Warum ist Flo nicht mitgekommen?«, fragte Erik auf einmal. Er sah mich dabei an.

»Warum fragst du *mich* das?«

»Tja Jim. Vielleicht, weil ihr ständig zusammen jammt oder weil er gestern nach dem Gig mit zu dir gefahren ist?«

»Es ging ihm gestern nicht gut. Er ist sofort eingepennt«, sagte ich. Das hatte ich erfunden. In Wirklichkeit hatte er sich noch mit einem Mädchen getroffen, das in meiner Nähe wohnte. Seine Freundin sollte davon nichts mitbekommen. Wenn man Flo so ansah, würde man nicht darauf kommen, dass er ein Womanizer war. Er sah schon gut aus, eher süß als gut. Aber was weiß ich schon?

Da war diese Geschichte. Er war mal wieder bei mir und traf sich mit einem Mädchen aus meiner Nachbarschaft: groß, schlank, arrogant, wunderschöner Schmollmund. Sie und ihr Schmollmund saßen stundenlang in meinem Zimmer, während Flo sich mit meiner Mutter im Wohnzimmer über Moms Hippiejahre: Psychodelic Rock, freie Liebe, Drogen, Pazifismus und Woodstock unterhielt. Sie war natürlich nicht dort gewesen, also in Woodstock, aber immerhin war sie seinerzeit umringt vom Geist der Beatgeneration. »Im Grunde genommen ...«, sagte Mama, »... ist die jetzige Jugend meine einzige Hoffnung. Sie entschlüsseln sinnentleerte Wohlstandsideale und setzen sich für Tiere und die Umwelt ein. Sie wissen, dass es fünf vor zwölf ist und wir keine Zeit mehr verlieren dürfen ... So schlau waren meine Hippies nicht!«

»Flo ist in letzter Zeit aber oft krank«, meinte Till arsch-lochmäßig. In letzter Zeit ging er mir mehr und mehr auf den Sack.

»Das sind doch nur Ressentiments, eine unbewusste Ab-neigung«, sagte meine Mutter neulich, als ich ihr am Telefon von unseren Problemen in der Band erzählt hatte. »Dagegen ist kein Kraut gewachsen, mein Schatz.«

»Wir haben doch alle mal nen Durchhänger«, erwiderte ich. Ich wollte nicht hinter Flos Rücken lästern.

»Egal, lasst uns anfangen!«, sagte Erik. Er war nicht nur älter als wir, er wusste auch, wann es besser war, einen Punkt zu machen.

»Ich hol mir noch schnell einen Kaffee. Wollt ihr auch was?«

Die beiden schüttelten den Kopf.

»Wir treffen uns nachher bei den Gitarren, da beim roten Sofa.« Erik sah auf seine Armbanduhr: »So in ner halben Stunde?«

Nachdem die Jungs gegangen waren, kaufte ich mir einen Kaffee vom McDonald's. Gerade als ich den Papp-Becher an meinen Mund führen wollte, stand Mena plötzlich vor mir. Sie war nicht alleine. Kevin war bei ihr. Für einen winzigen Augenblick blieb mein Herz stehen.

»Hi Jim! Was machst du denn hier?«, fragte sie.

»Ich bin in einer Band«, sagte ich. »Ich müsste eher fragen, was *ihr* hier sucht.« Ich versuchte, normal zu klingen.

Mena war geschminkt, trug hohe Schuhe, knallenge Jeans und roch nach dem Parfum, das ich sonst so gerne hatte.

»Ich will mir eine Gitarre kaufen. Bist du alleine hier, Jim?«

»Nein mit den Jungs aus der Band.«

Mena nickte, ohne mich dabei anzuschauen. »Sollen wir uns anfunken? Ich meine später. Wir könnten uns zum Beispiel im McDonald's treffen.«

Wieso fragte sie nicht mich, ob ich sie beim Kauf einer Gitarre beraten wollte? Auf die Idee, dass sie als eigenständige Frau sich erst einmal selbst über die Gitarrenwelt ein Bild machen wollte oder, wie es sich später herausstellen sollte, bereits ziemlich gut Gitarre spielte, kam ich nicht.

»Wo sind sie denn?« Kevin hatte seine Sprache wieder gefunden.

»Wer?«, fragte ich. Ich wusste genau, wen er meinte.

»Die Jungs aus der Band.«

»Warum fragst du?«

»Warum sollte ich nicht?«

»Jim, wo warst du denn? Mach dein Handy an, Mann!« Wie aus dem Nichts hatten sich Till und Erik zu uns gesellt. »Wir wollten uns doch oben treffen!«, knurrte Erik.

»Sorry, mein Akku war leer«, sagte ich. Ich spürte, wie mir das Blut in den Kopf stieg.

Till und Erik sahen von mir zu Mena, dann von mir zu Kevin.

»Das sind meine Freunde Kevin und Mena«, sagte ich. Bei dem Wort *Freunde* wurde es mir schlecht!

Erik scannte Mena ab. »Hey Mena, willst du auch ne Band gründen?«, fragte er und lachte so komisch.

»Tja, Kevin und ich könnten ja bei euch im Background singen«, sagte Mena schlagfertig und kräuselte die Nase.

Erik baute sich vor ihr auf und straffte seine Schultern. Wie albern sich erwachsene Männer benehmen konnten, wenn sie einem hübschen Mädchen gegenüberstanden. Kevin lachte natürlich nicht. Er stand nur da, die Hände in den Hosentaschen gesenkt und seine Augen waren unruhiger denn je. Mena dagegen schien es zu genießen, unter so vielen

Kerlen zu sein. Ich war eifersüchtig. Und ich war wütend, weil ich mich nicht unter Kontrolle hatte. Es fühlte sich scheiße an: Mein Brustkorb zog sich zusammen, mein Herz schlug schneller und schneller und im Geiste hörte ich den Hufschlag galoppierender Rennpferde, die an mir vorbeirasten. Um Distanz zu gewinnen, ging ich aufs Klo und wusch mir das Gesicht. Dann ging ich wieder zurück zu den anderen.

»Hey Jim«, sagte Erik. »Mena sucht eine Gitarre. Was hältst du von einer *Baby-Taylor*, die ist zwar nicht billig, aber der Klang ist doch der Hammer.«

»Die Baby-Taylor ist viel zu klein«, sagte ich und sah auf Menas Hände. »Die ist eher was für Leute, die viel unterwegs sind. Außerdem hat sie viel zu lange Fingernägel.« Der feindselige Ton in meiner Stimme war nicht zu überhören.

»Bullshit!«, entgegnete Erik und inspizierte Menas Hände. »Astreine Gitarristenhände: links kurze Nägel und Hornhaut an den Fingerkuppen, rechts lange Fingernägel.« Er sah mich an wie ein Vater, der seine Tochter in die Schule zum Lehrer geschleppt hatte und ihn zur Rede stellte, weil er seinem Mädchen eine schlechte Note vergeben hatte.

»Ich muss los …«, sagte ich. Ich hatte mich derart giftig verhalten, dass keiner mich bat zu bleiben.

Mena folgte mir auf die Straße. »Was ist denn los, Jim!«, fragte sie und hielt mich am Arm fest.

»Es muss doch nicht immer was los sein, Mena!«, sagte ich bockig und ging weg. In diesem Moment spürte ich, wie viel Macht sie bereits über mich hatte. Ich war schwach. Natürlich machte mir all dies Angst. Angst, sie zu kriegen, Angst, sie zu verlieren. Es war ein Wandern zwischen Extremen. Bei all dem wollte ich nicht erfahren, was sie wirklich über mich dachte. Oder für mich empfand. Die Ungewissheit war ein Teil meines Charakters geworden. Sie war die Quelle für meine Freude, aber auch für meinen Schmerz. Ich war zu jung, um zu begreifen, dass in Wirklichkeit mein Befinden ganz alleine davon abhing, wie ich selbst die Dinge sah …

Eine Stunde später.

Ich weiß nicht, wie ich nach Hause gekommen war. Völlig mechanisch streifte ich meine Schuhe ab und legte mich mit voller Montur ins Bett.

»James!« Mein Vater stand neben mir am Bett und klopfte sanft auf meine Schulter. »Wach auf, es gibt Essen.«

Ich hatte zwei Stunden geschlafen.

»Wie war dein Tag James?«, fragte mein Vater, als wir im Wohnzimmer vor dem Fernseher saßen und Pizza aßen.

»Gut«, murmelte ich. »Bei dir?«

»Auch gut!«, sagte Dad.

»Dad.«

»Ja.«

»Magda.«

»Da läuft nichts, sie ist lesbisch. Außerdem liebe ich deine Mutter.«

Es lief »King of Queens«. Carrie versuchte zu lernen. Arthur und Doug schrien sich derweilen aus dem Off an, sodass Carrie von einem Zimmer zum anderen wandern musste, mit all ihren Büchern unter dem Arm, um endlich den Lernstoff ohne Zwischenrufe ihres Vaters und Ehemanns in den Kopf zu pauken. Normalerweise hatte diese Serie eine antidepressive Wirkung auf mich, doch heute war jede Freude aus mir gewichen. Mein Dad schaltete den Fernseher aus und lief in die Küche. Mit zwei *Magnum-Eis* kam er zurück.

»Was ist das?«, fragte ich. Auf dem Couchtisch lagen lose Blätter mit Papas Handschrift.

»Try to write a family history book.« Immer wenn mein Dad Englisch mit mir redete, wusste ich, dass es ihm ernst war.

»That's cool, dad. Darf ich's lesen?«

»Shure«, sagte Pa.

Meine Mutter war erst acht Jahre alt, als sie zu ihrer Tante zog. Bei uns war es Sitte, Mädchen zu Verwandten zu schicken. Meine Mutter lernte schnell Buli, die Sprache ihres neuen Volkes und wurde in die hausfraulichen Pflichten eingewiesen. Hirsemahlen, Wasserholen, die Lehmhütte auskehren. Was sie nicht wusste: Bei Eintreten ihrer Periode würde sie dem Mann ihrer Tante als Ehefrau dienen müssen und so Gott will Kinder gebären. Kinder, die ihre unfruchtbare Tante zur Mutter machen würden. Aber dazu ist es, dem Himmel sei Dank nicht gekommen.

»Wow … Das ist ja …«

»Tja, sie hatte ein hartes Leben.«

»Wie hat sie Opa Kwame kennengelernt?«

»Dein Großvater stammte aus einem Dorf, wo die Menschen in strohgedeckten Lehmhütten lebten. Ohne Strom und fließendes Wasser. Dort hatte er deine Großmutter Lariba kennengelernt. Es war eine Kinderliebe und dein Großvater versprach ihr, sie eines Tages von dort wegzuholen.«

»Und dann?«

Mein Vater sah mich ungläubig an. »Ich wundere mich über dein …«

»Ich weiß Papa. Bisher hab ich wenig Interesse gezeigt, aber seit ich Mena kenne …«

»Schon gut, James. In deinem Alter war ich völlig blind für diese Dinge!« Er seufzte, dann sagte er: »Irgendwie schaffte mein Vater den Sprung in eine Missionarsschule und mit der Bildung kam die Freiheit.«

»Wie bei dir. Ich meine, du bist ja hier frei, nicht?«

»Ich weiß es nicht. Ich weiß es bis heute nicht. Manchmal denke ich, dass ich in Ghana glücklicher gewesen wäre.« Dad sah zerknirscht aus. »Du weißt, wie ich das meine. Du und deine Mama … Ihr bedeutet alles für mich.« Mein Vater beugte sich nach vorne und legte seine Hand auf meine. »Aber es fühlt sich gut an, wenn man kein Fremder ist. Für deine Mama war es auch nicht immer leicht.«

Ich nickte. Mama hatte mich als kleines Kind zeitweise überfordert, bei ihren Anstrengungen, einen starken und selbstbewussten Jungen aus mir zu machen. Oft lag ich weinend im Bett, weil ich nicht verstand, warum sie so sauer war, wenn die Leute mich wegen meiner Hautfarbe anpöbelten. Ich war doch ich. Erst als ich mal im Kindergarten eine Banane auf dem Spielplatz aß und einige Kinder Affengeräusche machten, wurde mir bewusst, dass ich anders war.

»Ich verstehe dich, Papa, aber ich kann mir nicht vorstellen, in Ghana zu leben«, sagte ich.

»Das musst du auch nicht. Du bist hier geboren. Deutsch ist deine Muttersprache. Du hast die Band. Deine Freunde. Kevin, Mena und die anderen.«

»Ja …«, sagte ich und starrte ins Leere. »Ich hab Kevin und Mena zusammen in der Stadt getroffen.«

»Aha.«

»Ich bin so ein Idiot … man sagt doch, dass man sich nicht mal auf seinen besten Freund …«

»Moment!«, sagte mein Vater. »Bist du mit Mena zusammen, James?«

»Nein das nicht. Aber sie und Kevin …«

»*Wait* a minute!«, sagte Dad und ging zum Fenster. Er zog den Vorhang zur Seite und blickte nach draußen. Für eine

Weile blieb er so am Fenster stehen. Dann atmete er einmal tief durch, ließ den Vorhang fallen und drehte sich zu mir um. »Hast du Mena deine Liebe gestanden, James?«, fragte er ernst. Er stand nun dicht vor mir und sah auf mich herab.

»Ach, Dad«, maulte ich und kam mir vor wie ein Kleinkrimineller, der von den Cops verhört wurde.

»Hast du nun, oder hast du nicht?«, fragte mein Vater etwas ungeduldig und griff nach der Fernbedienung. Papa ließ sich in seinen Sessel fallen und stellte die Beine auf dem Tisch ab. Ich tat es ihm gleich. Ein Glück, dass Mama uns nicht sehen konnte. Sie fand so was eklig. Noch dazu, wenn Essensreste auf dem Tisch standen.

»Ist ja auch egal«, sagte ich und schielte zur Fernbedienung, die mein Vater auf seinem Oberschenkel abgelegt hatte.

»James, willst du einen Rat oder nicht?«

»Klar.«

»Gut! Hast du Kevin gesagt, dass du in Mena verliebt bist?«

»Nein!«

»Dann mein Freund, kannst du nicht …«

»Ach Papa, du verstehst das nicht!« Ow! Das war kein guter Zeitpunkt, um den »Du-verstehst-das-nicht-Satz« vor seine Füße zu knallen. Dad hasste diese Redewendung besonders dann, wenn er schlechte Laune hatte.

»Sorry DÄD, ein guter Freund muss doch so was spüren können.«

Papa verschränkte seine Arme hinter seinen Kopf und starrte grübelnd zur Decke. Dann irgendwann schaltete er den Fernseher wieder ein. *Carrie hatte sich mittlerweile mit ihren Büchern in die Garage verzogen und sich in ihr Auto gesetzt. Aus dem Off brüllten sich Doug und Arthur immer noch wegen des Nackedeikanals an.*

»Ich versteh dich James«, sagte mein Vater und stellte den Ton ab. »Tut mir leid, dass ich vorhin so streng und gereizt war, mein Sohn.«

»Schon gut Daddy!«

»Du bist verliebt. Und du hast warum auch immer deinen besten Freund dazu geholt. So was ist gefährlich. Die beiden können sich aus sicherer Distanz näher kommen. Männer, die ihre Frauen, ich weiß schon, ihr seid ja noch gar nicht zusammen … Allerdings, Männer, die ihre Frauen einengen und kontrollieren, verlieren sie schneller als Harry.«

»Als Harry?«

»Wieso sagt man das nicht so?«

»Äh, nein.«

»Okay. Was ich sagen will, du kannst jetzt nichts machen, die beiden haben sich bereits kennengelernt, der Rest ist Schicksal. Kismet. Destiny. Lass es einfach laufen«, sagte er und ließ seine Hand wie ein Flugzeug in die Luft gleiten.

Ich nickte.

»Du hast nichts falsch gemacht!«, sagte Papa freundlich und schrubbte meinen Arm.

»Warum fühlt es sich dann so scheiße an?«,

»Mena weiß wahrscheinlich selbst nicht, was sie will, James. Gib ihr Zeit. Vor allen Dingen gib dir selbst Zeit. Bleib locker.«

Ich nickte wieder.

»Das, was bei euch grade passiert ist ein Liebestanz und einen Tanz sollte man leichtfüßig ausführen und nicht wie ein Krieger. Glaub mir, Frauen fühlen sich nicht zu schmollenden Typen hingezogen, sondern zu den coolen, selbstbewussten Kerlen, die wissen, was sie wollen. Denk an Dean.«

»Dean?«

»Ja, Dean aus *Gilmore Girls*. Keiner mag Dean. Außer deine Mama. Alle lieben Jess.«

»Ich soll Jess werden.«

»Werde Jess!«, sagte Papa und schaltete den Ton wieder ein.

»Danke Pa«, sagte ich. »Wie ging das eigentlich bei Großvater und Großmutter weiter?«

»Dein Großvater beendete die Missionarsschule, ging in die Stadt. Verdiente sich was zusammen und brannte mit deiner Großmutter durch.«

Mein Dad seufzte ein paar Mal, bevor er wieder den Ton des Fernsehers einschaltete. *Wir sahen, wie Charly Harper von Two and a Half Men von Blüte zu Blüte hüpfte. Die Blüten, also die Frauen, nahmen es ihm nicht übel, weil er einfach so war, wie er war. Er war Charly! Einfach nur Charly.*

Ich ließ meinen Vater alleine weiter schauen und ging ins Bett. Ich träumte in dieser Nacht von *Jim Knopf*, der seine *Li Si* retten musste. Li Si sagte immerzu: »Was passiert das passiert.« Ich wachte auf und sah auf mein Handy. Keine neuen Nachrichten. »Was passiert, das passiert«, wiederholte ich Mantra mäßig in Gedanken und fiel in einen tiefen, tiefen, diesmal traumlosen Schlaf.

STURMFREI

Am nächsten Morgen.

Heute würde Dad abreisen. Mein Vater ließ mich nicht gerne alleine zurück. »Willst du nicht doch mitkommen?«

»Papa! Bist doch nur eine Woche weg. Nun geh schon!«, sagte ich und klopfte ihm auf die Schulter. Er winkte mir aus dem Auto zu und streckte sein Handy aus dem Fenster. Schon kapiert Papa! Ich ruf euch an!

So, das wäre geschafft!

Kaum war Papa weg, tauchte Flo auf. Flo ohne seine Gitarre. Ich fragte: »Hey Alter, triffst du dich wieder mit …«

»Lolita.«

»Wie kann man sein Kind nur Lolita nennen!«, bemerkte ich und schüttelte den Kopf.

Flo zuckte mit den Schultern. »Ich bin nur wegen dir hier, mein Freund.«

»Echt?«

»Keine Ahnung. Hab irgendwie das Gefühl, du willst mit mir über Mena reden.« Flo sah mich an wie ein Pfarrer, der mir die Beichte abnehmen wollte.

»Komm!«, sagte ich legte meine Hand auf seine Schulter und ging mit ihm in mein Zimmer. Ich legte den Soundtrack von *Pulp Fiction* in den CD-Player ein und sprang in mein Bett wie ein Hochstabspringer. Flo ging zum Fenster, schob die Gardine zur Seite und sah hinaus wie *Adam Cartwright*, der auf die Ankunft der *Ransom-Bande* wartete. Dann setzte er sich auf meinen Schreibtischstuhl, streckte seine Beine auf meinem Bett aus, strich sich das lange Haar hinter die Ohren und beobachtete mich ungewohnter Aufmerksamkeit.

»Also gut! Ich bin in sie verliebt«, sagte ich. Es hörte sich seltsam an, es laut auszusprechen.

Flo nickte mehrmals und kräuselte die Lippen.

»Was denkst du?«, fragte ich.

»Na ja … die Frage ist ja eher, was *sie* denkt. Findest du nicht auch?«

Ich verzog das Gesicht. »Ich will es ihr nicht sagen!«

»Warum nicht?«

»Weiß nicht.«

»Habt ihr schon mal … rumgemacht?«

»Nein«, sagte ich pikiert. »Nur rumgeknutscht.«

»Wieso nur?«

»Was?«

»Küssen ist die Königsdisziplin, mein Sohn.«

Wahnsinn! Es war schön, mit Flo über Mena zu reden. Ich fragte mich, warum ich das nicht schon eher getan hatte. »Um ehrlich zu sein … wir berühren uns dauernd … wir … wir flirten.«

»Wo liegt das Problem?«

»Hab ich gesagt, dass es ein Problem gibt?«

Flo schüttelte schmunzelnd den Kopf und fläzte sich in meinen Sessel. Ich lag immer noch auf meinem Bett, die Hände auf der Brust gefaltet. Es war so leise in meinem Zimmer, dass ich Moglis Miauen durchs geschlossene Fenster hören könnte. Ich ließ den kleinen Racker rein und streute Leckerlis auf mein Bett. Nachdem er seine Zwischenmahlzeit eingenommen hatte, sprang er schnurstracks auf Flos Schoß und ließ sich von ihm ausgiebig kraulen.

»Da wir grade über Mädchen reden. Warum machst du das Flo? Warum betrügst du deine Freundin?«

»Verurteilst du mich?«

»Ja!«

»Mach doch mit deiner Freundin Schluss, wenn du mit ihr nicht zufrieden bist.«

»Aber ich bin mit ihr zufrieden, Jim.«

»Auch im Bett?«

»Wir hatten noch keinen Sex.«

»Alter!« Mit dieser Antwort hatte ich nicht gerechnet. »Und warum nicht?«

»Keine Ahnung. Ich mach mir da keinen Stress. Außerdem gibt es tausend Arten, eine Frau zu befriedigen.«

Ich stand auf, ging in die Küche und kam mit zwei Spezi zurück. Ich köpfte die Flaschen und reichte eine davon Flo.

»Jim, kann ich dir ein Geheimnis anvertrauen?«

Ich nippte an meiner Speziflasche. »Klar!«

»Es … das mit den Frauen …«

Jetzt würde er mir gleich sagen, dass er schwul ist. Auf so ein Gespräch war ich nicht vorbereitet. »Was ist mit den Frauen?«, fragte ich und versuchte normal zu klingen.

»Ich habe keinen Sex … weil ich …«

»Bist du schwul?«, schoss es aus mir heraus. Ich sah Flo mit weit aufgerissenen Augen an.

Flo lachte. »Nein … das ist es nicht. Ich habe … er ist nicht besonders groß.«

Ich sah ihn eine Weile an. Ohne etwas zu sagen. Flo wusste, dass sich hinter meinem Schweigen Verständnis für seine Lage verbarg.

»Es ist schon verrückt«, sagte ich leise und starrte auf die Spezi-Flasche. »Wir machen uns alle so einen Druck … Jeder aus einem anderen Grund!«

Flo nickte. Sein Kopf war rot angelaufen, aber er sah mich weiterhin mit festem Blick an.

»Du bist sehr selbstbewusst, Flo?«, sagte ich und legte diesmal die *Nevermind*-CD ein. Mogli lag immer noch zusammengerollt in Flos Schoß und schnurrte wie ein Dieselmotor.

»Ich hätte die Seele eines uralten Mannes«, sagte Flo schmunzelnd. »Lolita sagt das immer.« Flo legte Mogli aufs Bett. »Apropos Lolita. Ich schau mal, ob sie da ist. Wenn was ist, meld dich einfach okay?«

»Okay. Du aber auch!«, sagte ich und ging mit ihm nach draußen. Ich stand nur da und sah zu, wie er rückwärts aus der Einfahrt fuhr. Ich sah ihm hinterher, bis er außer Sicht war, und ging wieder hinein.

Zehn Minuten später.

Flo war praktisch genauso alt wie ich und alle glaubten, dass er haufenweise Mädchen flachgelegt hatte. Vielleicht sollte man sich wegen der Sex-Sache generell nicht so stressen lassen. Da fiel mir ein, dass Sabrina etwas Ähnliches gesagt hatte. Sie sagte, Sex-Druck sei in der heutigen Zeit weit verbreitet. Bodyfixiertheit und der Quatsch mit dem künstlichen »Herumgestöhne« lenke vom Wesentlichen ab, weil niemand auf Dauer einen perfekten Body behalten werde. Deshalb tat sie etwas Unerhörtes! Wenn sie einen neuen Freund hatte, zog sie sich nackt vor ihm aus und sagte: »Liebling, das ist das, was du kriegst. Wenn du jetzt alles siehst, brauch ich mich nie wieder zu verstecken.« Die Männer dankten es ihr. Kluge, Sabrina! Kluge, junge Frau!

Apropos kluge Frau. Ich musste Mena anrufen. Vielleicht sollte ich sie darüber informieren, dass ich die nächsten Tage *all by myself* war. Mena erreichte ich nicht, also rief ich Kevin an.

»Hi Kevin! Lust auf einen DVD-Abend? Mein Vater ist grad weggefahren.«

»Ich weiß.«

»Woher?«

»Samuel und ich haben telefoniert.«

»Warum?«

»Na wegen Weihnachten«, sagte Kevin. »Ich habe deine Eltern gern, schon vergessen?«

»Was gibts bei euch?«

»Mia ist ziemlich gereizt.«

»Ist der Weihnachtsstress«, sagte ich und schwieg.

»Jim, war noch was?«, fragte Kevin.

Das wäre jetzt eine gute Gelegenheit, ihn über meine wahren Gefühle für Mena aufzuklären und die Buddy-Karte auszuspielen. Ich wollte es nicht. Da war eine Seite meines Wesens, die neu und fremd war. Auf eine ziemlich schräge Art genoss ich es, wegen Mena zu leiden. »Nein«, sagte ich. »Nein, es ist nichts.«

»Gut Jim. Schönen Tag noch!«, sagte Kevin und legte auf.

Etwas später rief Mena zurück. Sie liege in der Badewanne und habe vorhin das Telefon nicht gehört. Wow, sie lag also in der Badewanne. Ich schaltete sofort mein Kopf-Kino ein.

»Hi Mena! Lust auf einen DVD-Abend mit Kevin und mir? Kannst gern jemand mitbringen«, sagte ich. Dein Quietsche-Entlein vielleicht?«

»Die Ente? Nö!«, erwiderte Mena mit honigsüßer Stimme. »Ich bringe lieber einen schönen Mann mit!« Ich stellte mir vor, wie sie einen Schmollmund machte, wenn sie »nö« sagte. So vertraut waren mir schon ihre Gesten.

»Damit ich dich mit noch mehr Männern teilen muss«, sagte ich geschmeidig. Mena lachte laut auf. Ich fand meine Bemerkung nicht sonderlich witzig, aber Mädchen hatten ohnehin einen schrägen Humor.

Gegen sieben trafen Kevin und Mena ein. Wie immer klingelte Kevin zwei Mal kurz und ein Mal lang. Dann klopfte er vier Mal lang und ein Mal kurz eine üble Marotte von ihm! Er wusste, dass er mich damit zur Weißglut treiben konnte. Heute war mir das egal, schließlich würde ich Mena gleich wieder sehen. Als ich die Wohnungstür öffnete, stieß ich auf Frau Lutzien, die meine Mom liebevoll *Madame Lucienne* oder *die Gräfin* nannte. Sie stieg gerade in Zeitlupentempo die Treppe hinunter. Dabei stützte sie sich mit einer Hand am Treppengeländer ab und lächelte wie eine Ballprinzessin.

»Guten Abend Jim«, sagte sie und blieb auf Stufe fünf stehen. Sie wartete meinen Gruß nicht ab, denn sie hatte Mena entdeckt. Die *Gräfin* tastete nach ihrer Brille. Wie immer war sie perfekt zurechtgemacht. Hut, Mantel, Handschuhe, alles Ton in Ton. Madame Lucienne setzte ihre Brille auf und spitzte die Lippen. »Wer ist denn das reizende Mädchen?«, fragte sie, ohne den Blick von Mena abzuwenden. Kevin würdigte sie keines Blickes.

»Ich heiße Filomena Petrillo«, sagte Mena artig. Beinahe hätte sie einen Knicks gemacht.

»Ooh, was für ein hübscher Name«, sang die Gräfin. Nun sah sie zu Kevin hinüber, dann zu mir, als ihr Blick wieder bei Mena landete, lächelte sie beglückt.

»Zwei junge Männer und ein wunderhübsches Mädchen«, sagte sie bedeutend und steckte ihre Brille wieder zurück in ihre Handtasche. Madame Lucienne schwebte die restlichen Stufen hinab, ging an uns vorbei, drehte sich um, sah Kevin mich und Mena ein letztes Mal an, machte ein langes »hm« und ließ uns stehen. Das war der Moment, in dem ich erkannte, dass Menas Anblick bei allen Menschen unabhängig von Alter und Geschlecht, die gleiche Faszination ausübte.

Mena hatte Sekt *(anstatt eines schönen Mannes)* mitgebracht und Kevin streckte triumphierend einen riesigen Popcorn-Eimer in die Luft. Er trommelte auf seine Brust und grunzte: »Mann hat Popcorn gekauft!« Dann zeigte er mit seinem Eimer auf die kichernde Mena. »Und Frau bringt Feuerwasser!« So kannte ich Kevin ja gar nicht!

Nachdem ich Mena in der Wohnung herumgeführt hatte *(mein Zimmer war natürlich blitzblank)*, schnipste sie mit dem Finger und sagte: »Ich koch uns Nudeln. Ihr habt doch Nudeln?«

Ich nickte. Mena verschwand in der Küche und fing an *I believe i can fly* zu singen. Mir gefiel's, aber *Dieter Bohlen* hätte sie dafür fertiggemacht.

»Man soll Frauen nicht aufhalten, wenn sie an den Herd wollen«, sagte ich und zog eine Grimasse. »Bist du still!«, machte Kevin und in Richtung Küche rief er.»Mena, brauchst du Hilfe?«

»Nöö!«, rief sie zurück und begann *I'm no good*, zu singen.

Kevin und ich schoben die Teile des Ecksofas im Wohnzimmer zusammen, sodass wir eine einzige große Fläche hatten. Kevin baute den Beamer auf, während ich Getränke und Knabberzeug auf den Couchtisch stellte. Jetzt mussten wir nur noch auf unsere singende Köchin warten und einen Film einlegen. Mena wollte wen wundert's, einen Liebesfilm anschauen. Kevin entschied sich für *Scarface* und ich hätte mich am liebsten mit Mena in mein Zimmer verzogen. Schließlich überließen wir ihr die Auswahl. *Harry and Sally*, sagte sie und hielt triumphierend den Lieblingsfilm meiner Mutter in die Höhe. Auf dem Sofa, halb liegend wie die alten Römer, aßen wir Menas Nudeln. Sie hatte eine extrem leckere Soße aus Lachs, Zwiebeln, frische Petersilie und Sahne gezaubert, die »vorzüglich« schmeckte, wie Kevin »erfreut« feststellte. Er hätte locker den ganzen Topf Nudeln alleine futtern können, hielt sich aber tapfer zurück.

»Ist schon irre«, sagte Mena. »Ich hab den Film bestimmt schon zehnmal gesehen, aber ich verstehe ihn immer wieder anders. Die Orgasmus-Szene zum Beispiel, die habe ich als Kind nicht verstanden. Ich dachte immer, Sally habe Schmerzen.« Mena sah von mir zu Kevin, so, als erwartete sie ein Statement, ein kluges, natürlich! Sie schien jedoch von unserer männlichen Unwissenheit nicht sonderlich über-rascht zu sein, bekanntlich waren ja nicht nur unsere Chromosomen von minderer Qualität, uns fehlten außerdem Einfühlungsvermögen und Tiefgang! Mena warf uns einen mitleidigen Blick zu: »Ihr werdet die wahre Bedeutung von *Harry and Sally* niemals verstehen, nicht in hundert Jahren!« Da irrte sie sich aber gewaltig, ich hatte ihn schon ein Dutzend Mal gesehen, aber gentlemanlike, wie ich war, ließ ich sie in dem Glauben, ein keulenschwingender Neandertaler zu sein. Mena seufzte und nahm einen kleinen Schluck von ihrem Wein, und in Sekundenschnelle nahm ihr Gesicht den Ausdruck an den Mädchen so haben, wenn sie gerade von einem Liebesfilm Gehirn gewaschen wurden. All diese Liebesfilme waren doch der Grund dafür, warum wir in den Augen der Mädchen kümmerlich versagen mussten. Das hatte

153

mir meine Ex deutlich unter die Nase gerieben. Wir konnten noch so heldenhaft und romantisch sein – gegen George, Justin oder Zack kamen wir nie an!

Als in der Schlussszene Harry seiner Sally endlich seine Liebe gesteht, sah ich, dass Mena heimlich ihre Tränen wegwischte.

»Hey, du weinst ja«, sagte Kevin amüsiert und kraulte sie am Kopf. Kevin und ich ärgerten Mena damit, dass *Billy Chrystal* ans nächste *Super Bowl* dachte, während er Sally nach dem Sex im Arm hielt.

»Ihr seid blöd!«, zischte sie uns an und machte einen Schmollmund. »Ihr drückt doch auch eine Träne weg, wenn *Scarface* stirbt oder euer Auto verschrottet wird!«

Das mit dem Auto kannten wir ja nicht. Aber vielleicht zählte ja auch der Tod eines Fahrrads?

»Quatsch«, rief Kevin energisch. »Männer weinen nie!«

»Tja«, sagte Mena und stand auf. Mit wiegenden Hüften schlenderte sie durchs Wohnzimmer, zog hier und da eine Porzellanfigur aus Mamas Vitrine heraus und sagte mit näselnder Stimme. »Nun … ich vergaß. Ihr seid ja Männer!« Sie warf uns einen flüchtigen Blick zu. »Ihr dürft natürlich nur weinen, wenn eure Fußballmannschaft verliert.« Sie mimte einen Fußballfan, indem sie sich mit ihrem Schal die Augen abwischte und jämmerlich schluchzte. Das war der Moment, wo ich sie am liebsten niedergeknutscht hätte. Ich warf mich auf sie und fing an, sie zu kitzeln, bis sie um Gnade flehte. Dann befreite sie sich und lief quietschend durch die ganze Wohnung. Ich fleißig hinterher. Im Bett meiner Eltern folgte eine wilde Kissenschlacht, bis wir schließlich völlig erschöpft auf dem Wohnzimmerteppich kapitulierten.

»Friede!«, rief Mena außer Atem und sah von mir zu Kevin. Kevin lachte nicht! Er stand auf und holte den Popcorn-Eimer aus der Küche.

»Hast du eigentlich einen Freund?«, fragte er Mena, ohne sie anzusehen. Wieso fragte er sie das? Er wusste doch, dass sie Single war.

»Nein«, sagte Mena, immer noch nach Luft schnappend. »Und du? Hast du eine Freundin?«

Kevin antwortete nicht.

»Hey, wir haben sturmfrei und könnten Pornos anschauen«, rief ich in gespieltem Ernst. »Und kiffen.«

»Sei nicht albern, wir kiffen nicht«, sagte Kevin besserwisserisch.

»Oder Flaschendrehen«, schlug Mena vor und reichte mir ihre *Ghetto-Faust*. »Oder Strip-Poker«, sagte ich. Mena grinste und sah zu Kevin hinüber, der keine Miene verzog.

Wir spielten weder Flaschendrehen noch Strip-Poker. Die Sofalandschaft war groß und Sau bequem. Ich lag auf dem Rücken, Mena seitlich neben mir und Kevin saß an die Wand gelehnt und spielte mit dem Weinkorken. Immer wieder nahm Mena die Unterhaltung auf. Frauen konnten scheinbar am besten reden, wenn die Atmosphäre entspannt war, während wir Männer gerade in so einem Moment am liebsten harmlosen Gedanken nachhingen und uns allenfalls unseren Magen und Darmgeräuschen hingaben. Mena fing nun an, uns nach unserem Liebesleben auszufragen:

Wie oft wart ihr schon verliebt?

Hattet ihr schon mal Sex oder so was Ähnliches? *(Häh?)*

Wenn ja, mit wem und wie wars?

Während Kevin schwieg und dauernd diesen blöden Korken in die Luft warf, beantwortete ich all ihre Fragen. Es waren nicht gerade die Themen, die mich begeisterten, aber ich wollte bei Mena nicht den Eindruck hinterlassen, ich sei ein ungebildeter Vollidiot. Diese Sorge war völlig unbegründet, denn Mena hatte eine durch und durch natürliche Art zu kommunizieren. Wenn wir über ernste Dinge redeten, sagte sie ihre Meinung, war aber nicht rechthaberisch. Es schien ihr zu gefallen, wenn ich ihr widersprach. Sie sah mich dann zärtlich an. Das war schön!

»Magst du Gedichte?«, fragte ich Mena und erntete ein Augenrollen von Kevin.

»Klar!«, sagte sie. Immer, wenn ihre Augen mit diesem ernsten sexy Ausdruck auf mich gerichtet waren, wurde mein Herz ganz weich. »Sag mir eins.«

»Ich kann keins auswendig …«

»Das glaub ich dir nicht.«

»Hey!«, rief Mena und machte ein gekränktes Gesicht. »Seit wann interessierst du dich für Gedichte?« Ich legte meinen Kopf in den Nacken und schüttelte überlegen mit dem Kopf. »Verstehe«, sagte Mena. »Songs sind in gewisser Weise auch Gedichte. Stimmt's?«

Ich nickte und stupste sie an. »Komm schon! Mädchen wie du schreiben Gedichte.«

Mena schüttelte schmunzelnd den Kopf. »Also gut«, sagte sie und zitierte ihr eigenes Gedicht.

während wir uns mit dem Gewöhnlichen zufrieden gaben
reservierte Gott einen Platz im Himmel für uns
wir waren die Königskinder
Reisende im ewigen Land der Liebe
aufgelöst im DU
und Gott lud uns ein
unter seinen Flügeln Früchte zu tragen
doch geblendet von zu viel Glück
wandten wir uns vergänglicheren Dingen zu
zu süß war die Lust an der vermeintlichen Freiheit

und unsere Wege trennten sich bald
doch Gott gab uns nicht auf
die Liebe gab uns nicht auf
ein letztes Mal blickten wir uns an
wir sahen jedoch nur
unser eigenes Spiegelbild
in den Augen des anderen
»Sie sind noch nicht so weit«, sagte Gott zur Liebe
und ging mit ihr fort
um im nächsten Leben
wieder für uns
seine Flügel auszubreiten

»Wow!«, machte ich. Ich fühlte mich von ihren Worten unglaublich berührt und ergriffen. »Ich hatte ja keine Ahnung«, sagte ich, stützte meinen Kopf auf eine Hand und lächelte Mena an. Kevin, der die ganze Zeit schweigend neben uns gesessen hatte, stand auf, ging aufs Klo und setzte sich wieder schweigend zu uns. Ich wusste, dass er geweint hatte.

Es wurde später und später.

Ich hatte überall Kerzen aufgestellt. Wir drei tranken Wein, dann den Sekt, den Mena mitgebracht hatte, und ließen uns von *Nora Jones* samtiger Stimme einlullen. Schließlich schlief Mena ein. Irre, sie hatte sich selbst in den Schlaf geredet! Mittlerweile war es zwei Uhr morgens. Mena hatte sich an mich gekuschelt. So wie damals mein Kater Bubbele. Und mit viel Fantasie konnte man ein leises Schnurren hören. Ihr Oberkörper bewegte sich auf und ab. Ansonsten rührte sie sich nicht. Nicht einmal, als draußen irgendwer Böller knallen ließ. Irgendwann erhob sie sich und legte ihren Kopf in meinen Schoß. Ich wäre kein Mann, wenn ich die Situation nicht ausgenutzt hätte. Also fing ich an, ihr Haar zu streicheln. Dass Kevin neben mir saß, war mir scheißegal!

»Du hast sie gerne, habe ich recht?«, fragte Kevin nach einer Weile. Ich strich Mena eine lose Haarsträhne aus dem Gesicht. »Ja, das weißt du doch!«, sagte ich. »Warum fragst du?«

»Weil du ihr den Hof machst.«

Ich unterdrückte ein Lachen. »Alter, kein Mensch redet heute noch so.«

Kevin stand auf, schob eine andere CD in den Player (*Rammstein*) und ging hinaus. Es war offensichtlich, dass auch er was von ihr wollte. Warum ging er dann nicht nach Hause? Wollte er leiden? Mena bekam von alledem nichts mit. Sie hatte ihre Beine angewinkelt und die Schultern angezogen. Ich beugte mich vorsichtig nach vorne und griff nach einer Wolldecke, die Mama immer beim Fernsehen über ihre Beine legte. Mena machte ein langes »Hmm« und streckte sich genüsslich. Dann schlief sie wieder ein. Tief und fest. Einmal schnarchte sie sogar. Ich konnte nicht aufhören, sie anzuschauen. *(Am liebsten hätte ich sie die ganze Nacht betrachtet und ihr nie davon erzählt. Ein kleines Geheimnis, das nur mir gehört hätte.)* Irgendwann, die Rammstein-CD war längst abgelaufen, öffnete Mena die Augen und richtete sich auf. Sie blickte sich um, ließ ihren Kopf auf meine Schulter sinken und gähnte elegant, ganz wie eine Schauspielerin aus einem alten Stummfilm.

»Na-du?«, sagte sie und sah mich glücklich lächelnd an. »Oh je, hab ich geschlafen?«

»Ein wenig.«

»Hab ich geschnarcht?«

»Nein.«

»Und jetzt?«, fragte sie zärtlich und lächelte. Dieses »und jetzt« machte mich jedes Mal fertig.

»Du Jim. Dieser Song neulich in Forstern. Den du als Zugabe gesungen hast. Wie heißt der genau?«

»Wozu ist die Liebe da?«

»Wozu ist die Liebe da?«, wiederholte Mena zärtlich. »Jim, kann ich die Chords und den Text haben?«

»Klar. Ich hab den Text im Übungsraum. Bring ihn dir das nächstes Mal mit … Sag mal, warum hast du nie erwähnt, dass du Gitarre spielst.«

Mena zuckte mit den Schultern.

Ich stand auf und holte meine Gitarren und meine Textmappe.

»Suchst du was aus?«, fragte ich.

»Würde gerne *Stand by me* mit dir machen. Und ich singe nicht.«

»Okay«, sagte ich und fischte ein Plektron aus meiner Hosentasche. Ich reichte Mena die bessere der beiden Gitarren und schaltete das Stimmgerät ein. Natürlich mussten wir lachen. Die Situation war neu und aufregend. Ich beschäftigte mich gerade mit meinen zwei größten Lieben: Mena und die Musik. Und es war zwei Uhr morgens. Gemeinsam stimmten wir die Gitarren neu. Dann begann ich damit, einige Akkorde anzuspielen, um warm zu werden. Warum war ich nur so nervös? Ich atmete tief durch und rief mich innerlich zur Gelassenheit. Von da an galt meine Konzentration allein der Musik. Wie vor einem Gig. Es war nicht so, dass Menas Anwesenheit mich kalt ließ, aber die Musik forderte meine ganze Aufmerksamkeit, die keinen Raum für einen Flirt ließ. Ich war ja schließlich nicht *Keith Richards*!

»Hier ist der Text mit den Chords«, sagte ich und legte ihr das Blatt auf den Couchtisch. Mena nickte. Sie sah sich die

Riffs an und nickte noch mal. Sie schien völlig in ihrem Gitarrenspiel aufzugehen. An besonders schönen Stellen zog sie die Schultern nach oben und presste die Lippen aufeinander. Als sie dann ihre Augenbrauen ergriffen hochzog, musste ich mich zusammen reißen, um nicht laut aufzulachen. Mann war ich gemein! Ich stellte meine Gitarre weg. Vielleicht war es besser, wenn nur sie spielte.

»Oh ne!«, sagte sie. Zu zweit klingt es doch viel besser. Ich schlag ja eh nur die Akkorde. Komm schon Meister!«, sagte Mena und grinste mich an, wie die *bezaubernde Jeannie*. Mena begleitete mich mit völliger Hingabe an manchen Stellen beinahe lautlos. Ihr ging es nicht darum, mich zu beeindrucken. Ihr ging es einzig allein um den Klang zweier Instrumente. Menas Spiel wärmte mein Herz. Sie schlug immer einen sauberen Ton und trotzdem klang sie nicht steril. Und sie dämpfte die Saiten am Steg ab, um einen dumpferen Klang zu erzeugen. Das war richtig geil! Als wir eine Pause einlegten, sagte ich: »Du bist sehr gut, Mena! Wenn du noch dazu singen würdest. Was meinst du?«

Mena antwortete nicht. Stattdessen strich sie mir sanft über die Wange und lächelte ihr Mena-Lächeln. »Ich mach uns Kaffee«, sagte sie und lief in die Küche.

»Sag mal hast du gestern eigentlich noch eine Gitarre gefunden?«, fragte ich sie und füllte Kaffee und Wasser in den Espressokocher Milch in den Milchtopf und stellte beides auf die Herdplatte.

»Hab da eine *Yamaha* im Visier«, sagte Mena, schaltete den Herd ein und fischte zwei Kaffeebecher aus dem Küchenschrank. »Würd gern mit dir zu Lindberg gehen, fürs *Finetuning* … Hast du Kekse da Jim?«

»Hier rührst du bitte weiter, sonst brennt die Milch an«, sagte ich und gab ihr den Schneebesen. Ich holte die Dose mit Mamas Weihnachtsplätzchen aus der Kammer, gab sie Mena

160

und nahm ihr den Schneebesen wieder aus der Hand. »Was kannst du denn ausgeben?«

»Mein Papa sagt, alles unter 5000 Euro ist okay.«

Mena pfiff die Melodie von *That's Amore* vor sich hin und drapierte dabei die Plätzchen auf einen schönen Teller.

Dann goss sie den fertigen Espresso in unsere Becher. »Milchschaum bitte!«, sagte sie.

Ich griff nach dem Milchtopf und gab in ihr. »Petrillo, du bist ja reich!«

»Wieso … willst du mich jetzt auf einmal heiraten?« Mena hob eine Augenbraue und sah mich von oben bis unten an.

»Ja, aber nur, wenn wir keinen Ehevertrag machen!«, konterte ich und hob auch eine Augenbraue. Das Spiel Augenbraue gegen Augenbraue kannte ich aus Spaghetti-Western. Wir schnappten unsere Kaffeebecher und die Plätzchen und machten es uns auf dem Sofa gemütlich. Ich war unfassbar glücklich in diesem Moment. Ich musste ihr endlich sagen, was ich für sie empfand. Doch ich brachte die wichtigsten drei Worte der Welt nicht über die Lippen, aber dafür sang ich: »Retorna me, cara MENA, ti amo. Solo tu, solo tu, solo tu, solo tu. Mio cuore!«

»Ich kanns nicht fassen, du kennst *Dean Martin*! Du glaubst nicht, welche Wirkung es hat, wenn du auf Italienisch mit mir sprichst … oder singst«, sagte Mena und sah mich an. Es war ein stiller, vertrauter Blick voller Zärtlichkeit. Es war irre! War es das, was man unter Sinnlichkeit und Hingabe versteht? War es das, wonach sich alle Männer insgeheim sehnten? Eine Frau, die fähig war, Liebe zu empfangen und zu geben? Menas Art, mich zu berühren, vor allem ihre Art, meine Berührungen zu erwidern, war einzigartig. Sie gab mir das Gefühl, ein richtiger Mann zu sein. Später als älterer Mann, wenn es keine Menas mehr geben würde, würde ich mich an diesen einen Moment erinnern, wo mich ein junges Mädchen so angesehen hatte.

»Wer zuerst lacht ...«, sagte sie plötzlich. Wobei ihre Mundwinkel schon leicht zuckten. Dann brachen wir in ein schallendes Gelächter aus. Immer noch leise lachend nahm ich ihr Gesicht zwischen meine Hände und öffnete ihre wunderschönen, weichen Lippen mit meinem Mund. Sie erwiderte meinen Kuss mit völliger Hingabe. Manche Mädchen sind zu wild oder zu scheu beim Küssen. Sie aber war perfekt. Mena schmeckte nach Jungsein und Abenteuer.

Vielleicht wäre an diesem Abend mehr passiert, wenn Kevin nicht zurückgekehrt wäre. »Hast du eine zweite Decke?«, fragte er kalt. Ich stand auf, ging mit ihm zurück in mein Zimmer und gab ihm die blöde Decke. Kevin zog sich aus und legte sich in mein Bett. Penner! Es lag doch eine Decke da. Seit wann brauchte er eine zweite? »Nacht Alter«, sagte ich und schaltete das Licht aus.

Mena stand draußen auf der Terrasse und hielt eine Zigarette zwischen ihren Fingern. Die Zigarette brannte nicht.

»Hey, komm doch rein! Ist ja schrecklich kalt da draußen«, sagte ich. Sie zeigte auf die Zigarette und zuckte mit den Schultern. »Egal, komm rein. Du kannst drinnen rauchen.« Ich zog sie behutsam in meine Arme. »Is was?«, fragte ich.

Mena senkte den Blick. »Nein ... nichts.«

»Aber du zitterst ja am ganzen Körper«, sagte ich. »Na, komm her.«

Ich nahm die große Wolldecke vom Sofa und legte sie um uns beide. So standen wir eine Weile da, bis sie aufgehört hatte zu zittern.

»Hör mal Jim, ich glaub, ich geh jetzt besser heim«, sagte Mena und löste sich langsam aus meiner Umarmung.

»Um diese Zeit?« Es war drei Uhr morgens. »Du kannst im Bett meiner Eltern schlafen, wenn du willst. Oder hier auf dem Sofa.« Ich wollte sie nicht bedrängen. Aber auch nicht, dass sie ging. »Ich werd auch nicht über dich herfallen.«

Sie lächelte. »Okay, kann ich hier auf dem Sofa schlafen? Dann kann ich später noch eine rauchen gehen.« Mena schaute Richtung Terrasse. »Oder jetzt gleich. Kommst du mit raus?«

»Natürlich.«

Mena steckte sich eine Zigarette an. Sonst wartete sie immer, bis ich ihr Feuer gab. Diesmal fischte sie eine Streichholzschachtel aus ihrer Jeans und zündete sich die Zigarette selbst an. Die Flamme des Streichholzes beleuchtete für einen Moment ihr schönes Gesicht. Sie hatte die Augen halb geschlossen, und ich erkannte, dass sie immer noch Angst hatte. Sie zog pausenlos an der Zigarette, schien sie kaum aus dem Mund zu nehmen.

»Mena ist was?«, fragte ich. »Du wirkst so …«

»Nein, es ist nichts«, sagte sie und drückte ihre Zigarette in den alten Drehaschenbecher, der noch von meinem Opa stammte.

»Lass uns gleich rein gehen«, sagte sie. »Ist spät geworden. Hättest du vielleicht ein Schlaf-T-Shirt für mich?«

»Klar. Warte!« Ich ging ins Schlafzimmer meiner Eltern und zog ein T-Shirt aus dem Schrank meiner Mutter. Aus meinem Zimmer drangen Fernsehgeräusche an mein Ohr. Ich sah Kevin vor mir, wie er ein Buch las und im Hintergrund irgendein Film lief. Ich griff nach dem Türgriff, blieb einige Sekunden stehen, lauschte an der Tür, ging dann leise ins Wohnzimmer zurück.

Mena stand in BH und Slip da. Als sie mich sah, strich sie sich über ihren Arm und sah zur Seite. Ihre Klamotten lagen sorgfältig zusammengefaltet auf dem Sofa. Sie hatte sich ein Glas Milch für die Nacht neben sich auf den Beistelltisch gestellt. Ich musterte sie schmunzelnd. »Hier kleines Milchmädchen«, sagte ich und lächelte sie freundlich an. Mena lächelte zurück und nickte leicht. Dann legte sie sich aufs Sofa und deckte sich bis unter die Nasenspitze zu.

»Jim, machst du bitte die Vorhänge zu ... und ... kannst du bitte deine Tür und die Wohnzimmertür offenlassen?«

»Natürlich«, sagte ich und knipste das Licht aus. »Was immer du willst.«

LONELY THIS CHRISTMAS

Weihnachten.

Am nächsten Morgen taten mir alle Knochen weh. Anstatt im Bett meiner Eltern zu pennen, hatte ich auf dem Boden meines Zimmers geschlafen *(Ich gebe es nicht gerne zu, aber irgendwie hatte ich Angst, dass Kevin zu Mena ins Wohnzimmer gehen und ihr – sagen wir mal – nahekommen könnte!).* Als ich Menas Lachen hörte und der Duft vom frischen Kaffee in meine Nase drang, war ich sofort in bester Stimmung. Ich blieb noch eine Weile liegen, bis sich meine Morgenlatte abgeregt hatte, dann sprang aus dem Bett, schlüpfte in meine Jeans und ging aufs Klo. Kevin und ich hatten schon einiges gemeinsam durchgemacht, doch es ging nie um Frauen. Wir hatten uns im Kindergarten kennengelernt.

Da war dieser Junge Ahmad, er war mit seinen Eltern aus Afghanistan geflüchtet und sprach noch kein Deutsch. Die Kinder hänselten ihn wegen seiner dunklen Haare an seinen Schläfen. Sie nannten ihn »Affe« und machten Grunzgeräusche, wenn er an ihnen vorbei lief. Und manche hielten sich die Nase zu. Bestimmt waren nicht alle Kinder so gemein. Aber keiner, außer Kevin hatte den Mut, aufzustehen und lauthals auszusprechen, dass Ahmad KEIN Affe war, sondern ein schönes, schönes Kind!

»Ahmad ist mit einem fliegenden Teppich gekommen ... von einer anderen Erde. Das ist gaanz weit weg!«, sagte Kevin, streckte seine kleinen Arme Richtung Fenster aus und umarmte unseren kleinen Freund aus dem Orient. Später, so ab der sechsten Klasse, änderte sich unsere Beziehung. Möglicherweise lag es daran, dass wir uns nicht mehr so oft sahen, weil ich in eine andere Schule ging. Plötzlich fingen wir an, uns häufiger zu streiten. Dabei ging es um belanglose Dinge. Ich behauptete irgendwas, Kevin widersprach. So ging es hin und her, bis ich aufgab. Nicht dass es mir egal gewesen wäre, Recht zu bekommen, aber Kevin war einfach hartnäckiger. Also gab ich nach und wir konnten weiter essen oder weiterspielen oder sonst was weitermachen. Manchmal durchschaute er mich und überschlug sich mit Beispielen und Beweisen, um seine Argumente zu festigen. Dann keimte ein Fünkchen Kampfgeist in mir auf und ich versuchte wiederum, ihn mit meinen Thesen an die Wand zu nageln, hielt es nie lange genug durch und am Ende siegte immer Kevin. Und das seit der sechsten Klasse!

»Na ihr zwei!«, rief ich gut gelaunt und stellte mich hinter Kevin und Mena, die an der Küchenzeile herumstanden und einen Teller mit Wurst und Käse belegten. Ich legte meinen rechten Arm über Kevins Schulter und den linken um Menas Taille. Sie trug eine hoch liegende *Lewis 501* und ein hautenges weißes Shirt. Wahrscheinlich einen Body. Sie hatte eine superschmale Mädchentaille, die nur Frauen haben konnten, die nicht trainierten. Mena hatte ihren eigenen Stil. Während die anderen Mädchen der Mode gehorchend tief liegende Klamotten trugen, traute sich Mena, Jeans im Style der 1980er-Jahre anzuziehen.

Mena drehte sich um, gab mir einen kleinen Kuss auf den Mund und sagte: »Moin!« Dann widmete sie sich wieder ganz ihrem Käseteller.

»Moin!«, murmelte ich vor mich hin und schlürfte in der Küche hin und her. Kevin trug ein T-Shirt und ein weißes Leinenhemd darüber und war frisch rasiert. Charmant! Ich gähnte. Die beiden wollten ein Familien-Frühstück. So richtig am Tisch sitzen wie bei Mom. Mena hatte, wie sie sagte, großen Spaß an diesen Dingen. Und Kevin? Kevin war es nicht gewohnt, auf diese Art verwöhnt zu werden. Da er praktisch sein ganzes Leben ohne Mutter aufgewachsen war, hatte er ständig Hunger nach fürsorglicher Behandlung.

»Geh du schon mal ins Wohnzimmer«, sagte Mena und schob mich aus der Küche in den Flur. Das ließ ich mir nicht zweimal sagen. Also setzte ich mich an den gedeckten Tisch, während die beiden in der Küche herumhantierten wie zwei Schülerinnen vor ihrer Hauswirtschaftsprüfung. Kevin und Mena hatten wirklich an alles gedacht: Kaffee, Brezeln, Semmeln *(frisch vom Bäcker, nicht schlecht!)*, Butter, Honig, Marmelade, Nutella, Käse, Wurst, Müsli, weich gekochte Eier und Orangensaft.

»Ich weiß nicht, möchtest du lieber Tee oder Kaffee?«, fragte Mena und klimperte mit den Wimpern. Sie trug Mamas, geblümte Schürze.

»Kaffee? Kaffee ist perfekt. Hey, danke für das hier. Das ist ja königlich!«, sagte ich und zeigte auf den schön gedeckten Tisch. Mena freute sich über meine Bemerkung, als hätte sie eine Eins bekommen.

»Du siehst wieder megaschön aus. Und sehr sexy«, sagte ich und sah auf ihre Wespentaille. »Tolle Jeans.«

»Oh, die gehörte meiner Mama«, sagte Mena und strich mit beiden Händen über ihre Beine. Kevin, der direkt neben ihr an der Küchenzeile stand, strich ihr eine lose Haarsträhne hinters Ohr. Mena blickte zu Kevin hoch, lächelte süß.

»Wartet!«, sagte sie dann und lief weg. Mit einer großen Platte voller dicker Pfannkuchen kam sie wieder zurück. »Taara! Es sind genau fünfundzwanzig Stück«, trällerte sie los und stellte die schwere Platte auf den Tisch.

»Wieso fünfundzwanzig Stück?«, fragte ich amüsiert.

»Weil …«, Mena legte die Schürze ab und setzte sich zu uns an den Tisch. »Weil Mama immer genau fünfundzwanzig Stück machte. Mama und Papa haben sich beim Pfannkuchenessen kennengelernt. Wir, also Mama, Papa, Paola und ich … Wir hatten da einen Lieblingsbaum im Westpark. Einen Kirschbaum. Und wenn der Kirschbaum blühte, im Mai fuhren wir hin, aßen Pfannkuchen und tranken kalte Milch dazu.« Kevin legte seine Hand auf Menas Hand, sagte aber nichts. Ich wusste, dass Menas Mutter gestorben war, aber ich wusste nicht, wie ich damit umgehen sollte. Kevin tat scheinbar immer das Richtige. Er schwieg, wenn es besser war, zu schweigen, und er berührte sie, wenn sie berührt werden wollte.

»Ich werd nach dem Frühstück zur Bandprobe fahren. Ihr könnt ja solange hierbleiben …«, sagte ich und nahm ein Pfannkuchen vom Teller, bestrich ihn mit Nutella und rollte ihn zusammen. Während ich den Pfannkuchen in dicke Scheiben schnitt, sah ich Mena vielsagend an. Wie ein Papa, der das erste Mal den Kuchen seiner Tochter kostete.

»Nun iss schon!«, sagte Mena und klatschte in die Hände. Schmunzelnd schob ich mir gleich drei Scheiben auf einmal in den Mund.

»Hm Wahnsinn! Echt lecker!«, lobte ich sie mampfend.

Da hatte ich eine Idee. Ich sank vor ihr auf die Knie und sprach: »Mademoiselle Mena, erweisen Sie mir die Ehre und werden meine Frau?« Ich schickte meinen Worten einen begierigen Blick hinterher.

Mena zog langsam ein Haargummi aus ihrer Jeans und band sich das Haar hoch. Dann griff sie nach Kevins Hemd, das er über die Stuhllehne gehängt hatte, wickelte den Stoff um ihre Hüfte mit dem Knoten hinten an ihrem Po und streifte sich ihr enges Shirt herunter, sodass ihre schönen Schultern zum Vorschein kamen. Sie wartete. Ich sprang auf und zog galant den Stuhl zurück. Mena nahm Platz, trank einen Schluck Tee, tupfte sich dezent mit der Stoffserviette die Mundwinkel ab und legte sie zurück auf den Tisch. »Aber Monsieur Jim!«, erwiderte meine Angebetete. Dann stand sie auf, zog eine Schulter hoch und sah mich von der Seite an. »Wir kennen uns doch erst seit wenigen Tagen.«

»Gewiss Mademoiselle«, wagte ich zu erwidern. »Doch wahrlich große Gefühle kennen kein Zeitmaß.«

Mit erhobenem Kinn und wiegenden Hüften stolzierte Mena an mir vorbei und drehte sich langsam um ihre eigene Achse. Dann nahm sie einen Pizza-Flyer zwischen ihre Finger und fächelte sich Luft zu. Mena stellte sich vor mich hin, legte den Fächer unter mein Kinn, hob es leicht zu sich hoch und sagte: »Ich bitte Sie Monsieur Jim, übereilen Sie nichts und handeln Sie mit Bedacht. Gar hitzig ist ein junges Herz.« Dann reichte sie mir Form vollendet ihre Hand.

»Ich werde warten Mademoiselle Mena. Solange ich lebe!«, versprach ich mit schwerem Herzen, verbeugte mich und küsste Mademoiselle Filomenas Fingerspitzen. Dann machte ich Pfötchen und hechelte wie ein Hund.

»Depp«, meinte das holde Fräulein und gab mir einen Klaps auf den Kopf.

Wahnsinn!

Sie wirkte so was von kokett und auch ein wenig verrucht. All diese kleinen Gesten von vorhin hatten mehr Sex-Appeal als ein nackter Körper.

»Bin gleich zurück«, sagte ich. »Muss mich nur noch rasieren.«

»Ich komm mit«, meinte Mena und hüpfte mir hinterher. Sie stellte sich vor das Waschbecken und kämmte sich ihr schönes langes Haar. Als sich unsere Blicke im Spiegel trafen, huschte ein kleines Lächeln über ihr Gesicht. Sie tat wieder ernst, griff nach ihrem Kosmetikbeutel, das auf der Waschmaschine lag, und fischte einen Augen-Make-up-Entferner heraus, öffnete die Dose, holte ein in Öl getränktes Watte-Pad heraus und säuberte sich damit die Augen. Ihre Bewegungen waren so anmutig und schön, dass ich mich kaum halten konnte. Wieder trafen sich unsere Blicke im Spiegel. Während Mena sich nun langsam das Gesicht mit Seife wusch und es danach mit einem kleinen Handtuch abtupfte, drückte sie ihren wunderschönen Körper gegen mein Becken. Es waren kleine Bewegungen. Kein Wiegen oder Tänzeln. Bewegungen, die allein durch die Waschprozedur entstanden waren. Unschuldig und natürlich. Ich presste die Lippen aufeinander und unterdrückte ein Stöhnen.

Wie aus dem Nichts stand Kevin plötzlich an der Türschwelle. Mena und ich zuckten zur gleichen Zeit zusammen. »Warum gehst du zur Bandprobe?«, fragte Kevin spitz. Ich kannte diesen Ausdruck. So sah Kevin auch aus, wenn er beim Zocken gegen mich verloren hatte. »Heute ist doch Weihnachten.«

Sein Tonfall gefiel mir gar nicht. »Wir haben in zwei Wochen ein Gig.« Ich sah ihn angriffslustig an. »Glaubst du mir etwa nicht?«

»So ist das Musikerleben eben«, sagte Mena etwas zu laut und drehte sich von uns weg – so als spräche sie zu einem imaginären Publikum. Typisch! Frauen reden immer von Aufrichtigkeit und Offenheit, wenn Männer dann ihre Konflikte auf ihre Art klären wollen, macht es ihnen Angst und sie verfallen in einen Schlichtermodus.

In diesem Moment klingelte mein Handy. Mama war dran. »Hallo Schatz, wie geht es dir?«

»Gut Mama. Und euch?«

Meine Mama holte tief Luft, als wolle sie eine Torte mit hundertfünfzig Kerzen ausblasen. »Es ist *so* schön, Schatz. Danke, dass du Papa überredet hast.«

»Kein Problem. Du Mama!«

»Ja.«

»Ich möchte meine Geschenke erst aufmachen, wenn Papa wieder da ist.«

»Ganz, wie du magst, Schatz. Dann machen wir deine Geschenke auch später auf. Warte, Papa will dich sprechen.«

»Hallo James«, Papa klang megaglücklich. »Wie läuft es an der Liebesfront?«

Ich ging in mein Zimmer und ließ mich in meinen Sessel fallen. »Gut Papa. Wir verstehen uns gut.«

»Wer?« Die Frage war berechtigt.

»Wir drei.«

»Pass auf dich auf mein Sohn!« Es versetzte mir einen Stich, als er dies sagte. Vielleicht ahnte er ja, dass ich eine Achterbahnfahrt in Liebesdingen vor mir hatte.

»Mach ich Papa. Frohe Weihnachten, dir und Mama!«

»Frohe Weihnachten, mein Sohn«, sagte Papa. »Bis bald!«

»Bis bald Papa«, sagte ich und legte auf.

Es war schon verrückt: Als Teenager schämt man sich gelegentlich für seine Eltern. Sogar Kevin sagte einmal, dass er sich für seinen Vater geschämt habe, weil er völlig verschwitzt in seinen Arbeitsklamotten in der Schule aufgetaucht war, um ihn abzuholen. Diese Periode hatte ich schon hinter mir. Für mich brach jetzt eher die Zeit an, wo ich manchmal in eine Angststarre verfiel, weil ich befürchtete, meine Eltern könnten sterben oder sich scheiden lassen.

Ich war noch in Gedanken bei Mom und Dad, als Kevin sagte: »Jim, wir bleiben hier!«

»Was?«

»Während du bei der Bandprobe bist, könnten Mena und ich hier aufräumen und für heute Abend einkaufen gehen. Wenn es genehm ist?« *(Idiot! Was sollte die Frage? Und dann dieser süffisante Unterton!)*

»Ja klar«, sagte ich selbstquälerisch. Es klang aber wie »lieber nicht!«

»Wart ab! Kevin und ich werden dich krass überraschen«, sagte Mena.

Ich schlüpfte in meine Jacke und griff nach dem Schlüsselbund. »Dann geh ich mal«, sagte ich und runzelte meine Stirn so stark, dass mir bewusst wurde, wie lächerlich ich mich grade benahm. »Hoffentlich fährt der Bus pünktlich sonst steh ich ewig in der Pampa.« Ich wartete. Sollte Mena nicht an dieser Stelle mir anbieten, mich zum Übungsraum zu fahren oder wenigstens mir hinterherlaufen und mich zur Tür begleiten? Sie jedoch rührte sich nicht von der Stelle. »Gut, dann geh ich jetzt«, sagte ich ein letztes Mal und machte mich auf den Weg.

Ich nahm erst die S-Bahn, dann den Bus. Offen gestanden hasste ich diese Busfahrten über Land. Die Fahrt dauerte ewig und die Landschaft war nur beim ersten Mal schön. Einmal hatte ich es verpennt, auszusteigen, und musste drei

Kilometer zurücklaufen, weil in diesem Kaff natürlich kein Bus unter zwei Stunden Wartezeit fuhr.

Diesmal war ich der erste, der im Übungsraum auftauchte, und musste mir von Eriks Onkel Walter *(der in letzter Zeit MP3-Player sei Dank ständig mit Kopfhörern herumlief und seine geliebten Schlager hörte)* den Schlüssel für das Bandhaus holen.

Die Fahrt dauerte ewig und die Landschaft war nur beim ersten Mal schön. Einmal hatte ich es verpennt, auszusteigen, und musste drei Kilometer zurücklaufen, weil in diesem Kaff natürlich kein Bus unter zwei Stunden Wartezeit fuhr.

Diesmal war ich der erste, der im Übungsraum auftauchte, und musste mir von Eriks Onkel Walter *(der in letzter Zeit MP3-Player sei Dank ständig mit Kopfhörern herumlief und seine geliebten Schlager hörte)* den Schlüssel für das Bandhaus holen.

»Ja, mach i«, rief Onkel Walter, ging ins Haus und kam mit den Weihnachtsplätzchen seiner Frau und dem Schlüssel zurück.

»Hier«, sagte Onkel Walter und nickte wie eine Geisha.

»Onkel Walter.«

»Ja?«

»Burli hatte ein schönes, langes Leben hier bei euch.«

»Ja!«, sagte Onkel Walter und blickte mir tief in die Augen. Ich hatte noch nie einen traurigeren Menschen in meinem Leben gesehen. »Frohe Weihnacht, Jim.«

»Frohe Weihnachten!«, sagte ich und ging zum Bandhaus. Ich drehte mich noch einmal um und sah, dass er immer noch dastand.

Keiner von uns hatte an diesem Tag Lust zu proben. Also zogen wir die drei Sets in einem Affentempo durch und verkürzten unsere Solis auf ein Minimum. Die eigenen Stücke ließen wir ganz weg.

Zwei Stunden später saß ich wieder im Bus und fuhr nach Hause.

Während der Probe hatte ich keine Zeit gehabt, um mir über Mena und Kevin Gedanken zu machen. Plötzlich erfasste mich eine heftige Eifersuchtsattacke. Erst wurden meine Hände feucht, dann folgten Übelkeit und Beklemmungen. Ich bekam keine Luft mehr. Um ein Haar wäre ich mitten in der Pampa ausgestiegen. Immer und immer wieder sah ich die beiden vor mir: Wie sie in der Küche standen und kichernd das Frühstück zubereiteten. Vielleicht würde er sie ja auf dem Küchentisch … Schnitt! An der nächsten Haltestelle stieg eine Großfamilie ein. Mit Oma, Opa, Baby, Papa, Mama und Dackel. Das Hündchen saß neben mir auf Opas Arm und blickte mit seinen lebhaften schwarzbraunen Augen zu mir hoch. Als klebte ein Leckerli in meinem Gesicht, streckte es mir seine Schnauze entgegen und leckte an meiner Wange.

»Heidi, hörst du auf!«, schimpfte Opa. Ich musste lachen. »Schon gut«, sagte ich und streichelte die übergriffige Dackeldame. Gute Heidi! Jetzt war ich abgelenkt, die Übelkeit verschwand, meine Panik-Attacke auch.

Mit klopfendem Herzen schloss ich die Wohnungstür auf und lauschte. Ich hörte nichts. Wahrscheinlich waren die beiden noch einkaufen.

»Wenn ein Mann und eine Frau ihre innersten Geheimnisse miteinander teilen, erzeugt das eine Nähe, die zu Liebe führen kann. Nicht muss! Aber kann!«, sagte Sabrina einmal. »Deine Freundin wird diese Männer idealisieren, und irgendwann findest du die beiden im Bett wieder.« »Unsinn!«, sagte ich. (Ich war dreizehn und meine Freunde waren mir Millionen Mal wichtiger als jedes Mädchen.) »Ein echter Freund würde so was nie tun!«

Wie aus dem Nichts stand plötzlich Mena vor mir und platzte in meine Gedanken. »Hi, da bist du ja«, sagte sie von einem Fuß auf den anderen tretend und strich sich über den Bauch. Wieso hatte ich den Eindruck, als habe sie mich vergessen?

»Ja-ha«, sagte ich und zog betont langsam Jacke und Stiefel aus. Ich musterte Mena von oben bis unten. »Und, was habt ihr so gemacht?«

»Was wir gemacht haben? Ach nichts, wir haben aufgeräumt … Ach ja und eingekauft.«

»Soso«, sagte ich im Tonfall eines Vaters, der gerade von der Arbeit heimkam und nicht wirklich interessiert daran war, was während seiner Abwesenheit passiert ist. Ich schlürfte ins Wohnzimmer und sah mich um. Krass! Sie hatten ganze Arbeit geleistet. Alles stand wieder an seinem Platz. Sogar den Fußboden hatten sie gewischt.

Sabrina hatte unrecht: Die beiden waren so beschäftigt gewesen, dass da bestimmt keine Romantik aufkommen konnte. Es waren die selbst beruhigenden Gedanken eines Jünglings, der noch keine wirklich schlechten Erfahrungen mit Mädchen gemacht hatte.

Kevin saß mit verschränkten Armen auf dem Sofa und starrte in die Glotze. Als er mich sah, sprang er auf: »Ich geh dann mal«, sagte er, ohne mich anzusehen. Seltsam. Ich hatte das Gefühl, das alles schon mal erlebt zu haben. Die Busfahrt, Dackel Heidi. Mena, die sich so merkwürdig verhielt, bis hin zu Kevins »ich geh dann mal«. War das so ein Déjà-vu-Ding? Bestimmt würde Mena auch gleich abhauen!

»Wie findest du eigentlich Kevin?«, fragte ich Mena, nachdem Kevin gegangen war, und nahm neben ihr auf dem Sofa Platz. So zärtlich wie der letzte Abend geendet hatte, so distanziert benahm sie sich jetzt.

»Er ist ... nett«, sagte Mena knapp. Ich war erleichtert. Wenn Frauen Männer »nett« fanden, konnte nicht viel dahinterstecken.

»Du Jimmy, sei mir nicht böse, aber ich möchte jetzt nach Hause. Es ist so, ich fühl mich grade am Heiligen Abend ... irgendwie traurig ... wegen Mama. Ich werd zum Friedhof gehen ... Ich brauche jetzt ein wenig Zeit für mich alleine. Ich ruf später an, okay?«

»Okay? Kein Problem«, log ich. *Natürlich verstand ich, dass sie am Heiligen Abend zum Friedhof wollte, aber ich wäre einfach gerne mitgegangen. Das war alles!*

Tja, Mena war jetzt auch weg. Auf einmal konnte ich die Stille, die mich umgab, nicht mehr ertragen. Ich beschloss, den Müll wegzubringen und danach zur Tankstelle zu laufen. Cola und Chips holen. Im Treppenhaus traf ich auf Madame Lucienne, die einen Karton vor sich her schob.

»Guten Abend, Jim«, sagte sie, stellte den Karton neben sich auf den Boden und sah mich freundlich an. »Frohe Weihnachten!«

Madame Lucienne trug ein rosafarbenes Wickelkleid und war wie immer perfekt geschminkt.

»Frohe Weihnachten!«, sagte ich und versuchte zu lächeln.

»Ich habe gehört, dass du über Weihnachten und Neujahr ganz alleine bist, Jim. Ist das wahr?«, erkundigte sie sich besorgt.

»Ja ... nein! Kevin ist die meiste Zeit hier.«

»So was dachte ich mir schon.« Madame Lucienne sah auf ihren Karton. »Also, ich habe dieses Jahr keinen Weihnachtsbaum aufgestellt, weißt du? Um ehrlich zu sein, habe ich den ganzen Rummel schon immer als Last empfunden. In meinem Alter sollte man nicht so viele Dinge um sich haben. Ich werde den ganzen Kram verschenken!«

»Das verstehe ich.«

Sie setzte an, um den Karton aufzuheben. »Warten Sie, ich nehm ihn schon«, sagte ich, griff nach dem Karton und stieg mit ihr in den ersten Stock.

»Jim, würdest du mir ein wenig Gesellschaft leisten?« Madame Lucienne lächelte mich erwartungsvoll an.

»Sehr gerne!«

Die Wohnung war gemütlich, aber nicht altbacken eingerichtet. Sicher, hier und da stand eine Antiquität – geschmackvoll in Szene gesetzt. Alles in allem waren die Farben und Formen des Mobiliars frisch und freundlich, ohne kitschig zu wirken. Wir setzten uns an einen runden Tisch, der üppig mit Köstlichkeiten aus der Patisserie gedeckt war. In der Mitte stand eine bauchige Vase mit Rosen in den verschiedensten Farben. Sicher ein kleiner Luxus, den sich Madame Lucienne gelegentlich gönnte.

»Sie haben umdekoriert«, stellte ich fest und sah mich um.

»Ja nicht? Immer, wenn du kommst, sieht es hier anders aus.«

»Sie haben jetzt auch einen PC«, sagte ich und versuchte nicht so erstaunt zu klingen. Madame Lucienne lächelte. »Entschuldigung, wollte damit nicht sagen, dass …«

»Schon gut. Ich finde meinen Computer auch großartig.« Madame Luciennes Finger spielten mit ihrer Perlenkette. »Weißt du, Jim, er öffnet mir die Tür zur Welt.«

»Sie haben umdekoriert«, stellte ich fest und sah mich um.

»Ja, nicht? Immer, wenn du kommst, sieht es hier anders aus.«

»Sie haben jetzt auch einen PC«, sagte ich und versuchte nicht so erstaunt zu klingen. Madame Lucienne lächelte. »Entschuldigung, wollte damit nicht sagen, dass …«

»Schon gut. Ich finde meinen Computer auch großartig.« Madame Luciennes Finger spielten mit ihrer Perlenkette. »Weißt du, Jim, er öffnet mir die Tür zur Welt.«

Dann fuhr sie fort: »*Elysée-Törtchen* und Éclairs mit Schokoladenfüllung. Was darf es sein?«

»Wow! Das ist ja … Ich hätt gern ein Cannolo bitte«, sagte ich. Natürlich musste ich an Mena denken.

»Ich liebe diese Wohnung. Ich kenne jeden Zentimeter …« Madame Lucienne unterbrach sich selbst. »Ich langweile dich doch nicht?«

»Nein-nein. Bitte sprechen Sie weiter«, sagte ich. Sie hatte ja keine Ahnung, wie froh ich war, an diesem Abend nicht alleine zu sein.

»Nun, ich habe eine innige Beziehung zu den meisten Nachbarn hier aufgebaut. Besonders zu euch, Jim. Ach, ich liebe es, wenn deine Mama singt.«

»Und wir lieben es, wenn Mogli uns besuchen kommt.« Ich sah mich um. »Wo ist er eigentlich?«

Madame Lucienne stand auf, ging zum Fenster, öffnete es und pfiff eine Melodie. Sie drehte sich wieder zu mir. »Meistens kommt er dann«, sagte sie. »Mogli, Schatzilein, wo bist du denn?«, rief sie in die Nacht. »Nun, ja, er ist wahrscheinlich bei Eddy, dem netten Herrn aus Hongkong, unten gleich neben euch.«

»Eddy ist sehr hilfsbereit. Ich durfte mal vier Stunden bei ihm auf meine Eltern warten, weil ich meinen Schlüssel verloren hatte. Mogli war auch da. Ich glaube, Sie waren einkaufen. Jedenfalls hat Eddy Mogli und mir Asyl gewährt.« Ich musste lachen. »Mogli hat viele Fans. Sie müssen sich um ihn keine Sorgen machen.«

Madame Lucienne lachte, dann wurde sie ganz ernst. »Falls mir etwas passiert … Ich habe mit deiner Mutter gesprochen. Sie sagt, sie würde Mogli nehmen. Wusstest du das?«

Ich nickte nur. In solchen Momenten wusste ich selten, was ich sagen sollte.

Madame Lucienne hüstelte. Dann sah sie mich besorgt an. »Du bist heute alleine nicht wahr?«

Madame Lucienne lachte, dann wurde sie ganz ernst. »Falls mir etwas passiert … Ich habe mit deiner Mutter gesprochen. Sie sagt, sie würde Mogli nehmen. Wusstest du das?«

Ich nickte nur. In solchen Momenten wusste ich selten, was ich sagen sollte.

Madame Lucienne hüstelte. Dann sah sie mich besorgt an. »Du bist heute alleine nicht wahr?«

Madame Lucienne hielt mich die ganze Zeit fest und streichelte mein Haar. Irgendwann löste ich mich aus ihrer Umarmung und ging aufs Klo, wusch mir das Gesicht und setzte mich wieder zu ihr an den Tisch. Was sonderbar war: Ich schämte mich nicht für meine Tränen. Ich schämte mich für gar nichts. Bisher hatte ich Madame Lucienne immer mit den Augen eines Jungen angesehen, der eine Oma vor sich hatte. Aber jetzt, in der Stunde meiner Verzweiflung, war sie plötzlich eine Vertraute, eine Freundin.

»Weißt du, Jim, ich hatte mehr als einmal zwei Verehrer gleichzeitig. In meinem langen, langen Leben.« Sie holte tief Luft. »Ich war verliebt. Verliebt in beide Männer. So etwas ist möglich …« Sie nahm einen Schluck von ihrem Tee. Dann sah sie mir direkt in die Augen. »Ich konnte mich zwischen den beiden nicht entscheiden … Mein liebes Kind«, sagte sie und legte ihre Hände auf dem Tischrand vor sich ab. »Wenn eine Frau sich zwischen zwei Männern nicht entscheiden kann, liebt sie keinen von beiden *genug*.« Ihre Stimme klang freundlich und sanft und trotzdem taten mir ihre Worte weh.

»Ja«, sagte ich, und in mir stieg das Verlangen hoch, sofort zu Mena zu fahren. »Danke!«, sagte ich leise. »Ich werde darüber nachdenken.«

»Nimm das bitte mit«, sagte Madame Lucienne und reichte mir den Karton mit dem Weihnachtsschmuck. »Da ist auch etwas für dich drin.«

»Bin ich nicht schon zu alt dafür?«, fragte ich sie scherzhaft. Seit ich denken konnte, schenkte mir Madame Lucienne zu Weihnachten etwas.

Sie schüttelte den Kopf. »Für Geschenke ist man nie zu alt, mein Lieber.«

Ich nickte.

»Jim?«

»Ja.« Ich konnte mich nicht sehen, aber ich wusste, dass ich in diesem Moment besonders empfänglich war. Empfänglich für alles. Für das Gute und für das Schlechte.

»Alles wird gut!«

Warum klangen diese Worte aus ihrem Mund nicht abgedroschen? War es das, was Mena meinte, als sie von ihrer Mutter sprach und darüber, dass *nur* sie ihr Trost geben konnte? Gab es so etwas wie eine Anlage in uns, die dem Ruf der Älteren folgt? So eine Art Ur-Gen, das die Jungen in der Sippe vor Fehlern beschützt?

Ich nickte und wiederholte. »Ja, alles wird gut!«

»Gute Nacht, Jim. Wenn was ist …«

»Ja, ich weiß … danke für alles … Gisela«, sagte ich und küsste sie zum Abschied auf die Stirn. Gisela Lutzien errötete wie ein junges Mädchen.

Vorsichtig schloss ich die Wohnungstür auf, stellte den Karton auf den Flur, griff nach meinem Parker und sah in den Spiegel. Madame Luciennes Worte hatten sich in mein Gehirn eingebrannt. *»Wenn eine Frau sich zwischen zwei Männern nicht entscheiden kann, liebt sie keinen von beiden genug.«* Ich kniff die Augen fest zusammen, versuchte, an was anderes zu denken …

Nach meinem Heulanfall von vorhin wirkte die kalte Luft nun wie eine frische Brise. Es hatte den ganzen Nachmittag und Abend geschneit. Dächer, Balkone und die Autos waren von glänzendem Schnee bedeckt. Jetzt fielen nur noch leichte Flocken vom Himmel. Alles war still. Von Weitem sah ich ein Schneeräumfahrzeug die Straße entlang fahren. Sein Licht warf lange Schatten in den Schnee, der selbst auf den Gehwegen unberührt geblieben war. An manchen Fassaden kletterten Plüsch-Weihnachtsmänner hoch und ringsherum sah man hell erleuchtete Fenster mit Lichterketten. Alles blitzte und blinkte. So viel Aufwand für Weihnachten. So viel Geld, das ausgegeben wurde mit der Absicht, sich und andere glücklich zu machen. Und doch blieben die Familien unter sich. An diesem heiligsten aller Nächte hatte man für Fremde keinen Platz. Das hatte ich nie verstanden. Es war erst sieben Uhr am Abend, weit und breit war keine Menschenseele zu sehen. Die Stille wurde plötzlich durch das Quietschen eines Fahrrades unterbrochen. Ein Typ fuhr so dicht an mir vorbei, dass ich aufschrie: »Hey, pass doch auf!«

»Halt's Maul du scheiß Neger!«, rief der Typ mir im Vorbeifahren entgegen und zeigte mir den Stinkefinger. Mein Handy klingelte genau in diesem Moment. Es war Kevin.

»Hi, Kevin«, sagte ich. »Wartest du mal?« Es war nicht so, dass mich rassistische Angriffe kalt ließen, aber ich hatte gelernt, damit umzugehen.

Es gab da diesen Vorfall …

Ich war dreizehn. Ich wartete auf meine U-Bahn, als ein Typ die Treppe hinunterstieg. Keine Ahnung warum, aber man konnte förmlich riechen, dass er Ärger suchte. Zuerst quatschte er das asiatische Pärchen, das hinter mir auf der Bank saß, an. Er machte Schlitzaugen und rief: »Ihr Japsen, ihr glaubt euch gehört die ganze Welt, was?« Das Pärchen flüchtete. Dann setzte er sich auf die andere Bankseite, wo eine ältere, sehr schlanke Frau direkt neben mir saß. Die Frau hatte das Haar unter einem Kopftuch versteckt. Neben sich hatte sie eine Papiertüte abgestellt.

»Na Lust auf einen deutschen Schwanz?«, fragte der Typ. Ich hielt den Atem an. Sollte ich weglaufen, so wie das Pärchen von vorhin? Oder sollte ich mich vor die Frau stellen und dem Kerl zeigen, dass sie nicht alleine war?

»Was brauchen Sie?«, fragte die Frau plötzlich in die Stille hinein. Ich konnte ihr Gesicht nicht sehen, aber ihre Stimme klang sanft und fest zugleich.

»Waas?«, fragte der Mann, legte eine Hand auf die Hüfte und machte die Schultern breit.

»Was brauchen Sie?«, fragte die Frau wieder.

»Nichts! Ich brauch nichts.«

Die Frau schwieg.

»Was ist da drin?«, fragte der Mann.

»Oh, eine Torte«, sagte die Frau. »Mein Mann hat morgen Geburtstag.« Sie lachte. »Aber ich hab hier noch eine Nussecke. Bitte nehmen Sie sie«, sagte sie und reichte dem Mann das Gebäckstück.

Ich hörte, wie der Mann die Papiertüte öffnete und in die Nussecke biss.

Die Frau fragte wieder: »Was brauchen Sie junger Mann?«

Schmatzend sagte er: »Ich hätt auch gern ne Frau, die mir zum Geburtstag eine Torte kauft.«

Die Frau lachte kurz auf.

»Liebe ...«, sagte der Mann nach einer Weile, nachdem er aufgegessen hatte. »Was ich brauch ist ... Liebe.«

Es hat sich genauso zugetragen, und doch traute ich mich nicht, diese Geschichte weiterzuerzählen. Ich weiß nicht, warum, aber vielleicht dachte ich, dass mir das niemand glauben würde, oder ich wollte die Geschichte einfach für mich behalten, weil sie so schön war und mir Hoffnung gab.

»Jim, hörst du mir überhaupt zu?«

»Sorry Kevin, war grad in Gedanken«, sagte ich. »Ich ruf dich gleich zurück.«

Vor meiner Haustür stand Magda und knutschte mit einem Mädchen herum, das nicht älter aussah als ihr Sohn Cedric.

»Hey, Jim! Frohe Weihnachten!«, rief mir Magda zu und strahlte mich an. »Cedric ist bei seinem Vater … P a r t y!«, rief sie und machte den *Metalgruß*. Ich musste lachen. Magda hatte also auch sturmfrei. »Ich komm dich mal besuchen … zum Zocken oder so … wenn meine Kleine hier mal weg ist«, sagte sie und küsste das Mädchen auf den Mund.

»Cool, mach das!«, rief ich zurück. »Frohe Weihnachten euch beiden!«, sagte ich noch und ging ins Haus.

Zehn Minuten später rief ich Kevin an.

»Hey Kevin, ich bin's.«

»Hallo Jim.«

»Was ist los? Klingst so müde«, sagte ich.

Keine Antwort.

»Hat sich Mena bei dir gemeldet?«, fragte ich.

»Sollte sie?«

»Hör zu Kevin. Ich merk doch, dass da was läuft zwischen dir und …«

»Die Ärmste, sie hat viel durch gemacht.« Kevins Stimme war jetzt gar nicht mehr bockig. Als er so von ihr sprach, so vertraut, spürte ich einen nadelfeinen Stich im Herzen. Plötzlich wurde mir klar, dass zwischen den beiden etwas vorgefallen sein musste.

»Nähe ist das Zaubergefühl«, hatte Sabrina einmal gesagt. Wir waren im Englischen Garten und führten ihren Hund »Nietzsche«

spazieren. Ich war hungrig und schlecht drauf. »Wenn du es schaffst, dass sich echte Intimität zwischen dir und dem Mädchen einstellt, hast du ihr Herz gewonnen! Echte Intimität bedeutet nicht, dass man sich ständig versteht. Manchmal muss man sich sogar streiten, um sich näher kommen zu können. Reibung erzeugt Wärme! Viele Männer gehen jeder Konfrontation aus dem Weg. Am Ende wundern sie sich, wenn ihnen die Frauen davonlaufen oder fremdgehen. Sich verletzlich zu zeigen ist keine Schwäche!«

»Aus welcher Zeitschrift hast du eigentlich all diese Weisheiten her?«, hatte ich sie gefragt. Ich war mies drauf und ließ meine schlechte Laune an ihr aus. »Ach, glaub es oder glaub es nicht. Ist mir doch egal!«, *sagte Sabrina und ließ mich stehen. Das war das letzte Mal, dass sie mir einen Rat erteilt hatte.*

»Sag mal Jim, hast du gestern eigentlich mit ihr geschlafen?« *(Ich war erleichtert, so nah konnten sie sich nicht gekommen sein, sonst hätte er mir diese Frage nicht gestellt.)*

»Nein Mann!«, rief ich. Wie gerne hätte ich ihm jetzt in die Augen gesehen. Er sollte sehen können, dass ich die Wahrheit sagte.

»Wirklich nicht?«

»Nein Kevin!«

Am anderen Ende der Leitung hörte ich ein leichtes Aufatmen, dann rief Kevins Vater nach ihm. »Du, ich muss jetzt aufhören. Die wollen jetzt Oma und Opa was vorsingen.« Seine Stimme klang wieder ganz normal. »Tschüs, Jim!«, sagte er und ließ mich mit meinen Gedanken alleine.

Zehn Minuten später rief Mena an.

Sie könne nicht kommen. Sie sei einfach zu kaputt. Es täte ihr furchtbar leid. Sie werde gleich Kevin anrufen und auch bei ihm absagen. Aber sie wünsche uns viel Spaß. Spaß, welchen Spaß denn?

»Lass mal. Ich mach das schon!«, sagte ich. »Am besten, wir treffen uns alle morgen Abend. Ihr habt ja so viel (!) eingekauft.«

»Na hör mal …«, begann Mena. »Wir haben stundenlang geputzt. Ein wenig undankbar bist du schon!«

»Entschuldige«, sagte ich, so freundlich es ging. »Ich bin heut schlecht drauf Mena.«

»Schon gut«, meinte Mena. »Wir, brauchen alle nur etwas Schlaf, das ist alles!«

Mena und ich atmeten gleichzeitig tief durch.

»Jim.«

»Ja.«

»Frohe Weihnachten!«

»Frohe Weihnachten, Mena.«

Kaum hatte ich aufgelegt, rief Kevin wieder an. Er könne nicht kommen. Seine Eltern seien kurz zu Mias Mama gefahren, weil sie sich nicht wohlfühle. Er müsse so lange auf seine kleine Schwester aufpassen. In diesem Moment spürte ich, dass wir unbedingt miteinander reden mussten. Wir waren beide in dasselbe Mädchen verliebt, das war keine kleine Sache. Ich musste herausfinden, was Kevin wirklich dachte. Und fühlte. Schließlich war er vor ihr da gewesen. Ich musste die Notbremse ziehen, wenn ich ihn nicht verlieren wollte.

Das Telefon klingelte wieder.

Diesmal war es meine Mom. Ob es mir gut ginge. »Natürlich«, log ich. »Kevin und Mena sind schon auf dem Weg hierher. Wir kochen uns was Schönes.« Meine Mama wäre entsetzt gewesen, wenn sie gewusst hätte, dass ich am Heiligen Abend ganz alleine zu Hause war.

»Na, dann ist ja alles gut«, sagte Mama. Dann schwieg sie. Ich kannte dieses Schweigen …

»Mama?«

»Ach Jim …« Mama weinte plötzlich.

»Hey, Mama, was ist denn los?«, fragte ich. Ich spürte, dass sie sich um mich Sorgen machte. Es war so was wie eine telepathische Verbindung zwischen Mama und mir.

»Du glaubst nicht, wie sehr ich dich vermisse, mein Schatz. Grade heute …«

»Du bist doch bald wieder da, Mama. Und Papa ist doch bei dir.«

Mama schluchzte. »Du fehlst uns beiden Schatz … Es ist nicht das Gleiche … Ohne dich fühlen wir uns …«

»Ich weiß …«

»Es ist unser erstes Weihnachtsfest ohne dich mein Liebling.«

Ich schluckte. »Ich vermiss dich auch Mama. Dich und Papa.« Wie gerne hätte ich mich jetzt neben sie aufs Sofa gesetzt und meinen Kopf in ihren Schoß gelegt. So wie damals, als ich klein war.

»Wenn was ist, melde dich bei mir, Schatz. Tag und Nacht. Versprichst du mir das?«

»Ja, Mama.«

»Frohe Weihnachten mein Engel!«

»Frohe Weihnachten Mama, dir und Papa!«, sagte ich und legte auf.

Ich stand noch eine Weile ans Küchenfenster gelehnt und beobachtete Jugendliche, die auf der Straße herumalberten und sich gegenseitig mit Schnee bewarfen. Dann ließ ich die Jalousien runter und haute mich aufs Ohr.

»GUTE NACHT KLEINER LÖFFEL!«

In den letzten Tagen hatte ich nicht viel geschlafen.

Ich träumte von Kevin und Mena und wie sie es bei uns im Wohnzimmer miteinander trieben, während ich auf Dads Sessel saß und ihnen dabei zusah. Ich hatte eine Fernbedienung in der Hand und spulte die Szene immer wieder zurück. Dann klingelte es an der Tür. Erik, Till und Flo wollten rein. Sie setzten sich aufs Sofa und schauten Kevin und Mena beim Bumsen zu und aßen dabei Toppas.

Wieder klingelte es in meinen Traum hinein. Ich sprang aus dem Bett und haute mir dabei meinen Zeh an dem Bettpfosten an. Autsch! Mit halb geschlossenen Augen öffnete ich die Tür.

Es war Kevin.

»Was ist los Kevin?«, fragte und gähnte ich zugleich und schielte zur Uhr. Es war gleich eins.

Kevin ging an mir vorbei, setzte sich auf den einzigen Stuhl, der nicht mit Klamotten zugemüllt war und sagte nichts. Ich legte mich wieder zurück ins Bett und legte

187

meinen Arm über meine Augen. Ich sehnte mich zum ersten Mal seit Tagen nach Ruhe und Entspannung. Kevin wippte nervös mit seinem rechten Bein und fischte zwei Despos aus seiner Jackentasche heraus, stellte sie auf den Boden, ging in die Küche, kam mit einem Flaschenöffner zurück, köpfte die Flaschen und reichte mir eine davon.

»Mag jetzt nichts trinken«, sagte ich schlaftrunken. »Was ist denn los, Kevin?«

»Jim, ich hab mich in Mena verliebt. Aber sicher bin ich mir nicht.«

Ich richtete mich auf. »So was weiß man doch!«

»Und wie?«

Ich schnaufte genervt. »Denkst du dauernd an sie?«

»Nein.«

Ich legte mich wieder hin und schloss die Augen. »Dann bist du auch nicht verliebt, mein Sohn.«

»Wir haben uns geküsst.«

Ich war nun hellwach. »Wie geküsst?«

»Soll ich es dir vormachen?«

Ich schaute ihn angewidert an. »Wann?«

»Als du in der Bandprobe warst. Ich hab dagegen angekämpft. Aber die Frau ist unglaublich. Sogar mein Hund liebt sie.« Was für ein Hund. Kevin hatte gar keinen Hund. Der Typ hatte echt ne Meise! »Bist du jetzt sauer auf mich Jim?«, fragte Kevin.

Ich schüttelte den Kopf. »Na toll. Wir wissen jetzt beide nicht, auf wen sie nun steht. Vielleicht verarscht sie ja uns beide.«

Kevin schüttelte den Kopf. »Nein, so ist sie nicht.«

Nein, so war sie nicht. »Gib mir mal meine Jeans«, sagte ich.

Kevin fischte meine Jeans unter dem Couchtisch hervor und warf sie mir zu. Ich holte mein Handy raus und wählte Menas Nummer.

»Ja hallo!«, sagte sie.

Am liebsten hätte ich gleich wieder aufgelegt. Sobald ich in ihrer Nähe war oder ihre Stimme hörte, war ich plötzlich ein anderer Mensch. Nun war sie für mich wieder eine Heilige.

»Wir reden grade über dich … Kevin und ich.«

»Ihr redet über mich?«

Stille.

Ewig lang.

Dann …

»Bin in zwanzig Minuten bei euch!« Klack. Also das konnte sie: kurze Telefonate führen.

»Was hat sie gesagt?«, fragte Kevin mit dem Blick einer Mutter, die sich Sorgen um ihr Baby machte.

Ich schlüpfte seelenruhig in meine Jeans und sagte: »Sie kommt hierher.«

»Was heißt, sie kommt hierher?« Wahnsinn, so durcheinander hatte ich Kevin noch nie gesehen. »Okay«, sagte Kevin ganz langsam, als wollte er sich selbst beruhigen. »Das heißt, wir reden über die ganze Sache. Zu dritt?«

»Ja, Mann. Dann ist es wenigstens raus.«

Ich kam mir plötzlich ungeheuer dämlich vor. Wie im Kindergarten damals, als Fabian und ich in Valerie verknallt waren. Wir waren damals vier. Valerie, diese blöde Kuh hatte mich abserviert und dann nur noch Fabian von ihrer *Capri-Sonne* trinken lassen. Mena würde bald da sein und wir würden nicht den Mund aufbekommen. So war es doch immer. Gegen eine Frau kam ein Mann verbal nie an, nicht mal zwei!

Eine Stunde später.

Als ich Mena aus dem Mantel half, sah ich, dass sie weinte. Unaufhörlich liefen ihr dicke Tränen über die Wangen. Menas lebloser Gesichtsausdruck machte mir Angst. »Was ist passiert Mena?«

»Er war ... vorhin an der Tankstelle ... Ich ... Wo ist Kevin?«, fragte sie so leise, dass ich sie kaum verstehen konnte. Ich deutete auf mein Zimmer.

»Komm erst mal rein ...«, sagte Kevin sanft nahm sie sofort in den Arm.

»Antonio hat ... also, er sagt, dass ...«, stammelte Mena. Sie zitterte.

»Was für ein Arsch! Hey, er stalked dich!«, sagte ich. Ich war megabesorgt.

Kevin zog Mena näher an sich. »Lass sie bitte ausreden!«, sagte er und setzte sich mit ihr an den Bettrand.

»Er will sich nicht damit abfinden, dass es zwischen uns aus ist.« Mit zittrigen Fingern kramte Mena in ihrer Handtasche herum und fischte eine Zigarette heraus. Ich gab ihr Feuer.

»Danke!«, sagte sie und nahm einen kräftigen Zug. »Soll ich rausgehen?«, fragte sie und deutete auf die Tür. Ich schüttelte den Kopf. »Weißt du noch Jim ... als ich gestern auf der Terrasse war, um eine zu rauchen?« Sie schluckte. »Ich glaub, da war jemand ...«

»Du glaubst, das war Antonio?«, fragte Kevin und streichelte eine schweißnasse Strähne aus Menas Gesicht.

Sie nickte. »Halt mal bitte«, sagte sie und reichte mir ihre Zigarette. Sie stand auf, zog ein Kleenex aus der Papierbox, schnäuzte sich die Nase und warf den *Kleenex-Knödel* in meinen Papierkorb. Dann nahm sie wieder ihre Zigarette zwischen die Finger und setzte sich zu uns.

»Also noch mal von vorne: Du hast Antonio vorhin getroffen und so durcheinander, wie du jetzt bist …« Kevin biss sich auf die Lippen. »Er hat dir doch nicht wehgetan?«

»Nein, er ist kein Schläger, falls du das meinst. Aber diese nächtlichen Übergriffe … man weiß nie, was als Nächstes passiert. Ich fühl mich so ohnmächtig!« Mena drückte ihre Zigarette aus.

»Willst du ihn anzeigen?«, wollte ich wissen.

»Nein. Natürlich nicht.« Als sie das sagte, war ihre Stimme wieder wie sonst. Oder spielte sie das Ganze herunter, weil da eine verzwickte Familiengeschichte dahintersteckte? Ich setzte mich auf die andere Seite des Bettes und streichelte ihre Hand. So saßen wir drei eine Weile schweigend da. Rechts und links ein Kerl und in der Mitte unsere Mena. Dass sie mit mir und mit Kevin herum geknutscht hatte, war mir jetzt egal.

»Ich werde mit meinem Vater darüber reden müssen«, sagte sie und nickte immerzu, so, als wollte sie sich selbst Mut zureden. »Mein Vater ist ziemlich streng«, sagte sie. Ich meine streng katholisch. Und Antonios Vater ist in Corleone ein …«

»Corleone?« Ich konnte meinen Ohren nicht trauen.

»Ja, nicht?«, Mena rollte mit den Augen. »Wir kommen aus Corleone. Was soll man da machen?«

»Al Pacino kommt auch aus Corleone«, sagte Kevin.

Mena nickte gequält. Wahrscheinlich konnte sie das schon nicht mehr hören. »Antonios Vater Salvatore ist Papas ältester Freund. Er hat meinem Vater viel Geld geliehen. Für sein Restaurant und so … Antonio hat seiner Familie nichts von unserer Trennung gesagt … Noch nicht. Mein Vater glaubt immer noch, dass ich bald wieder nach Hamburg zurückkehre und Antonio heirate … «

Kevin stand auf und kam mit drei Bier zurück. »Aber du bist doch volljährig! Niemand kann dich zu etwas zwingen, schon gar nicht zu einer Heirat.«

»Nur, weil jetzt 2007 ist, heißt das nicht, dass Traditionen völlig weggewischt wurden ...« Mena sah uns abwechselnd an. »Ich will euch noch was sagen.« Ihre Augen glänzten und ihre Mundwinkel zitterten ein wenig, während sie sprach: »Ihr bedeutet mir wirklich sehr viel!«

Wahnsinn! Als ich sie kennengelernt hatte, schien sie für mich unverwundbar zu sein. Und jetzt war sie mir näher als irgendjemand sonst auf der Welt. Mena legte ihren Kopf auf meine Schulter, ihre Hände suchten meine und die Hand von Kevin. In meinem Zimmer war es so leise, dass wir die Uhr ticken hören konnten. Es war weder peinlich noch unangenehm. Wir saßen einfach nur da. Drei junge Leute, die über ihre Probleme redeten. Keine Erwachsenen weit und breit, die mit ihren gut gemeinten Ratschlägen eine Situation wie diese nie ermöglicht hätten.

Mein Zimmer: Zweitüriger Schrank, großes Bett, Zweier-Sofa, Schreibtisch, ein kaputter Bürostuhl, der furchtbar unbequem war. Kommode, Fernseher, PC, Bücherregal, Opas Sessel, Akustikgitarre, E-Gitarre, Bass, Bass-Verstärker und eine Aloe-Vera, die auf dem Fernseher stand und erstaunlich gut in Schuss war. Wahrscheinlich kippten meine Freunde ihre Getränkereste in die Erde. Ich liebte dieses Zimmer mit seinen großen Fenstern und dem schönen Blick in den Garten. Nicht, dass mir ein Garten wichtig gewesen wäre, aber es war allemal besser ins Grüne zu schauen als auf irgendeine blöde Straße. Am schönsten war es nachts. Ich liebte es, Musik zu hören und zu chatten, wenn im Haus alles still war. Selbst das Lernen machte dann Spaß! Meine Eltern waren ständig besorgt, weil ich nie zu lernen schien. Ich erklärte ihnen, dass ich für wichtige Fächer nachts lernte.

Trotzdem hatten sie so ihre Zweifel. »Aber du brauchst doch deinen Schlaf … und du kannst dir doch nicht dauernd die Nacht um die Ohren schlagen«, sagten sie. Meine guten Noten überzeugten sie am Ende doch und sie ließen mich in Ruhe. Mein Zimmer, meine geliebte Höhle. Nirgendwo sonst fühlte ich mich so sicher und geborgen wie in diesen vierzehn Quadratmetern. Meine Poster, meine Mangas, meine Gitarren – all dies waren Dinge, die mir das Gefühl gaben, lebendig zu sein. In meinem Zimmer sagte mir keiner, was ich zu tun oder zu lassen hatte. Ich war frei. Ich brauchte keinen Urlaub, ich brauchte nicht das Meer oder den Sonnenuntergang, um glücklich zu sein. Ich brauchte nur dieses Zimmer.

Eine Stunde später.

Wir hatten Pizza aufgebacken und tranken Chianti aus einer Strohflasche dazu.

»Ist dir auch warm genug, Principessa?«, fragte ich Mena zärtlich. Die Prinzessin nickte und schob sich ein Riesenstück Pizza in den Mund. Ihre Wange beulte sich aus wie bei einem Hamster. Kevin, der Rücken an Rücken neben Mena saß, warf seinen Kopf in den Nacken und ließ die Pizza langsam in seinen Mund gleiten.

»Hey, Kevin!«, rief Mena und suchte Kevins Hand. »Lust auf Sex?« Kevin hätte sich beinahe an seiner Pizza verschluckt. Fräulein Casanova grinste zufrieden und sah zu mir rüber. Ich hatte den Wink schon verstanden und rollte mit den Augen. »Dass ihr mir nur keine Flecken auf meinen schönen Teppich macht!«, sagte ich tantenhaft.

Etwas später.

Mena stand vor meinem Bücherregal und zog hier und da eines der Bücher heraus, steckte kurz ihre Nase hinein und sagte schließlich: »Laut OECD-Studie lernen und lesen Mädchen mehr als Jungs ... die bevorzugen Videospiele. Aber *du* liest viel. Hast du auch als Kind so viel gelesen?« Ich wollte gerade antworten, da sagte sie: »Ich mochte zum Beispiel *Kalle Blomquist* gern, später dann die Enid Blyten-Bücher.« Mena zählte sie an ihren Fingern ab. »Das *Geheimnis um*, *Rätsel um* und dann *Hanni und Nanni*.« Als sie Hanni und Nanni sagte, sah sie aus wie die kleinen Mädchen aus meinem Kindergarten, wenn sie von *Cinderella* schwärmten.

»Arbeitest du grade an eines deiner Studien, Frau Soziologin«, fragte ich und zwickte sie in die Nase. »Oder sind wir nur neugierig?«

»Aua! Nein!«, rief sie und zwickte mich in den Schwanz. Bevor Mena und ich uns kloppen konnten, setzte sich Kevin zwischen uns. »Kinder, Kinder benimmt euch!«, sagte er im gespielten Ernst. Es war schön, wenn Kevin sich an unseren Späßchen beteiligte. Wir drei saßen herrlich bequem auf dem Boden an mein Bett gelehnt und konnten fast unseren Herzschlag hören. Das ist nicht wörtlich gemeint, aber es fühlte sich so an.

Wieder eine Stunde später.

Im Hintergrund lief *Born to be wild* und ich fühlte mich wie ein Hippie, der es sich auf die Fahne geschrieben hatte, dass es in der Liebe so etwas wie Treue nicht geben musste. Was war schon dabei? Wir waren jung! Wir mochten uns und wir hatten einmal rumgeknutscht. So what? Entscheidend war doch, dass wir Freunde waren. Zugegeben, wir hatten uns verabredet, um zu reden. Um uns Klarheit zu verschaffen. Keiner von uns dreien griff jedoch das Thema auf. Es hatte sich sozusagen in Luft aufgelöst. Über meinem Bett hingen zwei Regalbretter für Bücher und all dem Kram, den ich dort ablegte, bevor ich schlafen ging. Meine zauberhafte Mutter hatte eine dicke Kerze hingestellt, für »romantische Stunden zu zweit«, wie sie sagte *(natürlich hatte sie auch an ein Feuerzeug gedacht, das praktischerweise gleich neben den Kerzen lag)*. Ich zündete Mamas Kerzen an und zwinkerte Mena zu, die mich dabei beobachtete. Sie lächelte süß und geheimnisvoll. So wie sie da lag, auf meinem Bett, ihr langes Haar nach hinten ausgebreitet, hätte ich mich am liebsten über sie gebeugt und mein Gesicht in ihr schönes Haar gegraben und sie eingeatmet. Kevin schien das Gleiche zu denken. Er lag seitlich auf einen Arm gestützt, direkt neben Menas Kopf und spielte mit ihren Haaren.

Die Atmosphäre war entspannt und sauerotisch.

Keine Eifersucht.

Kein Schmerz.

Keine Zweifel.

So wie sie da lag, auf meinem Bett, ihr langes Haar nach hinten ausgebreitet, hätte ich mich am liebsten über sie gebeugt und mein Gesicht in ihr schönes Haar gegraben und sie eingeatmet. Kevin schien das Gleiche zu denken. Er lag seitlich auf einen Arm gestützt, direkt neben Menas Kopf und spielte mit ihren Haaren.

Die Atmosphäre war entspannt und sauerotisch.

Keine Eifersucht.

Kein Schmerz.

Keine Zweifel.

Alles war friedlich.

Bis Kevin und ich uns ansahen. Nie im Leben hätte ich gedacht, dass ich mal mit Kevin in eine Situation wie diese geraten könnte. Schon eher mit Steve. An Sex zu dritt hatte ich schon oft gedacht *(Wer tat das nicht?)*. Vorzugsweise mit zwei Frauen – aber eben nicht mit einem Mann! Mena seufzte leise. Dann machte sie wieder dieses »hmm« und schlief ein. Jedenfalls dachte ich, dass sie eingeschlafen war. Plötzlich kippte mein *Blütenzauber-Swimmingpool-Romantik-Gefühl* in pure Geilheit um. Ich war so was von scharf auf sie, sie durfte jetzt nicht einfach wegknacken. Dann, nach einer Weile, richtete sie sich auf und nahm einen kleinen Schluck aus ihrer Bierflasche. Sie verzog das Gesicht. »Wäh!«, machte sie und schüttelte sich wie ein Baby, das an einer Zitronenscheibe gelutscht hatte. »Milk Forever!«, sagte Mena und machte den Metalgruß. »Als Kind hab ich *Paradiesmilch* dazu gesagt. Es gibt nichts Besseres!« Na ja, das sah ich anders. »Jihim, kann ich bitte kalte Paradiesmilch haben?«, fragte sie mit Welpenblick.

»Kalte Milch? Milch … Okay«, sagte ich und rauschte ab. Sie wollte Milch. Keinen Champagner oder Wein. Einfach nur kalte Milch. Schräg! »Du bist ein seltsames Wesen«, sagte ich und reichte ihr das Glas.

»Dankeschön!«, sagte sie, trank die Milch in zwei Zügen aus und legte sich wieder hin.

Nun lagen wir alle drei auf dem Rücken und starrten zur Decke.

»Sagt mal«, begann Mena. »Wovor habt ihr eigentlich am meisten Angst?«

Oh nein, jetzt ging dieses Psycho-Gequatsche wieder los. Mir reichten schon die Fallbesprechungen in meinem Fach Pädagogik.

»Manchmal habe ich Angst davor, urplötzlich jemanden weh zu tun«, beichtete Kevin und richtete sich auf.

»Das heißt, du hast manchmal Angst vor *dir* selber.« Mena richtete sich auch auf und saß nun im Schneidersitz zwischen Kevin und mir. »Jeder kennt diese Angst, Kevin«, sagte sie freundlich.

»Du auch?«, fragte Kevin ungläubig. »Glaubst du das wirklich? Also, dass es allen so geht?«

»Ich meine, wir reißen uns doch nur zusammen. Wir kontrollieren andere und uns selbst. Kein Wunder, dass sich da Aggressionen aufstauen. Ich glaube, das zivilisierte Leben hat so seine Tücken, meint ihr nicht auch?« *(Ich saß nun auch auf dem Bett im Schneidersitz, wie die beiden und wusste nicht, ob ich diese Unterhaltung gut oder schlecht finden sollte.)*

»Du hast Recht«, sagte Kevin und spielte mit Menas Ohrläppchen. »Hey, dein Ohrläppchen fühlt sich an wie Pizzateig«, sagte Kevin bitterernst. Zwei Sekunden schwiegen Mena und er, dann prusteten sie los. Es war das erste Mal, dass Kevin und Mena sich neben mir derart ungezwungen benahmen. Das war schön!

»Manchmal wünsche ich mir, ganz weit weg zu sein. Irgendwo, wo es keine Regeln gibt und ich ganz frei bin«, sagte Kevin.

»Und du?« Mena drehte ihren Kopf in meine Richtung.

»Ich?«

»Hast du keine Ängste?«

»Nein!«, sagte ich lässig. Es war die Wahrheit. »Jedenfalls nicht Ängste dieser Art. Ich kenn das Gefühl von totaler Einsamkeit. Ich mein, wenn man sich mal ernsthaft vorstellt, dass das Universum so unvorstellbar groß ist«, ich suchte nach Worten. »Wo ist da der Anfang und wo das Ende? Es muss doch eine Begrenzung geben. Alles hat doch eine Begrenzung …«

Mena legte ihre Hand auf meinen Unterarm. Ich liebte ihre kleinen Hände mit diesem schönen hellen Nagellack. Ihre Hände waren immer warm. Und immer weich. »Du Jim, mir ging das Mal so, als ich im Kino *Krieg der Sterne* gesehen hatte. All diese Bilder vom All. Verrückt! Plötzlich hatte ich

Beklemmungen, weil ich mich auf so irre Gedanken einge-
lassen hatte …« *(Mena, verstand mich also.)*

»Wenn man liebt, hat man keine Angst«, sagte Kevin mit
fester Stimme. »Für mich gibt es nichts Wichtigeres als die
Liebe.«

Ich wollte etwas dazu sagen, dass die Liebe ein
biochemischer Vorgang war, der im Gehirn Glückshormone
freisetzte und man deshalb keine Angst hatte, aber ich ließ es
sein. Irgendwo hatte er ja recht. Die Liebe war wirklich das
einzig Wichtige im Leben.

»Wisst ihr noch, als wir nach Forstern gefahren sind?«,
sagte Mena. »Wir wollten doch einen Brief schreiben und ihn
dann mit der Flaschenpost verschicken.«

»Ach ja …«, sagte Kevin.

»Wir könnten das im Sommer machen.« Mena war ganz
aufgeregt. »Im Sommer 2008. Wir könnten gemeinsam
Urlaub machen.«

»In Corleone?«, wollte Kevin wissen.

»Das ist keine gute Idee«, sagte ich, bevor Mena
protestieren konnte.

»Wir könnten nach Mallorca fliegen«, schlug Kevin vor.

Mena strahlte. Immer wieder sah sie von mir zu Kevin. Sie
hatte ihre Sorgen wegen Antonio vergessen und schien
glücklich zu sein. *Ich* jedenfalls war glücklich! Sogar Kevin,
der in Sachen Eifersucht hitziger war als ich, schien an
diesem Abend happy zu sein.

»Wenn wir so weiter machen, will noch einer von euch,
dass wir Blutsbrüder werden«, sagte ich mehr im Scherz.
Mena und Kevin sahen sich an und machten große Augen.

»Also gut«, sagte ich. »Wir machen zusammen Urlaub und
werfen auf hoher See unsere Flaschenpost ins Meer. Vielleicht
kriegen dann unsere Enkelkinder die Antwortmail. Falls es
dann noch Mails gibt.«

Es wurde später und später.

»Hey Mena«, rief ich so laut, dass Mena und ich lachen mussten.

»Alter, was ist?«, schrie sie zurück. Dann schlang sie ihre Arme um mich und küsste mich auf die Wange. Aus dem Blickwinkel konnte ich sehen, dass Kevins eifersuchtsfreie Minute vorbei war. Wenn er gewusst hätte, dass ich in solchen Momenten Mena wie eine Schwester betrachtete, wäre er viel gechillter. Kevin wusste ebenso wenig, dass ich mir insgeheim immer Geschwister gewünscht hatte. Mena, aber auch Kevin gaben mir manchmal das Gefühl, Geschwister zu haben. Natürlich war ich nicht derart geblendet, um zu wissen, dass Geschwister nicht nur Quell von Freude und Harmonie waren. Doch was nützt all dies Wissen, wenn man einen Mangel empfindet …

»Welchen Song magst du eigentlich am liebsten?«, fragte ich Mena. Diese Frage war elementar für einen Musiker.

»Diese Frage, Sir James«, sagte Mena und strich sanft über meine Augenbrauen. »Kann ich nicht beantworten. So was hängt ganz von meiner Stimmung ab.«

»Gutes Kind«, sagte ich zufrieden und gab ihr einen väterlichen Kuss auf die Stirn. »Und du?«, fragte sie zurück.

»Ein Bett im Kornfeld«, sagte ich und fing an, laut zu singen.

»M-a-n-n!«, machte Mena und gab mir einen kleinen Luftklaps auf den Kopf. »Ich geh mal eine rauchen. Wer kommt mit?«

Draußen war es so kalt, dass Mena lieber auf den Glimmstängel verzichtete. Gerade als wir hinein wollten, kam plötzlich Mogli auf uns zu. Er folgte uns in die Wohnung und legte sich direkt vor Kevins Füße. Scheinbar war Mogli genauso viel unterwegs wie sein Frauchen, Madame Lucienne. Kevin ging vorsichtig in die Knie und streichelte den süßen kleinen Wollknäuel. Mogli ließ sich wie ein Brotlaib hin und her rollen und schnurrte dabei wie ein Dieselmotor. *(Leute, der Diesel 2.4 Liter Motor, Baujahr 1988 – klingt ungelogen wie Moglis Schnurren!)* Mena und ich durften ihn auch streicheln, nachdem wir ihn mit Leckerlis bestochen hatten. Bald hatte er genug von so viel Aufmerksamkeit und setzte sich ostentativ vor die Terrassentür und macht »mah«, damit wir ihn raus lassen sollten. Nach Moglis Stippvisite lagen wir drei auf dem Rücken unter dem Weihnachtsbaum und starrten zur Decke, bis ich mich umdrehte und gedankenverloren mit einer Christbaumkugel spielte. Der Weihnachtsbaum, den Papa und ich so schön geschmückt hatten, verströmte diesen herrlichen Duft, die Lichterkerzen verliehen dem Raum eine wohlige Atmosphäre und der goldene Weihnachtsengel oben an der Spitze schien über uns zu wachen.

»Kevin, wann hast du eigentlich deine Mama zuletzt gesehen?«, fragte ich.

»Vor zwei Jahren.«

»Das ist aber lange her.«

»Ich weiß«, sagte Kevin. »Ich weiß nicht, warum, aber irgendwie kann ich nicht böse auf sie sein.«

»Das musst du auch nicht«, sagte Mena. »Ganz gleich, was sie getan hat, ich bin sicher, sie liebt dich. Und … sie lebt …«

»Ja, sie lebt«, sagte Kevin. »Aber ebenso gut könnte sie … Ach lassen wir das.«

Ich kannte Kevin lange genug, um zu wissen, wann man besser einen Punkt machte, wenn man über seine Mutter sprach. Also ging ich in die Küche, um was Süßes zu holen.

»Mag jemand Eis?«, rief ich in Richtung Wohnzimmer. Eine völlig überflüssige Frage. Wenn es etwas gibt, das man immer und zu jeder Uhrzeit essen kann, dann ist es Eis.

»Leute, ich bin jetzt echt müde«, hauchte Mena beseelt, nachdem wir unser Eis gegessen hatten, und gähnte wie ein Baby. »So, ich schlaf jetzt«, beschloss sie, ging in mein Zimmer, schnappte sich ein Kissen und rollte es hin und her, bis sie schließlich in Löffelchenstellung vor mir lag. Ich war im siebten Himmel. »Gute Nacht John Boy, gute Nacht John Bob …!«, sagte der kleine Löffel.

»Gute Nacht, Elizabeth«, antwortete ich *Waltonsmäßig*. Mena kicherte leise vor sich hin.

Ich weiß nicht, wie lange wir so dagelegen hatten. Irgendwann waren wir alle drei eingeschlafen. Gegen morgen wachte ich auf, weil es in meinem Zimmer Schweine kalt geworden war. Selbst Mena, die zwischen mir und Kevin gelegen hatte, fühlte sich kalt an. Die Heizung war aus gewesen und wir hatten ohne Decken dagelegen. Ich sprang aus dem Bett, drehte die Heizung auf und ging pinkeln. Dann holte ich die Daunendecken meiner Eltern und deckte meine Freunde damit zu. Bei diesem Licht sahen sie aus wie kleine Kinder. Wie Bruder und Schwester, die sich aneinander festhielten. Es war eine schöne Nacht. Im Schein einer Straßenlaterne konnte ich Menas Gesicht betrachten. Wie sie dalag, so still und friedlich, war es, als hätte ich im Leben alles erreicht. Ich kannte sie erst wenige Wochen und doch war mir jeder Zug in ihrem Gesicht so vertraut. *Frauen wie sie sollten ewig leben!* Ich ging in die Küche, trank ein Schluck Cola, aß ein Stück kalte Pizza und legte mich wieder hin. Ich schlief sofort ein. Irgendwann wachte ich auf und fand mich eng umschlungen neben Mena wieder. Sie atmete gleichmäßig, beinahe lautlos und schien zu träumen. »Hab dich so lieb«, murmelte sie im Schlaf. Mehr nicht. Was hätte ich darum gegeben, von ihr zu erfahren, wen sie nun lieber mochte. Mich oder Kevin? Konnte man überhaupt zwei Menschen gleichzeitig lieben? Und konnte man, wenn man jemanden wirklich liebte, einen Konkurrenten neben sich ertragen? War Eifersucht wirklich ein Indiz für Liebe? Im Umkehrschluss: Liebte man einen Menschen also nicht *(wirklich)*, wenn man auf ihn nicht eifersüchtig sein konnte? Ich fragte mich, wie ich reagieren würde, wenn Mena und Kevin ein Paar wären. Könnte ich dann weiter mit ihr befreundet sein? Einfach so – von heute auf Morgen? Nein! Niemals. Nicht, solange ich in sie verliebt war.

Aber können Männer und Frauen überhaupt Freunde sein? Halt! Wo hatte ich diesen Satz schon mal gehört. Klar, bei *Harry and Sally*.

Das ging so:

Harry: »Männer und Frauen können keine Freunde sein, der Sex kommt ihnen immer dazwischen.«

Sally: »Ich habe eine Menge männlicher Freunde, mit denen sexuell nichts läuft.«

Harry: »Hast du nicht!«

Sally: »Hab ich schon!«

Harry: »Hast du nicht!«

Sally: »Willst du damit sagen, ich hätte Sex mit diesen Männern, ohne dass ich es weiß?«

Harry: »Nein, ich will damit sagen, dass ein Mann immer mit einer Frau schlafen will, die er attraktiv findet. Somit ist die Freundschaft zum Scheitern verurteilt.«

Sally: »Und, was ist mit den Frauen, die er nicht attraktiv findet?«

Harry: »Die will er genauso knallen.«

Mein Freund Harry hatte es auf den Punkt gebracht. Männer und Frauen können keine Freunde sein. Mit dieser überaus wertvollen Erkenntnis fiel ich in einen traumlosen Schlaf.

DREI MÄNNER UND EINE FRAU

Mein Vater war seit drei Tagen fort. Ein Tag nach Silvester würde er wieder da sein. Ich nahm mir vor, ihn und Mama gleich nach dem Frühstück anzurufen. Es war besser, wenn ich sie anrief. So konnten sie mich nicht in irgendeiner peinlichen Situation überraschen. Kevin und Mena schliefen noch. Ich hatte Semmeln aufgebacken und den Tisch gedeckt. Nicht so opulent, wie es die beiden gestern getan hatten, aber es war alles da: Kaffee, Wurst, Käse, Marmelade, Honig und Nutella. Und eine Schale Joghurt-Müsli mit frischem Obst für meinen weiblichen Gast.

Mena stand plötzlich vor mir. Sie trug Kevins kariertes Hemd, das ihr bis zu den Oberschenkeln reichte.

»Du hast sehr schöne Beine!«, sagte ich und musterte ihre wohlgeformten Beine.

»Danke!«, sagte Mena verwundert, als habe sie soeben ihr erstes Kompliment erhalten.

»Und, sie sind braun.« Es klang wie ein Vorwurf.

Mena sah an sich herunter. »Ich gehe ab und zu ins Solarium«, meinte sie und lachte frech. »Apropos Solarium.

Hast du Lust, schwimmen zu gehen? In die Erdinger Therme zum Beispiel. Da gibt es ein Wellenbad, ein Dampfbad und …«

»… ein Solarium«, ergänzte ich und sah an ihr herunter. »Du hast ja keine Socken an Kind. Wenn du nicht aufpasst, erkältest du dich noch!« Von außen betrachtet konnte man es albern nennen, aber ich liebte unsere kleinen Späßchen.

»Ja, Papa!«, sagte Mena und machte einen Knicks.

»Wir könnten doch ins *Cosimabad* fahren, da gibt es auch ein Wellenbad. Wir müssten nur nachschauen, ob die jetzt über Weihnachten auf haben«, schlug ich vor.

»Warum nicht in die Erdinger Therme?«, wollte Mena wissen.

»Weil wir da schlechte Erfahrungen gemacht haben«, verriet Kevin, der wie aus dem Nichts sich neben Mena gebeamt hatte. Sie sah neben ihm winzig aus.

»Setzt euch Kinder«, sagte ich und gab Espresso in unsere Tassen. »Wer mag Milchschaum?«

»Wow, Cappuccino«, rief Mena und klatschte in die Hände. Erstaunlich, sie sah ungeschminkt verdammt schön aus. Nur jünger.

»Sag mal, wie schminkst du dich eigentlich?«, fragte ich sie. Das wollte ich wirklich gerne wissen. Außerdem hatte es etwas Sinnliches, einer Frau beim Schminken zuzusehen.

Mena sah mich erstaunt an. »Was?«

»Ich meine, du siehst ungeschminkt superschön aus. Wie schminkst du dich? Zeig es mir!«

»Pf«, machte Mena.

Ich kniff sie in die Wange. »Komm schon! Los-los!«

»Na, zuerst creme ich mir das Gesicht ein, dann trage ich Make-up auf. Dann Lidschatten, Eyeliner, Wimperntusche, Puder, Rouge und Lipgloss. Soll ich dich mal schminken?«

Ohne eine Antwort abzuwarten, lief sie ins Bad und kam mit dem Haarspangen-Korb meiner Mutter zurück.

»Setzt dich«, entschied sie und fuhr mit ihren kleinen Fingern unermüdlich durch mein Haar. Kämmen konnte sie es ja nicht, weil ich Dreads hatte; dafür machte sie mir einen Haufen Zöpfe mit bunten Haargummis.

Ihr so nahe zu sein, ihren Atem zu spüren, nicht wie sonst nur für Bruchteile von Sekunden, sondern für eine gefühlte Ewigkeit, war das reinste Paradies. Es war schön, sie zu beobachten, wie sie so konzentriert und voll Hingabe mein Haar bearbeitete. Ab und zu streifte sie mit ihrem Busen meinen Oberkörper, was megaheiß war.

»Jetzt schmink ich dich!«, beschloss Mena.

»Okay!«, sagte ich zu ihrer Überraschung.

Mena lief kreischend ins Bad und kam mit ihrem roten Schminkzeugtäschchen zurück. »Mach die Augen zu«, sagte sie und pinselte geschäftig in meinem Gesicht herum. Zwischendurch öffnete ich meine Augen und sah, wie sie vor sich hin schmunzelte. »Das gefällt dir, was?«, sagte ich verliebt.

»Scht«, machte Mena gespielt streng. »Augen zu bitte.«

»Fertig«, rief sie und holte einen Handspiegel.

»Whaat!«, machte ich und prüfte das Kunstwerk von allen Seiten. Kein Wunder, dass Mena fortwährend in sich hinein geschmunzelt hatte. Ich sah aus wie eine Mischung aus *Linda Perry* und *Jack Sparrow*. Mena und ich lachten und machten lustige Fotos mit meiner Digitalkamera.

Kevin verzog indessen keine Miene.

Dann schwiegen wir.

Alle drei.

Bis Kevin sagte: »Du bist so unglaublich, Mena. Unglaublich kreativ und …« Er suchte nach Worten. »Mutig und leidenschaftlich. Du gehst deinen Weg und stehst hinter deinen Überzeugungen.« Er klang wie ein Schnulzensänger. »Und, was dein Äußeres betrifft, finde ich, dass du dich überhaupt nicht schminken solltest!« Jetzt sah er sie arschlange an. »Weil du eine Naturschönheit bist«, schloss er seine Rede und zauberte ein Lächeln in ihr Gesicht. »Ich mag dich wahnsinnig gerne, Mena!«, sagte er noch, nahm ihr Gesicht zwischen seine Hände und gab ihr einen Kuss. Zuletzt hatte seine Stimme besonders zärtlich geklungen. Ich hielt den Atem an, um nicht zu verraten, wie verletzt ich war, meine Hände zitterten, als ich meinen Kaffee, der inzwischen kalt geworden war, an den Mund führte. Kevin und Mena sahen einander an. Quälend lang. Der Gedanke, dass sie sich vielleicht soeben in ihn verliebte, tat so weh, dass ich mich von beiden abwandte … Ich hasste Kevin in diesem Moment! Ich hasste ihn, weil er dies alles NEBEN mir tat!

»Ich mag dich auch Kevin«, gab Mena zurück und wurde etwas rot dabei. »Euch beide!«, sagte sie und warf mir einen schnellen Blick zu. Mit geröteten Wangen sammelte Mena ihr Schminkzeug ein, brachte es zurück ins Bad, und als sie wieder vor uns stand, fragte sie: »Sagt mal, was ist denn in der Erdinger Therme passiert? Doch nicht etwa so ein Rassisten-Ding?«

Ich schwieg. Ich hatte keine Lust, darüber zu reden.

»Okay, ihr wollt nicht darüber sprechen. Ich sag euch was, ich kenn das auch!«

»Du?« Kevin sah sie ungläubig an.

»Klar, jeder Ausländer kennt das. Weil jeder Fremde, der sich fremd fühlt, ein Fremder ist, und zwar so lange, bis er sich nicht mehr fremd fühlt – dann ist er kein Fremder mehr.« Mena lachte. »Das ist von *Karl Valentin*.«

»So, wie du aussiehst, könntest du locker als Deutsche durchgehen«, sagte ich. »Ich trau mich nicht mal, in der S-Bahn eine Banane zu essen.«

Mena und Kevin sahen mich entsetzt an. »Das wusste ich nicht Jim«, sagte Kevin und legte seinen Arm um meine Schulter. Mit einem Mal war die Sache von vorhin vergessen. Kevin hatte Tränen in den Augen. So wie damals im Kindergarten, als Kevin sich neben mich gesetzt und mit mir geweint hatte, weil die blöde Frau Jung mir nicht erlaubte, aufs Klo zu gehen und ich deshalb vor versammelter Mannschaft in die Hose machte. Am nächsten Morgen kam er mit einer großen Packung Watte auf mich zugelaufen und sagte, schau Jim, tu doch was davon in deine Hose, dann kannst du pieseln und niemand sieht das dann. Meine Oma macht das auch! Wir gingen aufs Klo und stopften unsere Unterhosen mit Watte voll. Wir fanden das so lustig, dass wir einen bösen Lachkrampf bekamen. Ein Glück, dass Frau Jung uns dabei nicht erwischte. Dann hielten wir uns an den Händen, schlossen fest die Augen und pieselten. Siehe da, alles blieb trocken! Vermutlich hatten wir wenig getrunken oder waren kurz zuvor auf der Toilette gewesen, aber seitdem konnte mir Frau Jung keine Angst mehr machen.

Etwas später.

Mena stand mit dem Rücken ans Küchenfenster gelehnt und schien zu grübeln. »Ich ruf mal schnell meinen Vater an.« Sie schnappte nach ihrem Kaffee und ging ins Wohnzimmer. Wenige Minuten später kam sie zurück. »Ich werd meinen Vater lieber von zu Hause aus anrufen«, erklärte sie etwas abwesend. Dann setzte sie sich wieder an den Tisch und schnitt eine Semmel in zwei Hälften. Während sie die eine Hälfte mit Marmelade und die andere mit Honig bestrich, sagte sie: »Begeistert wird Papa nicht sein, wenn er erfährt, dass Antonio und ich unsere Probleme nicht im Griff haben.« Sie seufzte wie eine griechische Witwe. Dann biss sie in ihre Honig-Semmel und sagte: »Schon verrückt. Mit meinen Freundinnen kann ich über solche Dinge nicht reden. In Hamburg damals, als ich siebzehn war, hatte ich einigen Mädchen aus meiner Klasse anvertraut, dass ich Probleme mit vorehelichem Sex habe und nicht wissen würde, was ich machen soll … Meine sogenannten Freundinnen sagten, dass sie es peinlich fänden, wenn ich mit solchem Kinderkram alle nerven würde. Ich hab mich so geschämt … so geschämt!« Mena legte das Brötchen auf den Teller zurück. »Seitdem hab ich einen Knacks, was Mädchen betrifft. Mir sind männliche Freunde einfach lieber.«

»Was ist mit Kali und mit … Denise?«, fragte ich.

»Es ist nicht so wie bei euch beiden …«

Natürlich freute ich mich über ihre Bemerkung. »Hattest du als Kind keine beste Freundin?«, fragte ich sie.

»Doch, die Susanne Kühn aus Neuaubing. Susanne war super!«

»Und, wo ist sie jetzt?«, wollte Kevin wissen. Er schob seinen Stuhl näher an Mena heran.

Mena zuckte mit den Schultern. »Ich kann sie nicht finden. Vielleicht hat sie geheiratet … das Einzige, was ich noch tun könnte, wäre es, einen Detektiv zu engagieren.«

»Wie lange ist das her?«, fragte ich.

»Bis zur vierten Klasse, dann sind wir umgezogen.«

Kevin stand auf, holte einen Block und Stift aus meinem Zimmer und sagte: »Ich schreib jetzt auf, was wir vorhaben: Also erstens Flaschenpost verschicken, zweitens Susanne suchen …«

»Und drittens deine Mama in Frankfurt besuchen«, ergänzte ich.

Kevin legte den Stift zur Seite. »Das würdet ihr tun?«

»Klar!«, sagten Mena und ich gleichzeitig.

»Mann, wir sind ja wie ...«, Mena suchte nach Worten. Ihre Augen funkelten und strahlten vor Vorfreude.

»Wir sind die drei Musketiere!«, sagte ich verschmitzt und lachte wie *J. R. Ewing*. »Und, bevor die *Schmalzpolizei* kommt, geh ich mich jetzt umziehen«, sagte ich noch und verzog mich in mein Zimmer.

Als ich zurückkam, konnte ich meinen Augen nicht trauen: Mena kehrte gerade die Brotkrümel vom Küchen-fußboden auf und bückte sich vornüber. Zur Erinnerung! Sie trug nur ein Flanellhemd! Ich konnte alles sehen. Alles! Selbst bei dieser Distanz und in weniger als fünf Sekunden konnte ich erkennen, dass sie rasiert war. Ich biss mir auf die Unterlippe. Was für ein Anblick! Zwei, drei Atemzüge lang war es das reinste Paradies. Ich hatte alles abgescannt. Alles gespeichert. Unauslöschbar. Hoffentlich erinnerte ich mich noch als alter Mann an diesen einen göttlichen Moment! Kevin hatte es nicht gesehen. Nur ich. Aber er war ein Mann. Mein Gott, wir redeten seit Jahren von nichts anderem als von süßen kleinen Muschis. Und darüber, wie es sich anfühlen musste, wenn man mit seinem Schwanz dort ein-drang. Diese warme Höhle – Himmelreich – genannt Vagina. Es gab da diesen Film American Pie, da verging sich John *(oder, wie der sonst hieß)* an einem Apfelkuchen, den seine Mutter gebacken und zum Abkühlen auf den Küchentisch gestellt hatte. »Ist es so?«, hatte ich Steve einmal gefragt. So was konnte ich nur ihn fragen. »Es fühlt sich warm, weich und feucht an ... Alter, so was kann man nicht beschreiben«, hatte er gesagt. Was war schon eine läppische Beschreibung, wenn man das Echte zum Greifen nah vor sich hatte? Am liebsten hätte ich sie gepackt und in mein Zimmer getragen und aufs Bett geschmissen und dann ... Schnitt! Nein, nicht so! Ich bin ja kein Tier. Wahrscheinlich spielten meine Hormone gerade verrückt. Verdammt, warum konnte ich nicht für eine Weile in der *Bruder-Schwester-Drei-Musketiere-Stimmung* von vorhin verweilen? Warum diese Wechselbäder der Gefühle? Ob es den Frauen auch so ging? Ich kramte in meiner Erinnerungskiste nach Sabrinas Weisheiten. Mir fiel nichts ein.

»Ich zieh mich dann auch mal um«, sagte Mena und verschwand im Schlafzimmer. Ich hatte den Eindruck, dass sie von unserem kleinen erotischen Intermezzo nichts mitbekommen hatte.

»Wo ist Mena?«, fragte Kevin, der gerade aus dem Bad gekommen war.

»Die zieht sich grade um.« Ich sah an Kevin vorbei Richtung Schlafzimmer.

»Hab ich was verpasst?«

»Alter, sie ist so heiß … Ich hab dermaßen Bock auf sie!«, sagte ich sabbernd und hatte plötzlich den Wunsch, diese Ambivalenz im Gefühlsleben der Männer in die Welt hinaus schreien zu müssen. Wussten das die Sabrinas dieser Welt überhaupt? War es den Frauen klar, dass ihre Männer von einem Moment zum anderen vom fürsorglichen Bruder zum geilen Bock umswitchen konnten? Wussten sie, dass Jungs in meinem Alter mehrmals am Tag onanierten? Wussten sie, dass Männer mal ständig Sex wollten, dann wieder gar nicht?

»Scht. Sei leise! Sie kann uns hören«, sagte Kevin.

Bestimmt sah ich aus wie Mogli, der mit geweiteten Pupillen sich an den Vogelkäfig eines Nachbarn heranpirschte und sabbernd den dummen Vogel angaffte.

»Kevin, das kann dich doch nicht kalt lassen«, sagte ich und sah ihn an, als sei er ein Wesen von einem anderen Stern. »Irgendwer muss doch den Anfang machen!«

»Nein!«, sagte Kevin. »Nicht so!«

Sein Tonfall war so kalt und ernüchternd, dass mein kleiner Freund da unten sich gleich wieder verkrümelte. So war Kevin. Er hasste es, auf diese Weise, über Frauen zu sprechen. Klar hatte er Bock auf Sex. Es musste nur anders geschehen. Wie anders wusste er selbst nicht. Aber eben anders.

Nach fünf Minuten stand Mena in voller Montur vor uns und strahlte uns an. »Na Ladys! Können wir gehen?«

Das Wetter hatte umgeschlagen: Es war nun schön sonnig da draußen. Kalt, aber sonnig. Der Schnee war geschmolzen und durch das Sonnenlicht wirkte nun alles viel freundlicher. Ich hasste es, wenn die Sonne nicht zu sehen war. Die reinste Weltuntergangsstimmung, wenn man mich fragt. Draußen vor dem Hauseingang kam uns Madame Lucienne in Begleitung von ihrem *Mr. Hitchcock* entgegen. Ein Mann um die siebzig, braun gebrannt wie *Dieter Bohlen*, dick wie *Alfred Hitchcock*, zog seinen Hut vor Mena und ging galant zur Seite, damit sie über einen imaginären roten Teppich an ihm vorbeischreiten konnte. Uns nickte er ebenfalls zu. Dabei deutete er mit seinem Zeigefinger auf seine Hutkrempe. Irre, der Typ sah aus wie aus einem Schwarz-Weiß-Film. Wie machte Madame Lucienne das nur, dass sie all diese Kerle fand? Vielleicht gab es ja schon so was wie Ü70-Parties. Nein, das war nicht ihr Stil. Sie gehörte nicht zu den Mädchen, die nach einem Mann suchten. Madame Lucienne wurde gefunden!

Dreißig Minuten später.

»Bin gleich da«, sagte Mena, nachdem sie ihre Ente direkt vor ihrem Haus auf dem Gehweg der Elsässerstraße geparkt hatte, und lief ins Haus. Sie wollte schnell ihren Bikini und anderen Weiberkram holen. Kevin und ich warteten solange in der Hofeinfahrt.

Plötzlich hörten wir Schreie oben im Treppenhaus. »Antonio!«, schoss es mir durch den Kopf. Dann ging alles ganz schnell. Wir rannten die Treppe hoch, drei Stufen auf einmal nehmend. Kevin stolperte und fiel hin. Ich ließ ihn liegen und rannte weiter. Kevin hatte mich schnell wieder eingeholt. Es war Antonio, der fortwährend auf Mena einschlug. Sie hielt sich die Arme vors Gesicht, schlug aber gleichzeitig mit den Füßen gegen seine Eier – und schrie um ihr Leben. Tapfere Mena!

»Du scheiß Wixer«, rief ich und warf mich auf ihn. Für Kevin und mich war es ein leichtes Spiel, Antonio zu überwältigen. Nicht, weil er so schwach war, sondern offensichtlich an Asthma litt. Antonio keuchte. »Mein Asthma-Spray. Schnell!«, rief er.

Kevin griff nach seiner Jacke, die am Treppengeländer festhing, fischte das Spray heraus und stopfte ihm das Ding in den Mund. Nun hörten wir die Polizeisirene aus nächster Nähe und die polternden Schritte von den Polizisten, die nach oben liefen. Die Beamten checkten die Lage und prüften unsere Personalien. Wir mussten nach draußen gehen. Wir redeten alle durcheinander, bis einer der Polizisten Mena zur Seite nahm und uns Männern befahl, »die Klappe zu halten«. Der Polizist wollte von Mena wissen, ob sie einen Arzt brauche. »Nein … Nein danke«, sagte sie. »Kein Arzt.« Ich hätte sie gerne in den Arm genommen, aber sie wirkte seltsam abweisend. Kevin zog seine Jacke aus, wickelte die zitternde Mena darin ein und sagte »Hab keine Angst. Wir sind ja bei dir!« Ich war ihm dankbar für das *wir*.

Die Polizisten gaben uns noch eine Karte mit der Dienststellennummer und baten uns, dort in den nächsten Tagen anzurufen. Antonio nahmen sie erst einmal mit. Was wäre passiert, wenn Kevin und ich nicht eingegriffen hätten? Die Nachbarn hatten offensichtlich die *Cops* angerufen, aber raus getraut hatte sich keiner. Mena war noch immer weiß wie die Wand. Erst als wir drei alleine waren, fiel die Anspannung allmählich von ihr ab. Nach einer halben Stunde hatte sich Mena so weit beruhigt, dass sie sich wieder ans Steuer setzen konnte. Still und gedankenverloren fuhren wir wieder zurück an den Ort, wo wir uns nahe sein konnten. Wo wir zwischen romantischen und erotischen Gefühlen hin und her gepeitscht wurden. Wo es keine Moral, keine Regeln und keine Grenzen gab und wir das sein durften, was wir waren: Drei junge Menschen, die sich nach Liebe und Freiheit sehnten.

In acht Tagen würde mein Vater wieder zurück sein.

MENAS ENTSCHEIDUNG

Kaum waren wir wieder bei mir angekommen, klingelte Menas Handy. Es war ihr Vater. Sie stellte den Lautsprecher an.

»Alo«, sagte eine Männerstimme.

»Come stai papà? «

»Bene. Bene. Nur ein wenig müde.«

»Wann kommst du wieder nach Deutschland Papa?«

»Nächste Woche … Perque?« Mena schwieg etwas zu lang. »Cosa fatto? Dimmi!« Eltern hatten einen siebten Sinn, wenn es um ihre Kinder ging. Menas Papa atmete schwer.

»Antonio ist hier in München. Und …«

»Non farti pregare!«, schrie er.

»Non ne posso più papà!« Nun weinte Mena. Kevin und ich sahen uns an.

»Was hat er getan?«

»Er hat mich geschlagen …«

»…«

»Papà!«

»Mia Amore. No Povura. Che diavolo gli è venuto in mente a quell lurido bastardo. Ich komme nach München. Ich werde ihm … Porca Miseria!«

Ihr Vater fluchte, was das Zeug hielt.

»Papa, nein! Ich bin bei meinen Freunden. Sie haben mir geholfen. Papa, du musst nicht kommen. Mir gehts gut!«

Menas Vater atmete laut. Leise sagte er dann: »Va bene! Non ti preocupare me ne occupo io. Mach dir keine Sorgen, ich kümmere mich darum. Und sage deinen Freunden, sie werden gut dafür belohnt!«

»Das ist nicht nötig. Sie würden es nicht annehmen Papa.«

Der Papa schwieg.

Ewig lang.

Mena sah uns an und zuckte mit den Schultern.

»Bella roba. Hast du ein Aktenzeichen von der Polizei bekommen? Eine Telefonnummer?«

»Ja hab ich.« Sie holte den Zettel mit der Nummer heraus und las sie ihm vor.

»Filomena«, sagte er. »Du musst schnell nach Hause kommen. Va bene? Wir müssen das mit Onkel Salvatore regeln. Antonio kann nicht mehr für mich arbeiten.«

»Si, papà.«

»Ti amo amore.«

»Ti amo papà«, sagte Mena und legte auf.

Sie hatte gerötete Wangen.

»Mein Vater war außer sich«, begann sie. »Ich konnte ihn nur mit Mühe daran hindern, die nächste Maschine zu nehmen …«

Na ja, wir hatten ja alles mitgehört.

Mena fuhr fort: »Er wird euch ein tolles Geschenk machen. Ich kenne ihn.«

Kevin und ich schüttelten den Kopf.

»Ich muss nach Hamburg. Mein Vater hat Angst um mich. Ihr versteht das doch?«

Wir nickten.

»Ich fahre morgen hoch.«

»Dann ist das heute unsere letzte gemeinsame Nacht …«, stellte ich fest.

»Unsere letzte gemeinsame Nacht«, wiederholte Mena. Eine beklemmende Stille trat zwischen uns ein, bis Kevin sagte: »Mena, du hast doch bestimmt Hunger, hm?« Es fiel ihm schwer, sie so traurig zu sehen. »Ich mach uns Sandwiches. Ohne Fleisch. So wie du es magst und danach könnten wir eine Runde pokern. Na was ist?«

»Du bist so süß!«, sagte Mena und folgte Kevin in die Küche. Wenig später saßen wir am Esstisch und spielten Karten. Anstatt Geld setzten wir Schokonüsse als Zahlungsmittel ein. Zu meiner Überraschung musste ich Mena nicht die Regeln erklären. Sie war gut im Pokern. Kevin dagegen war eine null! Man sah es ihm sofort an, wenn er bluffte. Mena schob ihm aus Mitleid heimlich Schokonüsse unter dem Tisch zu. Nachdem der Gewinn schnurstracks in unsere Mägen gelangt war, hörten wir auf zu pokern. Kevin und ich waren aber noch lange nicht abgefüllt, was das Zocken betraf, da konnte auch eine Mena uns nicht davon abhalten, eine oder zwei Runden *Mario Kart* zu spielen.

»Hören wir Musik beim Zocken«, fragte Kevin.

»Ja *Korn*. Ist ne geile Band«, sagte ich.

»Weißt was? Ich hab Lust auf *Zelda*! Wir holen den zweiten Fernseher aus dem Schlafzimmer«, schlug ich vor. Kevin machte große Augen. »Und zocken parallel.«

»Selbstverständlich!« Kevins Pupillen waren geweitet, wie damals bei meinem Kater Bubbele, wenn ich raschelnde Spielzeugmäuse unter einer Decke hin und her bewegte.

Kopfschüttelnd ließ Mena uns stehen, ging ins Bad und ließ das Badewasser ein. »Solange die Herren spielen, werde ich mir nun ein heißes, dampfendes Bad genehmigen, das meine z a r t e n Brüste nur knapp bedeckt«, rief sie uns zu. Kevin und ich nahmen keine Notiz mehr von ihr. Wir hatten nur noch Augen für Zelda. Wir spielten sogar eine Runde Pokémon; das hatte ich seit der sechsten Klasse nicht mehr getan.

»Jimmy, kannst du mir bitte ein Glas kalte Milch bringen?«, rief Mena in meine Richtung.

Moment mal, sie lag doch in der Badewanne? Oh, ich liebte Gott für diesen Moment! »Klar«, rief ich scheinheilig zurück und düste ab in die Küche. Ich füllte die Milch in ein besonders kleines Glas, damit sie mich wieder zu sich rufen konnte, und ging, ohne anzuklopfen ins Reich der badenden Königin. Mena hatte sich ganz klassisch die Haare hoch-gebunden und steckte bis zum Hals im Badeschaum. Ich war enttäuscht. Der blöde Schaum bedeckte alles. Als sie sich jedoch nach dem Glas streckte, konnte ich einen kleinen, aber feinen Blick auf ihre schönen Brüste erhaschen. Am liebsten hätte ich mir die Klamotten vom Leib gerissen und wäre zu ihr in die Badewanne gestiegen. Königin Mena trank die Milch auf ex aus und schickte mich wieder nach draußen.

»Wow!«, sagte ich leise, als ich auf Zehenspitzen zu Kevin zurückging. »Da hast du aber was verpasst, mein Sohn!« Ich gluckste wie ein kleiner Junge, der einen geheimen Schatz entdeckt hatte.

Kevin zuckte nur mit den Schultern und sah auf seine Armbanduhr. »Ich fahr jetzt nach Hause. Wenn ich gleich losgehe, erwische ich die S-Bahn um elf.« *(Oh Mann, jetzt war er eingeschnappt!)* Im Affentempo stieg er in seine Stiefel. Als er gerade nach seiner Jacke greifen wollte, stand plötzlich Mena vor uns. Sie hatte nur ein kleines Handtuch um ihren

Wahnsinnskörper gewickelt. Toll, wie eine Szene aus einem James Bond Film. »Du willst gehen?«, fragte Mena zuckersüß und sah zu Kevin hoch, der wie versteinert auf seine blöde Jacke starrte. *(Verdammt, jetzt würde er bestimmt bleiben!)*

»Ja, ich muss morgen auf meine kleine Schwester aufpassen«, sagte er zerknirscht. *(Ich glaubte ihm kein Wort!)*

»Bütte bleib!«, bettelte Mena und machte einen Schmollmund. Dann streckte sie sich und gab ihm einen *(für meinen Geschmack viel zu langen)* Kuss auf den Mund. Ich sah, wie Kevins Gesichtsfarbe von wandweiß zu hellrosa überging.

»Na schön!«, murmelte er und trat von einem Fuß auf den anderen. Nur mühsam versuchte er, sich ein Lächeln zu verkneifen. »Gut, ich bleib«, sagte er, zog seine Stiefel wieder aus und ging zurück in mein Zimmer.

»Okay, nachdem das geklärt ist«, sagte ich und klatschte in die Hände wie ein Sportlehrer, der seine Schüler zusammenrief. »Was machen wir jetzt?« Kevin legte sich auf mein Bett und blätterte in Mamas Zeitschrift *(Elegante Mode für Mollige)*.

Tja, was dann geschah, werde ich wohl nie vergessen …

»Wer von euch hat Lust, mich zu massieren?«, fragte Mena und warf das Handtuch aufs Bett.

Ich hörte auf zu atmen. »Du bist ja nackt!«, rutschte es mir heraus. Mena griff schnell nach dem Badetuch. »Soll ich mich wieder anziehen?«

»NEIN!«, riefen Kevin und ich gleichzeitig.

Sie, die angezogen schon irre sexy war, stand da mit ihren Wahnsinnskurven. Sie mit ihren traumhaft schönen Brüsten. Mena, Engelsgesicht. Schönste Frau der Welt – bitte zieh dich nie, nie wieder an! Ich glaubte durchzudrehen. Es war ja schon irre, wie sie einfach so dastand. Äonenlang. Verdammt, das war schon mutig! Dann nahm sie das Band aus ihrem Haar und ließ es fallen. Ich warf einen schnellen Blick auf

Kevin. Er lag da, als hätte man ihn in Bronze gegossen, mit diesem blöden Heftchen in der Hand.

»Hast du Massage-Öl?«, fragte Mena.

Blitzschnell griff ich nach einer Flasche Jojoba-Öl, das seit einem Jahr auf meinem Regal auf diesen Augenblick gewartet hatte. Ich hielt ihr die Flasche vor diese Nase und schaute dummdoof. Mena lächelte verführerisch. Kevin tat zwar unbeeindruckt, aber ich wusste, was in ihm vorging. Er gehörte zu den Männern, die ihre Geilheit gut verbergen konnten. »Great Passion Needs Great Control« war seine Devise.

»Kevin, würdest du bitte eine CD einlegen?«, fragte Mena. »Aber bitte nicht Rammstein!«

Alles klar! Sie war die Regisseurin, wir die Statisten.

»Warte«, sagte ich und fuhr mein Notebook hoch. Ich hatte eine Playlist speziell für diese göttliche Situation gemischt. Ich konnte ja nicht mit *Death Metall* eine Frau wie Mena verführen. Okay, so eine *Gothic-Tante* vielleicht schon. Spätestens jetzt war ich Wachs in ihren Händen. In diesem Moment hätte ich jedes Staatsgeheimnis ausgeplaudert. Ich räumte Mamas Zeitschriften vom Bett und sah Mena erwartungsvoll an. Sie zog amüsiert eine Augenbraue hoch und lächelte überlegen, so wie die Topmodels. Ich bildete mir sogar ein, dass ein Windhauch ihr Haar so sexy nach hinten blies. Mena begann sich das lange Haar seitlich zu einem Zopf zu flechten. Dann schritt sie langsam vorwärts, leise und leicht, so, als ginge sie über Wolken. Sie verströmte einen warmen, blumigen Duft, der an endlose Küsse und samtig warme Sommernächte erinnerte. Mena warf mir und Kevin noch einmal einen zuckersüßen Blick zu, bevor sie sich bäuchlings aufs Bett legte. Kevin, der sich immer noch gut im Griff hatte, zündete die verbliebenen Kerzen an und zog sich langsam aus. So, als wäre es das Normalste auf der Welt, legte er sich rechts neben sie aufs Bett und glotzte sie an. Ich zog mich nicht ganz aus, die Boxershorts behielt ich an und legte mich links neben Mena an die Wandseite. Bei *Nothing Else Matters*, dem vermutlich geilsten Song aller Zeiten, durfte ich James Samuel Owusu Menas göttlichen Rücken massieren. Kevin nahm sich ihre Beine vor. Ich hatte die allergrößte Mühe, meine Latte unter Kontrolle zu halten. Ich dachte an alles Mögliche: an die ultraböse Frau Jung aus meinem Kindergarten, an meine staubtrockene Nachbarin, Frau Süß, an Haushaltsreiniger und an *Margaret Thatcher*. Doch der Bengel da unten wollte einfach nicht gehorchen. Kevin dagegen ließ seine Hände mit der Hingabe eines Eunuchen über ihre Beine und Po gleiten. Wir hatten geile Musik, wir hatten gutes Licht und vor allen Dingen waren wir quasi nackt. Doch irgendwas in meinem Innern sagte mir, dass wir es nicht tun würden. Ich war Jungfrau. Kevin ebenso. Genau darin lag das Problem. Wir waren nicht erfahren genug, um ein Frau wie Mena zu verführen. Wollte sie es überhaupt? Ich meine, wollte sie es wirklich? Frauen seien diesbezüglich unberechenbar, sagt man. Vielleicht würde sie im letzten Moment mir und Kevin eine knallen und nie wieder mit uns sprechen. In Pornos war alles so unkompliziert. Da gingen Männer und Frauen reihenweise ein und aus und vögelten so nebenbei: im Treppenhaus, beim Friseur oder in der Einkaufsschlange.

Dann passierte es. Zufällig berührte ich Kevins Hand, als er oberhalb ihres Pos in die Nähe meines *Reviers* gerutscht war. Das war irgendwie eklig. Okay! Schnitt! Ich war raus! Und wenn ich es nicht konnte, konnte es Kevin viel weniger. Als ob Mena meine Gedanken erraten hätte, richtete sie sich plötzlich auf. »Ich bin müde, ich glaub, ich will jetzt schlafen.« Sie zog T-Shirt und Slip wieder an und legte sich ins Bett. »Danke für … für die Massage«, sagte sie noch und gab uns einen flüchtigen Gute-Nacht-Kuss. Das, was dann passierte, war genauso spannend wie das Einschlafritual von *George W. Bush*. Wir ließen die Kerzen weiter brennen, bis sie von alleine ausgingen. Die Musik lief über meinen PC, das würde dauern – vier Stunden hammergeile Love Songs, die nun als Einschlafhilfe verpulvert wurden.

Gegen morgen wachte ich auf, als ich ein leichtes Wiegen neben mir spürte, das von der Matratze ausging. Bei jeder Bewegung wurde ich mit bewegt. Ich hörte, wie Mena leise stöhnte und Kevin Grunzgeräusche von sich gab. Wahnsinn! Sie trieben es direkt neben mir und ich war überhaupt nicht eifersüchtig. Warum wurde ich nur so hin und her gepeitscht zwischen dem Gefühl, sie zu lieben und dem gleichzeitigen Verlangen, sie mit jemandem teilen zu wollen. Dann im nächsten Moment genau deshalb zu leiden. War ich am Ende pervers? Hey, dass die Liebe kompliziert ist, hatte ich nun wirklich kapiert, aber diese Vermischungen zwischen Liebe, Sex und Erotik waren mehr als verwirrend. Für einen Moment berührte Vivienne mit ihrem Fuß meinen Unterschenkel. War das Absicht? Oder hatte sie sich in ihrer Lust um ihre eigene Achse gedreht? Ich wagte es nicht, mich umzudrehen. Ich spürte nur pure Lust und mein Schwanz war zum Bersten steif. Dann explodierte ich, so leise ich konnte, kurz bevor Kevin kam.

Warum kam sie denn nicht? Ich erschrak. Hatten sie es am Ende mehrmals miteinander getrieben? Kevin flüsterte irgendwas, wahrscheinlich – *du bist so schön* oder so nen Scheiß, das sie mit kindlichem Gekicher quittierte. Wenig später hörte ich nur noch ihre Atemgeräusche. Das Liebespaar war eingeschlafen. Ich jedoch war hellwach. Mir ging alles Mögliche durch den Kopf. Vor allen Dingen, warum sie mit ihm und nicht mit mir geschlafen hatte. Ich beruhigte mich damit, dass Frauen während ihres Eisprungs einen eher männlichen Mann, also jemanden wie mich und in der restlichen Zeit einen Softie bevorzugten, also jemanden wie Kevin. Nachdem ich zur Sicherheit noch meinen Schwanz angefasst hatte und mich wieder einmal über seine Größe freute, schlief ich beruhigt ein.

Am nächsten Morgen hatte ich furchtbare Kopfschmerzen. Das Fenster war die ganze Nacht zu gewesen und die Heizung lief auf höchster Stufe. Außerdem hatte ich zu viel Bier gesoffen. Vermutlich waren die Turteltauben schon auf und stritten sich darüber, ob sie die Tomaten längs oder quer schneiden sollten. Mir fiel alles wieder ein. Die Milch, Menas Titten, Kevins öligen Hände und das Geficke direkt hinter meinem Arsch. Mit einem Mal spürte ich eine nahezu wahnsinnig machende Eifersucht in mir hochsteigen. Was war nur mit mir nicht in Ordnung? Ich war neben den beiden eingeschlafen, als ginge mich das Ganze nichts an.

Ich liebte sie doch!

Und jetzt?

Ich war so was von wütend.

Und enttäuscht.

Ich hasste Mena in diesem Moment.

Und ich hasste Kevin.

Aber am meisten hasste ich mich selbst.

Ich ging ins Bad. Hörte Kevin und Mena in der Küche mit Geschirr hantieren. Als ich unter der Dusche stand und das warme Wasser an meinem Körper entlang lief, ließ ich für einen kleinen Moment alles hinter mir. Mena. Kevin. Und auch mich selbst. Als ich später in den Spiegel blickte, kam ich meinem Bild so nah, dass ich erschrak. Dieses vertraute Gesicht eines jungen Mannes, der bewusst mit dem Feuer gespielt hatte.

Mena hatte nie von Liebe gesprochen.

Ich war es gewesen!

Ich, der alles wollte.

Alles in neun Tagen.

»Hey ihr beiden«, sagte ich kühl, als ich die Küche betrat und die Kühlschranktür aufriss. »Keine Milch!«, stellte ich fest und sah Mena böse an.

»Hier bitte«, sagte sie mit so leiser Stimme, dass es sich wie geflüstert anhörte und reichte mir die Milchflasche. Sie heftete ihre Augen auf ihre Kaffeetasse, während ihre Finger nervös mit dem Henkel herumspielten.

»Irre, ihr seid ja wirklich ein gutes Team«, sagte ich giftig und setzte mich an den gedeckten Tisch. Ich war kurz vor dem Explodieren, als ich die beiden nebeneinanderstehen sah, mit ihren blöden Tassen in der Hand! Ohne den Blick von mir abzuwenden, zog Kevin Mena an sich. Klar, er wollte zeigen, dass sie von nun an zu ihm gehörte. Sie waren nun ein Paar. Kevin und Mena. Mena und Kevin. Meine tollen Freunde! Und ich war überflüssig. Ein Loser. Eine Null.

»Und habt ihr nun genug gefickt oder gehts nach dem Frühstück gleich weiter!?«, fragte ich erschreckend ruhig und gefasst, doch in mir brodelte es wie in einem Vulkan.

Wut.

Enttäuschung.

Traurigkeit.

Alles auf einmal.

Ich wollte nur noch weg.

Dann spürte ich Menas Blick in meinem Gesicht. Wollte sie mir etwas sagen? Warum redete sie denn nicht? Sonst war sie ja auch nicht auf den Mund gefallen! Sie starrte mich nur an. Warum konnte ich ihr nicht in die Augen sehen? *Sie* musste sich doch schämen! Nicht ich!

Kevin nahm einen Schluck von seinem Kaffee. »Was ist denn nur mit dir los, Jim?«, fragte er, ruhig und freundlich wie immer. Ich hasste die Ruhe, die von ihm ausging.

Da verlor ich die Beherrschung. Ich schlug die Kaffeetasse aus seiner Hand und brüllte: »Und du? Du willst ein Freund sein? Haut endlich ab, ihr Schweine! Ihr widert mich an!«

Das wars.

Ich spürte immer noch Menas Blick auf meinem Gesicht. Ich weiß nicht, ob er wütend oder traurig war. In Kevins Richtung gewandt, sagte sie: »Komm, lass uns gehen!«

Zwei Minuten später hörte ich, wie die Tür ins Schloss fiel.

FUNKSTILLE

Wie in Trance starrte ich auf die Tasse mit den kleinen Herzen, aus der Mena noch vor wenigen Minuten getrunken hatte. Ich nahm sie zwischen meine Hände und führte sie an meine Lippen. Plötzlich musste ich weinen. Die Erinnerung an jenen beklemmenden Tag, als ich in diese neue Schule musste, stieg in mir hoch. Es war in der fünften Klasse. Alles war neu. Die Schüler, die Lehrer – einfach alles. Im Bus auf dem Weg nach Hause heulte ich, bis meine Mutter von der Arbeit nach Hause kam und mich ins Bett legte.

Jetzt, sieben Jahre später, lag ich schluchzend auf dem kalten Küchenfußboden und wollte nur noch sterben. Nach einer Ewigkeit, mein Kopf fühlte sich inzwischen wie Blei an, griff ich nach meinem Handy und wählte Menas Nummer. Sie ging nicht ran. Klar. Sie brauchte mich jetzt nicht mehr. Warum war ich nur so ausgeflippt? Früher hatte ich mich gut im Griff, bevor die Sache mit der Liebe kam. Und ich hatte mich lustig gemacht über Filme wie *Love Story*, *P.S. Ich liebe Dich* oder *Wie ein einziger Tag*. Mir haben diese Filme gefallen, aber zu Tränen gerührt haben sie mich nicht. Wenn es einen selbst trifft, gibt es kein oben und kein unten mehr. Nichts ist mehr wie sonst. Ich lag auf dem kalten Küchenfußboden und krümmte mich vor Schmerzen, die so neu waren. Nun verstand ich, warum es in den meisten Songs um Liebe ging. Dann fing ich an zu beten. Ich, der nicht an Gott glaubte, betete. Betete Mena wieder sehen zu dürfen. Ich war patschnass, hatte geschwitzt und mir war kotzübel. Diese zehn Minuten auf dem Boden fühlten sich wie zehn Stunden an.

Allmählich beruhigte ich mich und fühlte, wie neues Leben in mir hochstieg. Mein Herz gehörte wieder mir, und der kalte Schweiß, der auf meiner Stirn verdunstete, wirkte nun wie eine frische Brise. Ich atmete tief durch und ging aufs Klo. Dann legte ich mich ins Bett. Ganz langsam. So wie es alte Leute tun. Wenn sie ihre Bettdecke zurückschlugen, sich auf den Bettrand setzten, die Hausschuhe abstreiften und sich mit Schmerz verzerrtem Gesicht ins Bett fallen ließen, weil immer etwas wehtat. Ich schlief sofort ein.

Gegen zwei Uhr morgens wachte ich auf.

Einige Sekunden lang war meine Welt in Ordnung, bis mir einfiel, was geschehen war. Dann weinte ich. Geliebte, heilsame Tränen. Mein Körper krümmte sich vor Schmerzen wie der eines Junkies, der einen Turkey hat. Ein gebührender Vergleich, wenn man bedenkt, dass der plötzliche Entzug von der Geliebten *(noch vor wenigen Momenten Quell von Glück und Geborgenheit)* einem schmerzhaften Drogenentzug gleich kam. Etwas später kratzte Mogli an meinem Fenster. Vermutlich hatte Madame Lucienne wegen der Kälte ihr Schlafzimmerfenster geschlossen. Moglis Heimweg ging über einen Baum, der direkt zu Frauchens Schlafzimmer führte. Normalerweise nervte mich Mogli, weil er immer wieder rein und raus wollte. Aber heute war er das schönste Wesen der Welt für mich. Ich machte eine Dose *Whiskas* für ihn auf, goss mir selbst Whiskey aus der Bar meiner Eltern in ein großes Glas und ging zurück ins Bett. Nachdem Mogli alles brav aufgefressen und die Wohnung inspiziert hatte, legte er sich in Löffelchenstellung zu mir ins Bett und ließ sich ausgiebig kraulen. Er schnurrte diesmal besonders laut und lang. Gott, das half. Und wie es half. Irgendwann wollte er wieder raus. Ich machte das Fenster auf und weg war mein kleiner Retter in der Not.

Am nächsten Morgen.

Meine Kopfschmerzen waren verschwunden. Körperlich fühlte ich mich gut, doch in Sekundenschnelle holte mich die Traurigkeit wieder ein.

Ich konnte nichts machen.

Ich konnte einfach nichts machen.

Ich musste warten.

Warten.

Scheiß warten!

Vielleicht würde sie sich ja umbesinnen? Sie würde aufwachen und zu mir zurückkehren. Ich würde sie in den Arm nehmen und sie küssen. Würde sie in mein Bett tragen und sie zudecken, meinen Kopf an ihre Brust legen, würde ihren Herzschlag hören, und alles wäre wieder gut. Sie kam nicht wieder.

Drei Stunden und viele Tränen später.

Ich kochte mir eine Kanne Kaffee und hörte Musik. Erst *Rammstein,* dann *Nirvana,* dann die *Toten Hosen* und schließlich *Bad Religion.* Natürlich drehte ich den Regler auf laut. Sonst nahm ich Rücksicht auf die Nachbarn, aber heute war mir alles egal. Ich hätte mich sogar dafür verhaften lassen. Als ich rausging, um den Müll wegzubringen, kam mir die Strafe in Gestalt von Frau Süß entgegen.

»Gut, dass ich dich treffe«, sagte sie spitz. Sie trug eine Stoffhose mit Bügelfalte, eine kackbraune Steppjacke und winterfeste Boots. Frau Süß war eine angesehene Frau hier in *Poing*. Und bibelfest! »Also, das geht so wirklich nicht, Jim!«, sagte sie mit Kammerzofen-Blick und presste ihre Lippen so fest aufeinander, dass ich sie beinahe ausgelacht hätte, obwohl ich doch wegen meines Liebeskummers kein Recht aufs Lachen hatte.

»Wie bitte?«, ich schloss meine Haustüre ab und schaute sie verwundert an. »Ich kann Sie nicht hören!«

Frau Süß *(wieder einmal wunderte ich mich über die »grande differente« zwischen Familiennamen und der äußeren Erscheinung)* wippte vor Empörung auf ihren Fußballen hin und her. »Die Musik … sie ist zu LAUT«, rief sie und hielt die Hände vor den Mund, als würde sie mit einem Megafon in mein Ohr plärren. Sie schielte auf meinen Mülleimer, worin sich nur leere Wein- und Bierflaschen befanden. »Gütiger Gott!«, sagte sie, blickte hoch zum *Ersten Besten* und bekreuzigte sich sicherheitshalber drei Mal, bevor sie energisch auf den Fahrstuhlknopf drückte.

»Es tut mir leid, Frau Süß«, sagte ich und meinte es auch so. Immerhin, sie hatte mich etwas von meinem Kummer abgelenkt. Ein kluger Mensch hatte einmal gesagt, sag die Wahrheit und lächle und die Welt wird sich verändern. »Ich hatte großen Kummer … Da half nur die Musik«, sagte ich und lächelte sie an.

»Nun ja …« Frau Süß war wie ausgewechselt. »Wir waren alle einmal jung. Das geht vorüber«, sagte sie sanft und berührte kurz meinen Arm. Dann wieder etwas strenger, aber immer noch süß genug: »Du musst dich trotzdem an die Ruhezeiten halten!« Der Fahrstuhl kam und Frau Süß fuhr hoch Richtung Himmel.

Zwei Stunden später.

Am selben Abend fuhr ich zum Ostbahnhof, zu Menas Haus, nur um in ihrer Nähe zu sein. Es war bitterkalt, aber das war mir egal. Ich rief sie von dort aus an, als ob ich sie dadurch betören könnte. Sie ging nicht ran. Ich bildete mir ein, dass die Zeit schneller verging, wenn ich in Bewegung war. Also fuhr ich die nächsten zwei Tage mit der U-Bahn durch die Gegend und suchte in jeder Brünetten Menas Gesicht. Ich war so durcheinander, dass ich einem Mädchen, das ihr besonders ähnlich sah, bis zur Endstation folgte. Ich fuhr den ganzen Weg zurück und weinte. Weinte, bis eine ältere Frau mich fragte, ob sie etwas für mich tun könne. Ich schüttelte den Kopf und stieg in der nächsten Station wieder aus. Dann ging ich den ganzen Weg zu Fuß nach Hause.

Die Tage danach verliefen ruhig.

Ich hörte auf, durch die Stadt zu irren, und traf mich mit Flo. Zwischendurch kam Magda vorbei. Wir zockten. Ein anderes Mal traf ich mich mit Steve, nur um zu saufen.

Silvester nahm mich Steve mit auf eine Party zu seiner großen Schwester. Sie war Anwältin und lebte mit ihrem Verlobten in einer schicken Altbauwohnung in Schwabing. Ich unterhielt mich mit einem Mädchen, an dessen Namen ich mich nicht mehr erinnern kann. Um zwölf Uhr, als alle rausliefen, um ihre Döller anzuzünden, zog sie mich an sich und steckte mir ihre Zunge in den Hals. Ich hätte sie möglicherweise ficken können. Aber ich wollte nicht. Ich wollte Mena. Sonst keine! Irgendwann hatte ich genug von der Party. Langweilige Leute. Langweilige Gespräche und nicht eine Frau, die mich halbwegs interessierte. Ich verabschiedete mich von Steve und seiner Schwester: »Tolle Party«, sagte ich. »Danke noch mal für die Einladung!« Ich stieg die Treppe des edlen Altbaus hinab und atmete tief durch, als ich wieder draußen war. Am Hauptbahnhof blieb ich vor einer Bar stehen. Hier würde mich keiner wegen meines Alters anmachen. Nicht an Silvester!

Zehn Minuten später.

Die Bar war total verqualmt. Aus den Lautsprechern dröhnte Party-Musik und zwei Typen in Jogginghosen und Muskelshirts spielten Poolbillard. Ich nahm an der Bar Platz. Der Barkeeper, ein dicker Mann mit Vollbart und Hals-Tattoo, hob leicht den Kopf.

»Scotch«, sagte ich. »Scotch auf Eis.« (*Das wollte ich schon immer mal sagen.*) Ich zog zehn Euro aus meiner Jeans und legte sie dem Bärtigen hin.

Am anderen Ende des Tresens saß eine Frau, Anfang vierzig lange, rote Locken, etwas mollig, mit blassem Gesicht und schön geformten Lippen. Moosgrünes Stretchkleid, breiter Gürtel. Sie hatte das Gesicht auf eine Hand gestützt und rauchte eine Zigarette. Als sich unsere Blicke kreuzten, trank sie ihr Glas leer, wischte sich den Mund ab und kam mit wiegenden Hüften auf mich zu. Sie lächelte, als sie vor mir stand. Eine Hand war auf die Hüfte gestützt.

»Alles klar bei dir?«, fragte sie.

Ich wich zurück. Noch nie hatte mich eine Frau ihres Alters so angesehen. Sonst sahen mich Frauen wie einen Jungen an. Aber diese Frau musterte mich aus ihren glasigen

Augen wie jemand, der mit dem Kauf eines Zuchtpferdes liebäugelte.

»Wer sind Sie?«, fragte ich.

»Maria«, sagte sie. »Und du ... wer bist *du*?«

»Jim«, sagte ich und nahm einen Schluck.

Die Fremde roch nach Alkohol, Einsamkeit und Tabak *(Mena rauchte auch, aber sie liebte ich.)*. Maria drückte ihre Zigarette aus. »Bist schlecht drauf, was? Schätze mal Liebeskummer?« Sie lachte.

»Nein!«, plötzlich war ich mehr als genervt. Wenn ich trank, wurde ich manchmal traurig, auch mal aggressiv. Meist nur müde, aber niemals fröhlich ausgelassen, so wie die anderen. »D-das bin ich nicht!«

»Warum bist du dann hier?«

Ja, warum war ich hier? Vermutlich wollte ich unter Menschen sein, die *nicht* von Geldanlagen und Gesetzestexten sprachen, wie auf der Party vorhin.

»Du hast tolle Augen«, sagte Maria und sah auf meine Hose. Dann wendete sie sich dem Bärtigen zu, der gerade ganz klassisch Gläser abtrocknete. »Hey Kurti, wie findest du meinen neuen Freund? Ist er nicht unglaublich schön?« Kurti sah mich kurz an, ohne auch nur den Hauch eines Ausdrucks, dann widmete er sich wieder seinen Gläsern. Maria lachte laut auf und warf ihren Kopf in den Nacken. »Süßer, du willst doch an Silvester nicht alleine sein?« Sie legte ihren Arm auf meine Stuhllehne. »Wie heißt du eigentlich?«

»Jim ... Sagte ich doch bereits!«

»Und, wie alt sind wir?«

Ich antwortete nicht.

»Wer hat dir nur so wehgetan? Hm?«, fragte sie. Ihre Stimme klang nun warm und weich.

»Ich weiß nicht, wovon Sie reden«, sagte ich.

»Hab schon verstanden … Ich gefall dir nicht. Bin dir zu alt und zu fett, was?«, sagte sie und wippte mit ihrem Kopf. Dabei klopfte sie dauernd die Asche von ihrer Zigarette ab.

Ich antwortete wieder nicht.

»Stimmt es, was man über schwarze Jungs sagt?«, fragte sie und legte ihre Hand auf meinen Oberschenkel. Ich sah sie irritiert an und wich ein wenig zurück, obwohl es mich ziemlich anmachte.

Draußen vor der Bar standen zwei Frauen mit ihren High Heels und Glitzertaschen. Mit angezogenen Schultern qualmten sie eine Zigarette und redeten über Männer.

»Hey warte … nicht so schnell«, rief Maria und lief mir mit ihren hochhackigen Stiefeln hinterher.

»Was wollen Sie denn?«, schrie ich sie an, als sie mich eingeholt hatte, und ging weiter die Straße entlang.

»Hat dir denn deine Mama nicht beigebracht, dass man Damen höflich behandelt?«, rief sie mir hinterher.

Ich blieb augenblicklich stehen. »Tut mir leid. So bin ich normalerweise nicht.«

»Nein, so bist du nicht … Sollen wir uns ein Taxi teilen?«, fragte Maria erwartungsvoll.

»Nein.«

Zwanzig Minuten später.

»So, da wären wir«, sagte Maria, während sie die Haustüre eines Hochhauses aufschloss. Im Treppenhaus roch es nach Katzenpisse und süßem Parfum. Eine Tür wurde geöffnet. Ein kleiner, glatzköpfiger Mann mit Nickelbrille streckte seinen Kopf heraus wie eine Schildkröte und starrte uns an. Seine Augen flirrten hin und her.

»Das ist Herr Kohlschink. Er sieht nur nach dem Rechten«, sagte Maria nicht gerade leise. »Hey, Kohlschink, Lust auf einen Dreier?«, rief sie ihm entgegen und rubbelte ihre Brustwarzen. Kohlschink verzog das Gesicht und schlug seine Wohnungstüre zu.

»Komm schon Kleiner«, rief Maria. Sie warf ihre Handtasche auf einen Sessel und ging zur Küchenzeile. »Ich mach uns erst mal Kaffee«, sagte sie und verschwand hinter der Anrichte, die gleichzeitig als Raumteiler diente. Die Wohnung sah übel aus. Bei mir sah es auch oft übel aus, aber nie so lange, dass es anfing zu stinken. Überall lagen leere Weinflaschen und schmutzige Wäsche. Der Boden war klebrig und auf dem Esstisch türmte sich schmutziges Geschirr. Eine angeknabberte Pizza lag neben dem Sofa auf dem Boden.

»Kann ich mal ins Bad«, fragte ich. Mir war schlecht.

Das Bad war blitzsauber. Über dem Waschbecken hing ein Spiegelschrank, darunter auf der Ablagefläche standen in gleichmäßigen Abständen Zahnputzbecher, rosa Zahnbürste, Deo, Gesichtscreme mit Rosenblütenaufdruck und eine Porzellanschale für Ohrschmuck. Rosa Frotteebezug auf der Klobrille und auf dem Boden rosa Badezimmerteppiche. Natürlich war auch der Duschvorhang rosa. Ich wusch mir Hände und Gesicht und betrachtete mich im Spiegel. Mein erster Gedanke war Mena. Was sie wohl gerade machte? Bestimmt war sie zusammen mit Kevin auf einer rauschenden Silvesterparty, während ich hier mit einer fremden Frau herumhing und nur noch kotzen musste.

»Kaffee ist fertig«, rief Maria in meine Richtung.

»Bin gleich da«, rief ich lustlos zurück.

Während ich im Bad war, hatte Maria aufgeräumt. Das Zimmer sah jetzt viel größer aus. Im hinteren Bereich, gleich neben der Badtür, befand sich die Küchenzeile. Vor der

Fensterfront stand ein großes Bett mit Fellüberwurf. Rechts ein altes Klavier. Daneben Regale und Grünpflanzen.

Maria reichte mir den Kaffee. »Bitte sehr«, sagte sie.

»Danke …«, ich sah zur Seite.

»Maria … ich heiße Maria!«

»Maria«, fing ich an und rülpste.

Maria rülpste zurück. Wir mussten beide darüber lachen.

»Also Maria«, begann ich von Neuem. »Wohnst du alleine hier?«

Maria nickte. »Wie ist es mit dir? Hast du eine Freundin?«, fragte sie. »Nein, du hast keine Freundin. Du hast diesen traurigen Ausdruck in deinen Augen.«

Ich sah mich nach einem Sitzplatz um.

»Warte«, sagte Maria und machte den Sessel frei.

»Du liest viel«, stellte ich fest. Sie hatte keinen Fernseher.

»Du etwa nicht?«

Ich zog die Mundwinkel nach unten und hob den Kopf. Maria steckte sich eine Zigarette an. Ich gab ihr Feuer und musste wieder an Mena denken. Das tat so weh, dass ich am liebsten aufgestanden und weggerannt wäre.

»Willst du hier schlafen?«

»Nein.«

»Warum nicht?«

»Weil wir uns nicht kennen!«

Maria lachte laut auf. »Glaubst du, ich fall über dich her? Ich gefall dir nicht, hab ich recht? Dann der Altersunterschied …«

Ich schwieg.

Maria blies den Rauch aus. Sie versuchte, cool zu wirken, aber ich erkannte, dass mein Schweigen sie verletzt hatte.

»Du bist eine sehr schöne Frau, Maria … Wirst es immer sein, egal wie alt du bist.« Das war nicht gelogen. »Ich bin nur schrecklich müde … ich will mich nur einen Augenblick hinlegen«, sagte ich. Maria deutete auf ihr Bett.

Zwei Minuten später war ich eingeschlafen.

Ich träumte von Mena. Sie hatte gerade geduscht. Ich lag nackt auf dem Bett und beobachtete sie, während sie ihren Körper mit Bodylotion eincremte. »Warte, bis meine Creme eingezogen ist«, sagte sie. Dann knipste sie das Licht aus und verschwand aus meinem Traum.

Ich wachte auf und wusste nicht, wo ich war. Ich blickte zur Decke, dann nach unten und sah, wie Maria meinen Schwanz in den Mund nahm.

»Was machst du da?«, fragte ich noch völlig belämmert von dem Traum und dem vielen Alkohol, den ich noch intus hatte. Warum wollte ich, dass Maria aufhörte? Ich sah wieder Menas Gesicht vor mir und eine Mischung aus Traurigkeit und Wut stieg in mir hoch. Hatte sie sich Gedanken darüber gemacht, wie es *mir* ging, als sie mit Kevin geschlafen hatte?

Maria hörte augenblicklich auf.

»Ich war in der Bar, weil es mir schlecht ging … wegen Mena, so heißt sie …«, erklärte ich.

»*Mena* also«, sagte Maria nachdenklich, während sie meinen Oberschenkel streichelte. »War sie deine erste große Liebe?«

»Ja.«

»Sie wird immer deine größte Liebe bleiben, Jim.«

Mit einem Mal war Maria in meinen Augen die begehrenswerteste Frau der Welt. Warum stellte ich mich nur so an? Sie und ich waren doch erwachsene Leute. Ich grinste in mich hinein. Ich musste an das Gesicht von Herrn Kohlschink denken, als er empört die Tür zugeschlagen hatte.

»Leg dich hin«, flüsterte Maria. Ihr Kopf lag nun auf der Höhe meines Beckens. Maria schmunzelte, als sie meine Erektion sah.

»Darf ich?«, fragte sie grinsend und warf ihre langen Locken zur Seite.

»Komm hoch … ich will dich sehen …«, sagte ich und versuchte aufzustehen.

»Scht«, machte Maria. Sie drückte meinen Oberkörper vorsichtig zurück aufs Bett und zog meine Boxer-Shorts ganz aus. Ich spürte ihre weichen Locken auf meinem Körper. Diesmal ließ ich es geschehen. Maria hielt sich zurück. Anfangs. Doch dann ließ auch sie sich fallen, sie streichelte, küsste, leckte und saugte ihn, bis ich kam.

Etwas später.

Maria griff nach der Zigarettenschachtel, die auf dem Nachttisch lag, hielt kurz inne und legte die Schachtel gleich wieder zurück auf den Tisch.

»Du musst auf mich keine Rücksicht nehmen«, sagte ich beinahe zärtlich.

»Doch das muss ich«, meinte Maria.

Danach lagen wir eine Weile regungslos da.

»Du bist unglaublich!«, sagte ich und streichelte ihre Locken. Sie lag immer noch unten. »Komm her«, sagte ich und zog sie zu mir hoch. Sie schaute mich mit großen Augen an, so als wollte sie fragen: *War ich gut?*

»Maria, das war … Etwas Schöneres hab ich noch nie …«

Maria lächelte und schmiegte sich fester an mich. Gedankenverloren zeichnete sie mit ihrem Finger Buchstaben auf meine Brust. Dann schlüpften wir unter die Bettdecke, legten uns seitlich hin und schauten uns an.

»Wusstest du, dass die meisten Menschen sich nie wirklich tief in die Augen schauen?«, fragte Maria. Ihr Kopf lag auf ihren gefalteten Händen. »Dabei ist das so sexy!« Mit einem Mal war ich wieder traurig und meilenweit von Maria entfernt. »Du musst immer wieder an sie denken, hab ich Recht?«

Ich nickte und hatte Tränen in den Augen.

»Willst du darüber reden?«

»Nein. Erzähl mir lieber von dir«, sagte ich und schaute sie gespannt an.

Maria lachte bitter. »Wow … So was hat noch nie ein Mann zu mir gesagt. Die meisten Männer wollen es so schnell wie möglich hinter sich bringen.«

»So wie Herr Kohlschink?«, fragte ich und grinste sie an. Wir lachten über unseren ersten kleinen Witz.

»Was machst du beruflich?« Ich richtete mich auf, schob mir ein Kissen hinter meinen Rücken und lehnte mich behaglich an das Kopfende des Bettes zurück.

»Ich arbeite im *McDonald's*. Am *Stachus*«, sagte Maria und richtete sich ebenfalls auf.

»Und?«, fragte ich und rutschte näher an sie heran.

»Ich mache die Nachtschicht. Oben in Café.«

»Und du?«

»Ich bin Schüler. Bin auf der FOS.«

»Oh … da komm ich mir jetzt etwas …«

»Nein, sag das nicht …«, ich streichelte zärtlich über ihre Wange.

»Wie alt bist du?«, fragte Maria die unausweichliche Frage und schmunzelte in sich hinein, wie ein kleines Kind, das heimlich Süßigkeiten genascht hatte.

»In zwei Monaten bin ich *endlich* achtzehn!«

Maria drückte beide Hände vor ihr Gesicht und machte Augen, als habe sie ein Gespenst gesehen.

Ich lachte. »Waas? Ich seh doch älter aus, oder?« Maria nickte und ihre Augen leuchteten.

»Willst du mal studieren?«

»Glaub schon … Erst mal will ich für ein Jahr nach Australien.«

Maria streichelte meinen Arm. »Weißt du, Jim. Wenn es zwischen euch Liebe war, werdet ihr irgendwann wieder zueinanderfinden. Daran musst du immer glauben. Aach … du hast noch das ganze Leben vor dir … Lass es krachen, Alter!«

Wir süß sie war! Sie musste schon verdammt viel durchgemacht haben. Nicht nur in Liebesdingen. Ich wunderte mich über sie. In der Bar war sie so verwegen und direkt gewesen. Jetzt lag sie neben mir und sah mich an mit ihren großen grünen Augen. Ganz wie ein kleines Mädchen, das Schutz suchte. War das das Geheimnis der Frauen? Brauchten sie wirklich eine Schulter zum Anlehnen, wie es in den Schlagern immer zu hören war? Oder wollten Frauen beides. Bedingungslose Freiheit und völlige Hingabe, in dem *du*?

»Woran denkst du?«, fragte Maria.

»Ach, nur an ganz große Dinge.« Ich lächelte sie an. »Wie ist es mit deinem Job? Magst du ihn?«, fragte ich und küsste ihre Hand, die sich durch meine Brusthaare schlängelte.

»Machst du Witze? Ich … liebe … ihn«, sagte sie. »Es ist so … nachts, wenn die Stadt schläft, sind so tolle Leute unterwegs … Da ist die Autorin, die ihre Bücher bei uns schreibt. Oder Leni, eine Obdachlose … Den Kaffee schenken wir ihr. Der Chef weiß das, sagt aber nichts …«

Maria richtete sich ganz auf und schob mir ein weiteres Kissen hinter meinen Rücken. Dabei entblößte sie ihre Brüste. Ich war so was von scharf auf sie. Maria lächelte. »Jim, du kannst mich ruhig anfassen … schlaf mit mir … oder tu es nicht. Ich kann damit umgehen. Wir können auch die ganze Nacht reden.«

»Reden?«, fragte ich, als hätte man mir Glaubersalz zu trinken angeboten. Sie ahnte nicht, was sie mit diesen Worten in mir auslöste. Es war schön, von einer Frau zu hören, dass man solche Dinge gechillt angehen könne. Mena hatte auch nie Druck ausgeübt. Bei dem Gedanken an sie fühlte ich den bekannten Stich im Herzen. Ein stumpfer Schmerz, der nun wohl zu mir gehörte. Maria griff nach meiner Hand und führte ihn an ihre Brust. Ihre Brustwarzen verhärteten sich augenblicklich. Ich schluckte. Einige Sekunden lang ließ ich meine Hand dort und wusste nicht, wie ich mit der Situation umgehen sollte. Mein Kopf und mein Schwanz schienen nicht am gleichen Strang zu ziehen. Ich schloss für einen Moment die Augen und atmete tief durch. Ich fühlte Marias Blick auf mir ruhen. Ein freundlicher, warmer Blick. Weiblich. Sinnlich. Unverkrampft. Schon jetzt liebte ich Marias weiche, warme, schwere Brust in meiner Hand und ich glaubte, ihren Herzschlag zu spüren.

Dann stand die Zeit still.

»Du bist wunderschön …«, sagte Maria und streichelte meine Augenbrauen. »Es ist wie bei einem Tanz, Jim. Man bewegt sich miteinander, den Rhythmus jedoch bestimmen unsere Körper nicht wir.«

Ich nickte leise, nahm ihr Gesicht zwischen meine Hände und öffnete mit meinem Mund ihre weichen, sinnlichen Lippen.

In dieser Nacht hatte ich zum ersten Mal Sex. Mit einer Frau, die mehr als doppelt so alt war wie ich, und es fühlte sich großartig an!

BANDSHIT

Am nächsten Tag.

Gegen Mittag klingelte das Festnetztelefon. Es war Erik.

»Jim, wir müssen mit dir reden«, sagte er mit Grabesstimme.

»Gutes neues Jahr auch!«, gab ich zurück. Ich ahnte nichts Gutes.

»Können wir vorbei kommen. Till und ich?«

Eine Stunde später.

»Worum gehts?«, fragte ich zur Begrüßung, als Erik und Till sich vor der Wohnungstür den Schnee von den Schuhen ausklopften und in die Diele eintraten.

»Schuhe ausziehen ... Bitte!«, sagte ich. Dad würde bald da sein, und ich hatte keine Lust, noch mal die Diele auszuwischen. »Wo ist Flo?«, fragte ich und schaltete die Kaffeemaschine ein.

Erik und Till warfen sich Blicke zu.

Mir fielen etliche Filmszenen ein. Immer, wenn jemand eine schlechte Nachricht überbringen musste, öffnete eine ältere Frau die Tür und fragte sofort: »Was ist passiert?« Jetzt war ich die ältere Frau und stellte diese Frage.

»Nichts«, sagte Erik. »Es ist keiner gestorben oder so.«

Ich war erleichtert. »Wollt ihr Kaffee?«

»Nein«, sagten beide gleichzeitig. Dann stand Erik auf, ging zum Kühlschrank und holte eine große Cola raus. Er hielt die Flasche in die Luft und sah mich fragend an. »Ich darf doch.«

»Klar«, sagte ich und stellte zwei Gläser auf den Tisch. »Was ist jetzt?«

»Wir haben Flo raus geschmissen«, sagte Erik und trank die Cola in einem Zug aus.

Ich verschluckte mich an meinem Kaffee. »Was?«

»Er hat einfach keinen Drive mehr«, Till lehnte sich selbstgefällig in seinen Stuhl zurück.

»Ihr habt sie wohl nicht mehr alle!«, rief ich. »So geht man doch nicht mit Bandkollegen um. Verdammt, warum kommt ihr dann überhaupt zu mir? Ihr habt mich ja gar nicht in die Sache mit eingebunden!« Ich stand auf und stellte mich mit verschränkten Armen ans Fenster. »Flo ist der beste …«

»Es gibt Gitarristen wie Sand am Meer!«, sagte Erik kalt, dann etwas freundlicher. »Natürlich hast du recht, Jim. Wir hätten so eine Entscheidung gemeinsam … mit dir treffen müssen. Aber dein Handy war dauernd aus.«

Ich nickte. »Ich war schlecht drauf. Aber trotzdem. Das hätte warten können.«

»Komm schon Jim. Das ist nicht das Ende der Welt …«

Erik konnte mich mit seiner relaxten Art heute nicht umstimmen.

»Es gibt Gitarristen wie Sand am Meer!«, sagte Erik kalt, dann etwas freundlicher. »Natürlich hast du recht, Jim. Wir hätten so eine Entscheidung gemeinsam … mit dir treffen müssen. Aber dein Handy war dauernd aus.«

Ich nickte. »Ich war schlecht drauf. Aber trotzdem. Das hätte warten können.«

»Komm schon Jim. Das ist nicht das Ende der Welt …« Erik konnte mich mit seiner relaxten Art heute nicht umstimmen.

Ich schnaufte gereizt. »Stewart war bis zu seinem Tod Tourmanager, Live- und Studiomusiker bei den Stones. Wir wollen doch jetzt nicht anfangen, Erbsen zu zählen«, sagte ich. »Hey, die Stones sind alles andere als Vorzeigehelden … Ich will doch nur sagen, dass bei ihnen auch alles Mögliche dazwischen kam. Managementprobleme, Frauen, Drogen, bessere Musiker. Natürlich haben sie sich ständig gestritten. Das tun sie heute noch.« Ich sah von Till zu Erik. Ich war durcheinander und mir tat Flo endleid. »Aber sie sind zusammengeblieben. Und das seit 45 Jahren. Schaut euch doch mal ein Konzert an.«

Erik warf mir einen genervten Blick zu. Ich wusste, dass ich nicht zu bremsen war, wenn es um die Rolling Stones ging. Und meine *Hurra-Patriotischen-Lobeshymnen* gegenüber den Stones waren ein wenig überzogen und pathetisch, aber … aach, es gab kein aber! Nicht in diesem Moment! Ich hatte die ganze Zeit an der Küchenzeile gestanden. Nun setzte ich mich zwischen Erik und Till an den Tisch und sagte: »Schaut doch mal in Keiths und Micks Gesicht. Sie verstehen sich ohne Worte! Hey, nicht mal Ehen halten so lange. Wer weiß, vielleicht sind sie in 2020 noch zusammen. Alter, dann ist Mick Jagger fast 80.«

Erik sah angestrengt auf den Boden. Dann hob er den Kopf und sagte: »Das bei den Stones waren andere Zeiten.«

»Das ist nicht wahr, und du weißt es. Was ist, wenn du mal ...« Ich sah kurz zu Till. »Keinen Drive mehr hast. Fliegst du dann auch raus?« Keine Antwort. »Den Gig nächste Woche können wir knicken«, schloss ich meinen Monolog.

»Oh, der geht in Ordnung«, meinte Till.

»Wieso habt ihr etwa einen neuen Gitarristen ...?«

»Wir ...«, begann Erik. »Haben vor einiger Zeit Michi ... Ein super Gitarrist ... Jim, hör doch zu ...«

Till brach mitten im Satz ab. Mein Gesicht verriet, wie schockiert ich war. Ich hatte genug von den Jungs und ihren miesen Machenschaften.

»Ich will, dass ihr jetzt geht«, sagte ich betont ruhig.

»Beruhig dich doch.« Erik legte seine Hand auf meinen Oberarm.

»Raus hier!«, schrie ich.

»Können wir später ...«

»Verschwindet!«, brüllte ich und hörte, wie zwei Minuten später die Tür ins Schloss fiel.

Ich rief gleich Flo an.

»Sie waren bei mir.«

»Tja.«

»Tja!«

»Was haben sie gesagt?«

»Nur Scheiße. Ich bin ausgestiegen.«

»Echt?«

»Echt!«

»Und jetzt?«

»Ich werde eine eigene Band gründen. Wenn du willst, kommst du zu mir ... oder auch nicht ... wir hätten dann immer noch unser Jammen ...«

»Jim!«

»Ja?«

»Du bist ein echter Freund!«

»Du auch Flo!« Ich freute mich über seine Worte. »Mein Vater kommt heute zurück. Wenn du magst …«

»Danke Jim. Dein Vater wird froh sein, wenn er mit dir alleine sein kann.«

»Komm doch morgen vorbei.«

»Gut.«

»Flo.«

»Ja.«

»Bring die *Gibson Les Paul* mit.«

»Die hab ich doch gar nicht.«

Ich lachte. »Ich weiß. Aber eines Tages wirst du sie haben.«

Nachdem ich aufgelegt hatte, fiel mein Blick auf den Karton mit dem Weihnachtsschmuck, den mir Madame Lucienne mitgegeben hatte. Oh Gott, ich hatte mein Geschenk total vergessen! Ich ging in die Knie und wühlte darin herum. Je älter ich wurde, desto kleiner wurden die Verpackungen. Diesmal war das Päckchen so groß wie ein Taschenbuch. Es war in Zeitungspapier eingewickelt. Anstatt Schleife hatte Madame Lucienne eine Paketschnur verwendet. Trendy! Ich öffnete das kleine Päckchen und zum Vorschein kam ein Handy. Ein *Sony Ericsson K801a*. Wow! Die amerikanische Ausgabe. Wie geil war das denn?

»Für Dich, lieber Jim«, stand auf einer schönen blauen Karte. »Ein Fotohandy mit integriertem MP3-Player, Radio, Diktiergerät und Feedreader. Du kannst Einzelbilder oder auch Videos damit drehen. Es hat eine sogenannte Best-Pic-Function, was immer das auch bedeutet. Na ja, die Gerätebeschreibung liefert dir ja alle Daten. Frohe Weihnachten mein Lieber!

Deine Gisela Lutzien.«

Oh Mann! Jetzt fühlte ich mich aber schlecht. Ich hätte das Päckchen gleich öffnen sollen. Ich holte den schönen Briefblock meiner Mama aus dem Wohnzimmerschrank und schrieb Madame Lucienne gleich einen Dankeschön-Brief.

Liebe Frau Lutzien,

bitte entschuldigen Sie, dass ich mich erst jetzt melde und mich für das Wahnsinnsgeschenk bedanke. Ich habe das Handy soeben ausgepackt und kann es kaum erwarten, es einzusetzen. Ich schätze, ich werde heute mit dem Handy in der Hand einschlafen. So wie damals, als Sie mir die tollen Turnschuhe mit der Lichtleiste geschenkt hatten. Ich war sehr niedergeschlagen wegen Mena. Ich glaube, Sie ahnten so was. Und ja, Sie hatten recht! Wir hatten mit dem Feuer gespielt und uns mächtig die Finger verbrannt. Wissen Sie, was ich glaube, das wird sich nie ändern – es sei denn, man lebt als Eremit. Jetzt klinge ich wohl ziemlich altklug! Ich danke Ihnen vom ganzen Herzen für das Traumgeschenk und ich werde viele Fotos von Mogli machen. Heute kommt mein Vater zurück, sobald ich kann, komme ich persönlich zu Ihnen hoch. Vielleicht können wir ja dann wieder einen Tee zusammen trinken. Ich bringe Cannoli mit!

In Liebe, Ihr Jim

Ich steckte den Brief sofort in Madame Luciennes Briefkasten.

Vier Stunden später.

»Hallo James, ich bin am Hauptbahnhof. Soll ich dir was mitbringen?«

»Nein, Papa. Danke!«

»Klingst irgendwie …«

»Alles gut, Papa. Ich freu mich, dass du wieder da bist.« Ich atmete einmal tief durch und lächelte ihn an, obwohl er das am Telefon nicht sehen konnte. »Ehrlich!«

»Und ich erst mein Sohn. Ich hab dich sehr vermisst.«

Pünktlich um sechs war er da. Er nahm mich kurz, aber fest in den Arm und gab mir einen Kuss auf die Wange. Mein Pa hatte mir ein *Ed Hardy T-Shirt* und einen grünen *I-Pod* aus Paris mitgebracht. Der Weihnachtsbaum stand noch da, also machten wir eine kurze *Männer-Bescherung*. Ohne Küsschen und langen Dankesreden. Ich bekam noch einen Gutschein für einen Führerschein. Das war so was von cool! Mein Dad hatte mich bereits bei der Fahrschule angemeldet und am ersten Mai, wenn Mama Geburtstag hatte, könnte ich schon mit Dads Auto eine Spritztour wagen.

»Ich habe Hunger James«, sagte mein Vater.

»Es ist nichts da Dad.«

»Nichts da? Okay, lass uns zum Chinesen gehen.«

Zwei Straßen weiter befand sich ein kleines chinesisches Restaurant.

Wir nahmen in der Nähe des Aquariums Platz. Schon als Kind liebte ich es, dort zu sitzen. Während sich meine Eltern unterhielten, stellte ich mir vor, wie ich in der Größe einer Barbiepuppe zwischen all den Fischen umher schwamm. Ich nahm mir fest vor, eines Tages im echten Meer zu tauchen. Ich glaubte, dass Fische Angst vor den Tauchern hatten, also erfand ich Tauchanzüge, die bunt waren und wie Fische aussahen. Später träumte ich davon, ein berühmter Pirat zu sein. Das einzig blöde am Seemannsleben war, dass man dort kein Eis bekam. Nichts liebte ich so sehr wie Eis. Am liebsten *Split* von *Langnese*. So hatte ich meinen ersten Konflikt mit sechs. Ich änderte meine Berufspläne und entschied,

Schaffner zu werden. Die hatten immer ein Haus mit einer netten Frau darin, wo sie schönen heißen Vanillepudding essen konnten und nur ab und zu raus mussten, um einem Zug das Schild mit dem roten Kreis zu zeigen. Das alles hatte ich im Fernsehen gesehen.

»Möchten Sie bestellen?«, fragte ein Junge, den ich vom Sehen her kannte. Der Typ war cool. Ich hatte ihn mal bei einem Dance-Battle in der Schule gesehen. Der Kerl war biegsam wie eine Brezel und konnte verdammt gut tanzen. Nun stand er da mit Block und Bleistift und nahm eine läppische Bestellung entgegen.

»Wir nehmen zwei Spezi und zweimal die Elf bitte«, sagte mein Vater.

Der Typ nickte und steckte den Stift hinters Ohr. Die Nummer dreiundzwanzig war *Ente-Sate*. Wenn Mama dabei gewesen wäre, hätte die Bestellung eine halbe Stunde gedauert. Falls wir überhaupt geblieben wären. Mal war der Tisch an einem zugigen Platz, ein anderes Mal waren ihr die Kellner zu frech.

In wenigen Minuten würde Dad fragen, was ich so getrieben hatte, während er weg war. Diesmal fragte er nicht. *(Pa sagte mir später einmal, dass er an diesem Abend gespürt habe, dass ich nun ein Mann war.)* Er erzählte von Mama. Ich kämpfte mit den Tränen, als ich erfuhr, dass sie sich so richtig nach mir sehnte. Sie wollte mir nicht das Gefühl geben, eine Klette zu sein. Am liebsten hätte sie mich täglich dreimal angerufen. Mitte Februar würde sie wieder bei uns sein. Es war das erste Mal, dass sie in Paris singen durfte. Ich freute mich für sie. Mal nur mit Dad zusammen zu sein, hatte auch seinen Reiz. Mit meinem Vater konnte ich über alles reden. Er war ein guter Zuhörer und er war sehr weise.

Er hätte alles verstanden. Alles. Alles über Mena, Kevin und mich. Ich konnte es ihm nicht erzählen. Ich war noch nicht so weit.

Trotzdem war ich froh, dass er da war.

Er war immer für mich da!

Immer!

WIEDERSEHEN IN SCHWABING

Mai 2009

Jim lag in einem Dreibettzimmer, das Kopfteil hatte er hochgestellt und las. Wenn er schläfrig wurde, lehnte er sich zurück und legte ein seidenes Tuch aufs Gesicht, um das Licht abzublenden. Das Fenster war weit geöffnet und hin und wieder wehte eine leichte Brise hinein. Direkt vor dem Fenster stand ein gigantischer Kirschbaum, der seine Knospen noch fest verschlossen hielt, als wollte er auf den perfekten Tag warten, an dem er der ganzen Welt seine Blüten in voller Pracht zeigen konnte.

Jim legte das Buch beiseite, als Kevin und Mena eintraten. Mena ging zuerst auf Jim zu. »Hi Jim …«, sagte sie.

Jims Gesicht strahlte die gewohnte Heiterkeit aus, die jeder von ihm kannte. »Würd gern aufstehen, aber ich soll noch ein paar Tage liegen«, sagte Jim etwas verlegen. »Der Arzt sagt …«, begann er. Dann brach er mitten im Satz ab. »Schön euch wiederzusehen. Ich … ich freu mich wirklich.« Jim sah von Mena zu Kevin. »Das hat mein Vater gut eingefädelt!« Jim lachte. »Ich hab erst vor einer Stunde von ihm erfahren, dass ihr kommt.«

Für einen Moment herrschte Stille zwischen den dreien. Allen ging ihre letzte gemeinsame Nacht durch den Kopf. Es war so leise im Krankenzimmer, dass man das Ticken der Uhr hören konnte.

»Ich hab dir was mitgebracht, Jim«, sagte Mena und zog zwei Zeitschriften aus ihrer Handtasche und legte sie Jim auf den Schoß. »Den Playboy und den Rolling Stone und eine Zigarre. Damit du nicht vergisst, wie Frauen ausschauen und Musik mäßig auf dem Laufenden bleibst. Das mit der Zigarre ist … symbolisch … Ein Späßchen.« Sie lachte kurz auf.

Jim lachte und ließ die Zigarre unter der Nase hin und her gleiten. »Danke Mena! Wir immer mit unseren Geschenken.«

»Dein Vater hat gesagt, dass du von so Typen ver... angegriffen worden bist!«, sagte Kevin. Er stand auf und bewegte sich wie ein gefangenes Tier in der Enge des Krankenzimmers. Sein Blick glitt über die Bilder an der Wand, aber in Gedanken war er bei den Typen, die Jim verprügelt hatten. Kevin spürte eine Riesenwut und Traurigkeit in sich hochsteigen. Er warf einen Blick auf Jims Hände. »Ich schätze, dass die Schweine über alle Berge waren, als die Polizei da war.«

»Es war nach einem Gig. Ich hatte das Equipment in mein Auto geladen und mich grade von den Jungs verabschiedet. Von den Jungs aus meiner neuen Band.«

»Neue Band?« Mena runzelte die Stirn.

»Das mit der Band ist eine lange Geschichte. Jedenfalls tauchten plötzlich drei Typen mit Baseballschlägern auf … Ein Glück, dass mein Vater da war. Ihr hättet ihn sehen sollen … Ich glaube, in dem Moment hätte er einen Wagen heben können.«

Mena setzte sich an den Bettrand neben Jim und streichelte seine Hand. »Armer Jim. Was sagen denn die Ärzte?«

»Ich wurde in sämtliche Röhren geschoben, keine Hirnverletzung! Aber man weiß ja nie, was noch kommt.« Jim schnitt eine Grimasse.

»Maann!«, schimpfte Mena. »An so was darfst du nicht mal denken! Jim … du solltest immer ein Pfefferspray bei dir haben!«

»Ach was!«, winkte Jim ab. »Hattest du nicht auch ein Pfefferspray dabei, als Antonio …«

»Ach Gott, Antonio …« Mena seufzte kurz auf. »Er lebt in Palermo … Ist verheiratet und hat einen kleinen Sohn. Wie ich gehört habe …«

»Das heißt, es kam da nichts mehr nach?«, fragte Jim.

Mena antwortete nicht. Sie stand auf und ging auf das offene Fenster zu. »Ein Kirschbaum«, sagte sie nachdenklich und beugte sich vornüber. Für einen Moment verlor sich ihr Blick in den Ästen des Baums. »Bist du alleine in diesem Zimmer?«, fragte sie, ohne sich umzudrehen.

»Der eine ist beim Rauchen und der andere ist heut früh entlassen worden«, antwortete Jim. »Sag mal Kevin«, sagte er. »Was gibts bei dir? Wann wirst du endlich Vater?«

Mena sah irritiert von Jim zu Kevin. »Hab ich da was verpasst?«

Kevin lachte. »In der Tat …«, begann er in seinem altmodischen Deutsch. »Ich werde … Vater … und … ich werde heiraten!«

»Du willst heiraten und *du* wirst Papa!« Mena hielt sich die Hand vor den Mund und machte einen Quietschlaut.

»Ja!«

»Wer ist sie?«

»Sarah und ich kennen uns aus der Berufsschule … Wir heiraten noch dieses Jahr. Ihr seid natürlich eingeladen. Ihr und eure … Oder seid ihr grade Singles?«

Jim sah erst zu Mena, dann zu Kevin. »Domenica und ich haben uns vor Kurzem getrennt …«

»Domenica? Eine Italienerin?« Mena runzelte die Stirn.

Jim nickte. Dann fragte er Kevin: »Wann kommt denn das Baby?« Ihm fiel das kurze Gespräch mit Antonio ein, damals, als Kevin erstmals über seinen Kinderwunsch gesprochen hatte. Schon damals war Jim völlig perplex darüber gewesen.

»Im Oktober«, antwortete Kevin.

»Cool«, sagte Mena. »Dein Leben verläuft so, wie du es dir erträumt hattest, stimmt's?«

Kevin nickte ein paar Mal. Dann schnaufte er tief durch und lächelte vor sich hin. »Sarah und ich werden bald unser eigenes Baby in den Armen halten … Ja, ich bin glücklich.«

Die jungen Leute schwiegen für einen kurzen Moment. Es war ein Schweigen, das das Gesagte bekräftigte und zwischen ihnen neue Bande schuf.

»Und du, Mena?«, was macht *dein* Liebesleben?«, fragte Kevin schmunzelnd.

Mena zog einen Stuhl vom Besuchertisch heraus und stellte ihn neben Jims Bett. Sie setzte sich verkehrt herum drauf, halb liegend, die Beine übereinandergeschlagen, die Arme elegant auf die Lehne gestützt wie ein Hollywood-Star aus den 1940er-Jahren. Sie ist wunderschön, dachte Jim bei sich, sogar schöner als damals. In ihrer Gestalt und ihrem Auftreten lag etwas Neues. Es war Grandezza!

»Tja, was soll ich sagen«, begann Mena. »Ich war für kurze Zeit wieder mit Antonio zusammen. In Palermo. Ach, das ist eine lange Geschichte«, sagte sie abwehrend.

»Warst?«, fragte Jim. Ihre Worte trafen ihn härter, als er gedacht hätte. Doch er ließ sich nichts anmerken.

»Am Tag danach … ihr wisst schon … fuhr ich mit dem Zug nach Hamburg zu Papa. Papa hatte das mit Antonio auf seine Art geregelt«, erzählte Mena weiter. Sie machte bewusst eine Pause. Für gewöhnlich sprachen Deutsche einen Sizilianer sofort auf die Maffia an. Jim und Kevin hatten das nie getan. Auch heute nicht. »Einige Monate später, im Sommer, traf ich ihn dort. Also in Sizilien … Antonio arbeitete wieder im Restaurant seines Vaters. Ich weiß nicht, was mit mir los war … Sizilien übt so eine Macht auf mich aus. Meine Großmutter sagte: Du hast vor lauter Denken das Fühlen vergessen, mein Kind. Wende dich nicht von uns ab. Du brauchst deine Familie! Inmitten meiner Tanten und Cousinen fühlte ich mich wieder zu Antonio hingezogen. Wir schliefen miteinander und alles schien wie früher zu sein. Am Abend vor meiner Abreise machte Antonio mit mir Schluss. Er sagte, ich sei noch nicht bereit für eine Ehe.«

Kevin, der die ganze Zeit mit verschränkten Armen am Fenster gestanden hatte, setzte sich neben Mena auf einen anderen Besucherstuhl und nahm kurz ihre Hand zwischen seine Hände. An der Art, wie er Mena ansah, erkannte Jim, dass sie miteinander darüber gesprochen haben mussten. Diese kurze Berührung ihrer Hände, die Sekunde, in der ihre Augen ineinander tauchten, waren Zeichen ihrer Verbundenheit, die auch nach eineinhalb Jahren ungebrochen war.

Mena erzählte von ihrer sizilianischen Großmutter, die aus einer völlig anderen Welt stammte und nicht verstehen konnte, warum eine so junge Frau lieber zur Schule ging, als Kinder groß zu ziehen. Mena erklärte ihrer Nonna, dass der Wunsch, Mutter zu werden, von innen heraus kommen müsse und nicht, weil man altersmäßig reif dafür war. Sie erzählte, dass ihre Großmutter lächelnd genickt und Menas Stirn geküsst habe. »*Sapevo che eri una ragazza intelligente*«, habe sie daraufhin geantwortet.

Ein verlegenes Schweigen stellte sich nun zwischen den dreien ein. Ein Schweigen, das entsteht, wenn Menschen sich nach langer Zeit wieder begegnet waren und glaubten, alles gesagt zu haben. Vom Korridor drangen Männer und Frauenstimmen zu ihnen herein. Stimmen von Patienten vielleicht. Von Patienten, die wie Jim darauf brannten, endlich wieder heimgehen zu dürfen. Menas Blick wanderte auf das Holzkruzifix, das über der Tür hing. »Antonio hat Recht. Ich bin noch nicht soweit.«

»Und dein Studium?«, fragte Jim.

Mena strahlte übers ganze Gesicht. Es gab nichts, worüber sie lieber sprach als über ihre Arbeit an der Uni. »Ich mach grade meinen Master.«

»Cool. Wo?«, wollte Jim wissen.

»In der Konradstraße. Institut für Soziologie bei Professor Nassehi. Das Gebäude hat eine schöne Atmosphäre. Jetzt im Master kann ich mich in die gewünschte Methodik vertiefen. Nun ja, der theoretische Input aus dem Bachelor erhält nun seine Berechtigung«, sagte Mena und klopfte auf ihre Beine. »Gott! Ich rede und rede … Hey, Jim, wann kommst du eigentlich hier raus?«, fragte sie und legte kurz ihre Hand unter sein Kinn. Diese kleine Geste versetzte ihn für einen Augenblick zurück an die Zeit, als sie ALLES für ihn bedeutet hatte.

»Das klingt ja so, als käme ich aus dem Gefängnis«, sagte Jim und lachte. »In zwei Tagen glaub ich. Ich kann euch ja anrufen, wenn ich wieder zu Hause bin.«

»Versprochen?«, fragte Mena.

»Versprochen!«, sagte Jim.

Mena sah auf ihre Armbanduhr. »Entschuldigt, ich muss los. Ich muss an die Uni! Oh, fast hätt ich's vergessen … da ist noch was!« Mena sah Jim ein wenig verlegen an. »Ich möchte, dass du weißt, was damals in mir vorging, Jim … Du weißt schon.« Natürlich wusste Jim, wovon sie sprach. Mena reichte Jim ihr Tagebuch.

»Du lässt mich in deinem Tagebuch lesen?«

»Ja Jim. Ich lass dich in meinem Tagebuch lesen.«

Für eine kurze Ewigkeit schauten sich Jim und Mena in die Augen. Es war ein kurzer, leiser Blick in die Seele des anderen. Und beide erkannten mit heimlicher Freude, dass die Faszination füreinander immer noch existierte.

Jim legte das Buch aufs Nachtschränkchen und stand auf, um sich von Mena zu verabschieden.

»Hey yo, Owusu!«, rief Mena gangstermäßig.

»Whassup, Petrillo!«

»Den Song Wozu ist die Liebe da? Hast du ihn für mich geschrieben?«

Jim sah Mena zärtlich an. »Für wen denn sonst?«

»Danke!«, sagte Mena lautlos und küsste Jim kurz, aber sehr innig auf den Mund.

»Und … der lila Plüschhocker?«, fragte Jim.

Mena lachte. »Er war Mamas letztes Geschenk.«

Zum Abschied zog Jim sie fest in seine Arme und strich ihr liebevoll übers Haar. »Bis bald meine Schönste!«

Nachdem Mena gegangen war, wollte zwischen den jungen Männern keine richtige Unterhaltung aufkommen. Schweigend saßen sie sich gegenüber und vermieden es, sich in die Augen zu sehen. Bis Kevin aufstand, um Kaffee zu holen. Er schraubte die Thermoskanne auf und schenkte das heiße Getränk in zwei Tassen ein. Seine Bewegungen waren klobig und vorsichtig, als befürchte er, etwas kaputtzumachen. Er reichte Jim eine der Tassen, ging zum Fenster und atmete die frische Frühlingsluft ein. Jim betrachtete ihn aufmerksam vom Bett aus. Kevin hatte sich wieder umgedreht und lehnte mit dem Rücken gegen das Fenster. Er sah abgemagert aus: Arme sehnig, aber kräftig. Die Schultern breit und eckig. Sein Körper wirkte robust und stark und doch erkannte Jim einen traurig-verhaltenen Zug in seinem Gesicht. Eine Besonderheit, die nur Menschen wahrnehmen konnten, die Kevin lange genug kannten.

»Traumhaft schönes Wetter«, sagte Kevin. »Erstaunlich, es ist erst Mai aber genauso heiß wie im August.«

»Ja«, sagte Jim leise und stellte sich neben seinen Freund.

Jetzt zur Abendstunde konnte man dem Balzgesang der Amseln lauschen. Man musste kein Natur-Freak sein, um so etwas schön zu finden. Ein kleines Amselweibchen ließ sich auf Jims Kirschbaum nieder und hüpfte von Ast zu Ast. In wenigen Wochen, wenn sich die Vögel gepaart hatten und sich der Brutpflege hingaben, würde der Gesang der Amsel-Männchen verstummen. So wollte es die Natur.

Kevin seufzte. Dann nahm er seinen ganzen Mut zusammen und sagte: »Jim, es … es tut mir so leid.« Kevin hatte einen Riesenkloß im Hals. »Ich kenne dich, seit ich drei bin. Und ich hab sie nicht einmal geliebt!«

»Ja«, sagte Jim und machte einen Schritt auf Kevin zu. Seine Hände steckten in der Jogginghose.

»Ich werde dich nie wieder enttäuschen, Jim.«

»Ich weiß«, sagte Jim.

Die jungen Männer standen ganz dicht beieinander, die Köpfe gesenkt. Jim blickte zuerst auf. »Kevin, du bist mein Bruder. Meine Familie. Ich will, dass du glücklich bist«, sagte Jim und zog Kevin an sich. So standen sie eine Weile da und hielten sich in den Armen. Zwei Freunde, die sich verloren und wiedergefunden hatten. »Weißt du, auf eine schräge Art, hab ich das Ganze sogar genossen.« Jim lachte bitter. »Natürlich nicht den Morgen danach. Wir …«

»Jim?«

»Ja.«

»Ich hab dir Mena nicht gegönnt«, sagte Kevin, seine Augen füllten sich mit Tränen.

»Ich sie dir auch nicht, Alter!«, sagte Jim und klopfte ihm auf die Schulter.

Diesmal trat ein befreiendes Schweigen zwischen den jungen Männern ein. Plötzlich brachen sie in ein verrücktes Gelächter aus. Wie damals, als sie sich im Kindergarten die Watte in die Unterhosen gestopft hatten.

»Wo ist eigentlich dein Zimmergenosse?«, fragte Kevin und wischte sich die Tränen weg.

Jim lehnte sich aus dem Fenster. »Schau, da unten ist er.«

Zwei junge Männer saßen unten auf einer Parkbank und rauchten.

»Welcher ist es?«

»Der Typ mit den verschnörkelten Tattoos auf dem Kopf.«

»Wie ist der so?«

»Er hat einen Doktortitel in Chemie und er wollte mir Gras verkaufen.«

Kevin lachte. »Der ist wohl den ganzen Tag draußen.«

»Jetzt, wo du's sagst.«

»Jim?«

»Hm?«

»Weißt du noch? Wir hatten uns mal über Kirschbäume unterhalten.«

»Echt?«

»Wir hatten uns ein Versprechen gegeben.«

»Ach ja, da war was … Was war es denn?«

»Denk nach, du kommst schon drauf!« Kevin richtete sich auf und ging mit lässigen Schritten zur Tür. »Bis bald mein Sohn!«, sagte er und ließ Jim mit seinen Gedanken alleine.

Lange noch betrachtete Jim den Kirschbaum, der vor seinem Fenster die Arme ausgebreitet hielt und mit Kevin unter einer Decke steckte. Er kam nicht drauf.

Gedankenverloren nahm Jim Menas Tagebuch in die Hand und begann darin zu blättern.

Vier Stunden später.

Jim hatte Menas Tagebuch in einem Rutsch durchgelesen. Er hatte nichts getrunken. Er war nicht aufs Klo gegangen. Er hatte einfach nur gelesen. Mena hatte Recht. Jede Geschichte hatte mindestens zwei Seiten. In ihrem Fall drei. Jim blätterte noch mal zu jener verhängnisvollen Nacht in Menas Tagebuch.

27. Dezember 2007

Ich ließ das Badewasser ein, schminkte mich ab, putzte mir die Zähne und ließ mich langsam ins heiße Wasser gleiten. Erst jetzt bemerkte ich, wie viel Anspannung sich in meinen Muskeln aufgestaut hatte. Als ich wieder bei den Jungs war, tat ich etwas Unerhörtes. Eine Übersprunghandlung, wie man so schön sagt. Ich ließ mein Handtuch fallen. Jims Augen leuchteten und hatten den Ausdruck eines Mannes, der sich kurz vor einem Schlaganfall befand. Da stand ich nun in meiner Nacktheit und ich schämte mich nicht einmal dafür. Verrückt! Dann legte ich mich aufs Bett. Wirklich scharf war ich nicht. Es war eher das Gefühl, Macht und Kontrolle zu besitzen, um mich frei fühlen zu können. Die beiden zogen sich auch aus und legten sich neben mich. Das Kerzenlicht flackerte verführerisch und die vielen Hände auf meinem Körper waren unbeholfen, vorsichtig, aber sehr zärtlich.

Ich hatte mir die Situation ganz anders vorgestellt. Voller Lust, ohne Grübeleien. Ohne innere Zensur. Mit einem Mal fühlte ich nur noch Scham. Mamas Worte gingen mir durch den Kopf: *Eine Frau ist ohne Schutz Männern ausgeliefert. Sie ist ein Lamm unter Wölfen. Wir müssen deine Ehre bewahren! Wenn du zu oft auf die Straße gehst, denken die Leute, dass du ein Flittchen bist. Una zoccola! Eine anständige Sizilianerin macht so was nicht. Sie entehrt und besudelt nicht sich selbst.* Sex vor der Ehe war eine Sache, aber das hier? Ich konnte es nicht. Es ging nicht. Ich stand auf, streifte mir ein T-Shirt über und legte mich wieder ins Bett. Irgendwann mitten in der Nacht wachte ich auf. Kevin streichelte gerade meine Arme. Dann meinen Rücken, meine Beine, meinen Po. »Keine ist wie du«, flüsterte Kevin mir ins Ohr. »Du bist einzigartig und wunderschön Mena!« Ich weiß nicht, ob es seine Worte waren oder meine Unsicherheit sich im Schutz der Dunkelheit aufgelöst hatte; jedenfalls drehte ich mich zur Seite und küsste ihn. Dann liebten wir uns. Ob uns Jim gehört hatte? Ich weiß es nicht. Liebte mich Jim überhaupt? Kevin liebte mich, daran hatte ich keine Zweifel. Und wie war es mit mir? Die Wahrheit ist, dass ich keinen von beiden liebe. Nie geliebt habe. Ich war so durcheinander, dass ich die ganze Nacht kein Auge mehr zutat. Am nächsten Morgen hatte Kevin Frühstück gemacht. Ich stand leise auf und zog mich an. »Morgen«, sagte er und zog mich in seine Arme. Ich fühlte mich schlecht. Kevin, der alles andere als ein Macho war, konnte sich nicht zurückhalten, mich immer wieder zu berühren. Er wollte wie jeder frisch verliebte Mann der ganzen Welt zeigen, dass er nun eine Freundin hatte. Tja, dann kam das mit Jim. Es war furchtbar! Er war so wütend. Vor allen Dingen auf Kevin. Aber hinter dieser Wut versteckte sich pure Traurigkeit! Deshalb nahm ich mir vor, mich nicht mehr bei ihm zu melden. Ich durfte ihm nicht erneut wehtun …

Etwas später bog ich in die Hofeinfahrt vor Kevins Haus ein und stellte den Motor ab. Wir hatten die ganze Fahrt hindurch geschwiegen. Ich war ganz sicher, dass Kevin sich nicht wie ein Sieger fühlte.

»Krass, nicht!«, sagte er bedrückt.

»Ja«, sagte ich. Ich hielt das Steuer mit beiden Händen fest und starrte nach vorne. Ich musste an Jim denken. Wie er mich angesehen hatte. Ich presste für eine Sekunde aus Scham die Augen zusammen.

Kevin drehte sich zu mir und legte seinen Arm auf meine Rückenlehne. »Mena, was fühlst du für mich?«

»Ich weiß es nicht, Kevin.«

»Verstehe …«

Ich zog die Handbremse an. »Hör zu. Ich glaube, es wäre besser, wenn wir uns nicht mehr sehen würden.« Für eine Mikrosekunde zuckte Kevins ganzer Körper. Er beugte reflexartig seinen Kopf nach vorne, als ob ihm jemand einen Schlag versetzt hätte. So eine Reaktion hatte ich noch nie gesehen. Es war beängstigend.

Er wandte sich von mir ab und sah aus dem Fenster. Er hatte Tränen in den Augen. »Warum denn?«

»Es ist nicht Liebe, Kevin.«

»Wir könnten es doch versuchen.«

Ich schüttelte den Kopf. »Ich würde dir nur wehtun … Weißt du, vielleicht sind du, Jim und ich ja dafür bestimmt, Freunde zu sein. Die Allerbesten!«

Kevin nickte müde. Tränen liefen über sein Gesicht. Er griff nach seinem Rucksack. Sagte nichts. Ging. Mir war schlecht. Mein Leben war völlig aus dem Lot geraten. Ich brauchte dringend etwas Ruhe. Dann fiel mir mein Vater ein. Ich musste ja nach Hamburg. Der Zug fuhr in zwei Stunden.

Oh nein – was für ein Stress! Ich hatte ein mulmiges Gefühl, als ich die Treppe zu meiner Wohnung hinaufstieg. Meine Hände zitterten und meine Knie waren weich wie Gummi. Ich schloss rasch die Tür hinter mir zu und ließ meine Tasche auf den Boden fallen. Endlich war ich alleine.

Jim legte das Tagebuch beiseite. Alles war hochgekommen. Alles! Die Eifersucht. Das zerrissen sein. Es waren siebzehn Monate seitdem vergangen und doch tat der Gedanke daran immer noch weh. Jims unerfahrenes Herz hatte seinen ersten tiefen Schnitt abbekommen. Die Wunde war zwar inzwischen verheilt, doch den Schmerz, den er empfand, als er auf dem kalten Küchenfußboden kauerte und nur noch sterben wollte, würde er nie vergessen können. *The First Cut is the Deepest …* Seitdem hatte er niemanden mehr so nah an sich herangelassen. Gut, er hatte mit einigen Mädchen geschlafen. Einmal war er sogar richtig verliebt gewesen, doch die Gefühle, die diese erste Liebe in ihm ausgelöst hatte, waren einzigartig. Er liebte Mena immer noch. Nicht auf diese brennende Art wie damals, aber er liebte sie und würde sie immer lieben. Mena war in dem Glauben gewesen, dass *Kevin* sie liebte und nicht Jim. Aber wie so oft trügt der Schein. Die ganze Welt versucht, die Liebe zu erklären. Selbst alte Leute, die oft verliebt gewesen waren, gaben am Ende ihres Lebens zu, dass sie nicht wirklich viel über die Liebe wussten. Die Liebe ist kein Dauerzustand, wie es Jims Vater immer so schön beschrieb. Die Liebe ist flüchtig. Sie kommt und geht, wann sie will. Man kann sie weder festhalten noch verjagen. Doch die Freundschaft schien weniger kapriziös zu sein. Weniger eitel. Wie kann man nun alte Freundschaften wieder aufleben lassen? Indem man sich gegenseitig verzieh? Nein, dachte Jim, es ging nicht ums Verzeihen! Es ging ums Verstehen.

Mena war damals in einer schwierigen Phase gewesen. Sie hatte sich noch nicht wirklich von ihrem Vater und ihrer Schwester Paola abgenabelt. Auch nicht von Antonio. Sie hatte Schuldgefühle. Schuldgefühle, weil sie nicht so lebte, wie es sich ihre Mutter gewünscht hätte. Und sie hatte Träume. Träume von einem Leben als selbstbestimmte Frau, die mit ihren Stöckelschuhen überall hingehen konnte, ohne dass ein Mann ihr den Weg zeigen musste. Mena hatte sich weder für Jim noch für Kevin entschieden, sondern für sich selbst.

Jims Gedanken wanderten von Mena zu Kevin. Was war damals mit Kevin? Was ging in ihm vor? Sein Freund war ein hungriger, ein überaus liebeshungriger Mann, dem eine Mutter fehlte. Immer gefehlt hat. War das der Grund, warum er so gerne Vater sein wollte? Ein eigenes Kind, das ihn für alle Zeiten lieben und niemals verlassen würde? Wollte er damit die Lücke in seinem Herzen schließen?

Und was ist mit mir, dachte Jim. Was wollte ich damals? Hatte ich mir wirklich nur die Finger verbrannt, weil ich etwas ausprobieren wollte? Oder steckte mehr dahinter? Wenn er an die Zeit mit Mena dachte, kamen zuerst die Momente in ihm hoch, wo sie solchen Spaß miteinander gehabt hatten: die delikaten Wortspielereien, ihre geheimen Witze, das Necken und ihre kleinen Spielchen mit der Erotik.

»Vielleicht sind Kevin, Jim und ich ja dafür bestimmt, Freunde zu sein. Die Allerbesten!«, hatte Mena in ihr Tagebuch geschrieben. Warum sollte Amor nicht auch Freundschaften besiegeln, dachte Jim. Freundschaften auf den ersten, zweiten oder dritten Blick.

Euripides sagte: *Es liebt nicht wahrhaft, wer nicht ewig liebt.* Gilt diese Maxime auch für Freundschaften? Geht es im Leben um ewige Treue? Wer weiß, dachte Jim, vielleicht würden Mena, Kevin und ich für immer Freunde bleiben. So wie die *Stones*. Jim wurde es bei diesem Gedanken warm ums Herz. Und er erkannte, dass es am Ende nur darauf ankam, überhaupt geliebt zu haben.

KIRSCHBLÜTEN UND PFANNKUCHEN

Vier Tage später.

Nach der Morgenvisite wurde Jim aus dem Krankenhaus entlassen. Er hatte alles gepackt, war fertig angezogen, hatte den Krankenschwestern ein großzügiges Trinkgeld hinterlassen und seinen Vater angerufen, der ihn abholen wollte.

Jim öffnete das Fenster. Es war ein herrlicher Tag: Sonnig und windfrei, der Himmel war blau, die Menschen gut gelaunt. Beim Anblick des Kirschbaums, der nun in voller Blüte vor seinem Fenster stand und Jim zu sagen schien – jetzt geh hinaus und lebe Junge – fühlte sich Jim so glücklich wie nie zuvor. In freudiger Ungeduld rief er seinen Vater an.

»Bin schon da. Hab gerade den Wagen geparkt. Kommst du runter? Du weißt ja, wo der Parkplatz ist.«

»Alles klar, Papa! Hast du gesehen, die Kirschbäume blühen!«, rief Jim euphorisch.

»Okay …«, sagte Samuel. Komisch, sonst verlor sein Sohn nie ein Wort über Naturvorgänge. Lange musste er nicht grübeln. Leidenschaftlich und ungestüm, wie Jim sein konnte, sprang er in den Wagen, als er seinen Vater sah und sagte: »Los fahren Sie!«

Samuel ließ den Motor an. »Befinden wir uns mitten in einem Abenteuer, Mr. James Bond?« Jim lachte und schrubbte Samuels Kopf. »Und was hat das mit dem Kirschbaum auf sich, mein Sohn?«

Jim erzählte ihm die ganze Geschichte. Nicht in aller Ausführlichkeit, aber doch so, dass Samuel erfassen konnte, was in seinem Sohn damals vorging.

Samuel musste an seine eigene Jugend denken. Wie oft hatte er wegen irgendeiner Lappalie gute Freunde ziehen lassen. Hatte nicht um sie gekämpft. Freunde gibt es wie Sand am Meer, wenn man jung ist. Ja, wenn man jung ist. Aber später, wenn die Menschen es sich in ihrem tristen Erwachsenen-Dasein bequem gemacht hatten, zwischen Job und Fernseher, sahen sie ein, dass der Sand ihnen immer schneller aus den Fingern rann. Nein, Freunde gibt es nicht wie Sand am Meer. Nicht damals und nicht heute.

Samuel seufzte tief und laut. Dann sagte er: »Ich habe einer Frau einmal am Abend gesagt, wie sehr ich sie liebe und sie dann am nächsten Morgen verlassen.«

»Und …«, Jim schluckte. »Du und Mama?«

»Die Wahrheit?«

»Klar!«

»Ich liebe deine Mom, aber es gab Zeiten, wo die Liebe für sie komplett weg war. Aber sie war immer meine Freundin. Deine Mama wird immer meine Freundin sein.«

Jim hing den Worten seines Vaters nach. »Deine Mom wird immer meine Freundin sein.«

»Weißt du was Papa, wir gehen jetzt nach Hause und backen Pfannkuchen!«, sagte Jim feierlich, als wollte er losziehen, um die Welt zu retten.

»Okay«, sagte Samuel und schmunzelte in sich hinein. »Was immer du willst.«

Jim war froh, einen Vater wie Samuel zu haben. Samuel hatte nicht vergessen, wie es ist, jung zu sein. Er hatte dieses Feuer in sich nicht ausgelöscht, so wie andere Erwachsene. Leute, die dieses Gefühl eintauschten für Geld und Macht und für ein vermeintlich schönes Leben. Junge Leute waren schlauer! Sie zogen es vor zu verbrennen, anstatt im ewigen Gleichklang zu ersticken. Junge Leute lebten für ihre Zukunft – nicht gegen sie. Sie sind die eigentlichen Helden unserer Zeit!

Zu Hause angekommen ging Samuel sofort in die Küche und bereitete den Pfannkuchenteig vor, während Jim einen großen Picknickkorb aus der Kammer holte und Teller, Gläser, Besteck, zwei Flaschen *Paradiesmilch*, Marmelade, *Nutella* und Servietten in den Korb packte. Und eine große Kanne Kaffee. Nur weil Mena ein *Milchmädchen* war, mussten die Jungs ja nicht zu *Milchbubis* werden! Dann half er seinem Vater, in zwei Pfannen abwechselnd genau fünfundzwanzig Pfannkuchen zu backen.

Zwei Stunden später parkte Jim seinen alten *Ford Capri* vor Kevins Haus und klingelte ihn heraus.

»Was ist los?«, fragte Kevin ganz belämmert. Er war soeben aufgestanden und stand noch neben sich.

»Frag nicht! Komm!«, sagte Jim.

Kevin sprang mit freiem Oberkörper und Shirt über der Schulter auf den Beifahrersitz und ließ sich mal so entführen. Dann fuhren sie zu Mena, parkten den Wagen auf dem Gehweg und klingelten bei Petrillo.

»Wer ist da?«, fragte eine überaus vergnügte Mena. Sie hatte soeben frisch geduscht und wollte gerade Brötchen holen gehen.

»Wir sind's Jim und Kevin. Kommst du runter Filomena?«

»Jetzt?« Mena fühlte sich wie damals, als ihre beste Freundin Susanne sie jeden Tag zum Spielen abholte.

»Ja!«, lachte Jim.

»Okay. Und was wollen wir machen?«

»Wir wollen Pfannkuchen essen«, sagte Kevin, der aus dem Auto gestiegen war und dicht neben Jim vor der Gegensprechanlage stand.

Einige Sekunden lang schwieg Mena. Dann lachte sie und fragte: »Unter einem Kirschbaum nicht wahr?«

Ohne eine Antwort abzuwarten, griff sie nach ihrem kleinen roten Kassettenrekorder, den ihr Jim geschenkt hatte, und lief nach unten, wo ihre allerbesten Freunde auf sie warteten. Noch nie hatte sie sich so geliebt gefühlt.

Zwanzig Minuten später saßen drei Freunde unter dem schönsten Kirschbaum Münchens. Tranken Kaffee und Paradiesmilch. Und aßen dicke, fette Pfannkuchen.

Dreizehn Stück vertilgte Kevin.

Acht Jim.

Und Mena beachtliche vier Stück.

ENDE